AF151352

Louis-Philippe
ZEHNDER

DIE 3 INSIGNIEN
von Monum Kataris

**Die Abenteuer des Milo Tengrain –
Meisterschütze aus Arion**

BAND I

novum pro

Dieses Buch ist auch als
e-book
erhältlich.

www.novumverlag.com

Bibliografische Information
der Deutschen Nationalbibliothek:

Die Deutsche Nationalbibliothek
verzeichnet diese Publikation in
der Deutschen Nationalbibliografie.
Detaillierte bibliografische Daten
sind im Internet über
http://www.d-nb.de abrufbar.

Gedruckt in der Europäischen Union
auf umweltfreundlichem, chlor- und
säurefrei gebleichtem Papier.

© 2023 novum Verlag

ISBN 978-3-99146-029-9
Lektorat: Theresia Riegler
Umschlagfotos:
Artmim I Dreamstime.com;
Gerda Zehnder
Umschlaggestaltung, Layout & Satz:
novum Verlag

www.novumverlag.com

INHALTSVERZEICHNIS

Kapitel V
Milos Erkenntnis 141

Kapitel VI
Entscheidung des Schicksals 177

Vorwort (Milos Entstehung)

Gedichte und Geschichten schreiben, war schon immer etwas, das mich faszinierte. Mehr und mehr entstand in mir mit zunehmender Lebensdauer ein immer größer werdender, innerer Drang, mich lyrisch und in geschriebenen Zeilen auszudrücken, gar auszuleben und später auch mitzuteilen bzw. auch anderen zugänglich zu machen.

Als Resultat meiner Gedanken lag mir im Oktober 2021 plötzlich mein erstes Buch vor: „s'Mäppli – lyrisches Allerlei mit Gedichten, Kurzgeschichten, Prosatexten und Krimi-Abenteuern aus dem Leben". Ein Werk mit Gedichten und Kurzgeschichten aus dem Alltag. Mit Gedanken dazu, was mich vor allem in den Corona-Monaten beschäftigt hat. Nie für möglich gehalten und schlußendlich doch realisiert. Und gemacht hat es vor allem eines: nämlich riesigen Spaß!

Inspiriert durch die dadurch entstandene Energie wuchs in mir ein neuer Wunsch heran: Einen ganzen, fantastischen Roman über einen unscheinbaren Helden im Mittelalter zu schreiben. Diese Idee fand schlußendlich ihren Ursprung in einem fünfzehn jährigen Jungen namens *Milo Tengrain*. Walter Tengrain IV., ein Verwandter dieses Stallburschen vom Gutshof Noodridge, übernahm in der Folge als Erzähler die Tasten beziehungsweise die Feder und schenkte mir 25 Episodengeschichten über seine Abenteuer. Schuf Felder, Wälder, Flüße, Gebirge, Provinzen, ganze Landesteile und ein riesiges Reich obendrauf.

Ausgelöst wurden dadurch unbeschreibliche Emotionen: Furcht, Scham, Stolz, Übermut, Trauer, Liebe, Angst und Hoffnung in Zeiten des mittelalterlichen Arion und deßen nahen und fernen Provinzen.

Auch vor dieser Leseerfahrung meines zweiten Werkes möchte ich nicht länger als nötig im Vorwort verweilen, sondern wünsche euch bei Milos niedergeschriebenen Abenteuern genauso viel Spaß & Spannung beim Lesen wie ich beim Schreiben hatte.

Noodridge, Sapphire's Rest, Arion, Deluge, Monum Kataris sowie Zerra Solus Vezia und das darin Erlebte sollen nun für sich sprechen. Abenteuer für Abenteuer, Episode um Episode, Erzählung auf Erzählung und Geschichte nach Geschichte.

In diesem Sinne:

Viel Spaß mit den Abenteuern von *Milo Tengrain, Meisterschütze aus Arion*, und seinen Erlebnißen rund um die Legende der *drei* sagenumwobenen *Insignien* als Symbole und Merkmale der Macht *von* und durch *Monum Kataris*!

Sic Parvis Magna.

Herzlichst, Euer
Louis-Philippe Zehnder

KAPITEL I

Das Abenteuer beginnt ...

Die Begegnung mit einer Legende

Milos Augen wurden größer und größer. Mit schnellen Schritten hatte er soeben das prächtige Stadttor paßiert, welches den Weg ins Innere von Sapphire's Rest freigab. Dem kleinen Städtchen am heimischen Fluß Gariganoru, welcher die Regionen Deluge und Arion voneinander trennte.

Heute war ein großer Tag für Milo. Sein erster Besuch allein auf dem großen Markt. Denn nur einmal im Jahr füllte sich der Marktplatz von Sapphire's Rest mit besonders vielen Ständen zu einem einzigartigen Ereignis: dem *Annual Sapphire's Sundry Market*. Heute war es also wieder so weit. Dieser besondere Markt hatte fast alles zu bieten, was sich Milo in seinen jungen Jahren zwar vorstellen, aber nur in seinen Träumen kaufen konnte: Da waren die Stände, die er besonders liebte, mit Speisen aus allen Ecken und Enden des Landes: auf den zahlreichen Holzaufbauten lagen exotische Früchte aus dem Westen, buntes Gemüse aus dem Osten, köstlich duftende Brote aus dem Norden und auf einem eigens dafür geschaffenen Grillplatz schmorte ein aufgespießtes Grauohr-Wildschwein aus dem Süden vor sich hin, mit einem bereits halb gegarten, roten Apfel in der Schnauze. Ein Junge in Milo's Alter grüßte ihn freundlich. Mit Schweißperlen auf der Stirn hob er seinen Hut und drehte dabei die Kurbel des Spießes gleichmäßig in kreisenden Bewegungen. Das Fett des herrlichen Bratens triefte dabei in Bächen herunter und verströmte einen wohlriechenden Duft. Wie das wohl schmecken mußte! Milos Speichel vermehrte sich ungewollt in seinem Mund.

Zufrieden grinsend erwiderte er den Gruß des Bauernjungen und setzte seinen Streifzug durch den Markt fort, vorbei an hölzernen Gestellen voller Silberteller, Holzlöffeln, Schaf- und

Ziegenfellen, Tontöpfen und farbenfrohen Stoffen. Seide nannte man dieses edle Material, deßen Rohstoff wohl einer Raupe entsprang. Dies hatte er einst von den schwatzenden Mägden im nahegelegenen Gehöft Noodridge aufgeschnappt, welches dem wohlhabendsten Bauern von Arion gehörte: Grandful Everglory. Unverschämt reich und unerreicht an Arroganz und Geiz, wie Milo fand. Zu allem Überfluß auch noch sein Dienstherr. Aber das war eine andere Geschichte …

Heute genoß Milo einfach sein Abenteuer auf dem Sundry Market. Nur wenige Ellen weiter entdeckte Milo einen kleinen Jahrmarkt als Teil des gesamten Markets. Ein Feuerschlucker prustete nach einem großen Schluck aus einer kleinen Flasche mit einer bräunlichen Flüßigkeit einen beachtlichen Flammenstrahl in die Luft, deßen Hitze den Jungen kurz zurückweichen ließ. Milo faßte sich ein Herz und setzte zögerlich einen Fuß vor den anderen. Vorsichtig, um möglichst unbeschadet am Respekt einflößenden, hünenhaften Mann des Feuers vorbeizukommen. Ein Narr mit einer roten, dreizackigen Kappe, deren Enden mit Glöckchen versehen waren, jonglierte nun direkt vor Milos Nase. Und dies mit unglaublichen fünf Äpfeln gleichzeitig. Beeindruckt schritt er weiter, bis er schließlich die letzten Stände ganz hinten, beinahe an den südwestlichen Stadtmauern, erreichte. Nochmals stiegen ihm liebliche, diesmal eher süßliche Düfte in die Nase: gebackene Eierspeisen, Krapfen und Honigkuchen, wie er vermutete. Trunken von solch einer überwältigenden kulinarischen Vielfalt, wollte er soeben umkehren, als er noch etwas weiter hinten einen grün gekleideten Bogenschützen entdeckte. Sein undurchdringlicher Blick und seine zugleich edle Haltung tauchten den Fremden in ein geheimnisvolles Licht.

Neugierig, jedoch auch etwas vorsichtig näherte sich Milo dem Unbekannten. Ein ebenfalls grüner Hut mit Fasanenfeder bedeckte den Kopf des hageren Mannes. Der offene Gesichtsausdruck schien wachsam. Seine Augen erspähten sogleich den herannahenden Jungen. Sofort entspannte sich seine Mimik und die Aufmerksamkeit wich Zuversicht. Deshalb nickte er Milo aufmunternd zu. „Hab' Mut, mein kleiner Freund, trau' dich."

Offensichtlich hatte der Mann wirklich ihn gemeint. Tatsächlich ermutigt von den Worten des Bogenschützen, streckte Milo selbstsicherer seine Hand aus.

„Milo Tengrain", begrüßte er sein Gegenüber. „Freut mich."

„Ganz meinerseits", entgegnete der Grüne und entbot Milo mit der Geste einer Verbeugung seine Wertschätzung.

Überwältigt von solch einer Ehrerbietung lächelte der Junge. Sein Vertrauen in den jungen Erwachsenen war jetzt vollends gegeben. „Und wie heißt du?"

„Namen sind der Schleier über dem Wesentlichen", lautete schlicht die Antwort.

Verdutzt schwieg Milo. Er konnte mit dieser Äußerung nichts anfangen.

Vergnügt registrierte der Mann die Reaktion des Jungen. „Sprich, Milo Tengrain, was führt dich zu mir?"

Noch überraschter als kurz zuvor, begann Milo zu stottern: „Äh … zu Ihnen … hm … MyLord … nun … ich weiß nicht …" Er brach ab und schämte sich für seine unüberlegten Sätze. Mit einer weiteren eleganten Bewegung lehnte sich der Schütze an die Steinmauer und schien Milos Worte von soeben zu ignorieren.

„Hattest du schon einmal einen Bogen in deiner Hand?", fragte er.

„N-n-n-nein …", gab Milo unsicher zurück.

„Na, dann wird es aber höchste Zeit", lächelte der Mann ihn an. „Hast du denn Lust, es zu versuchen?"

Milos Unsicherheit wich unmittelbar unendlicher Begeisterung. „Oh, ja!", schrie er den Mann an und erschrak umgehend. „Entschuldigung", vermeldete er kleinlaut.

„Alles gut", meinte der Bogenschütze. „Tritt näher, tapferer Milo Tengrain!" Mit feierlicher Miene überreichte er Milo seinen Bogen.

Milo ergriff diesen zögerlich. Er fühlte sich überraschend vertraut an. Elegant geschwungenes Zedernholz, wie Milo vermutete. Die Sehne des Bogens war bespannt mit dehnbarem Roßhaar, deßen Elastizität seinesgleichen suchte. Von dieser Eigenschaft sollte sich Milo bald selbst überzeugen dürfen. Die

Enden des Holzes waren jeweils mit Rabenfedern versehen sowie auch die Enden der Pfeile im Köcher des Schützen, wie Milo auffiel. Noch immer begeistert wurde Milos Griff fester. Er erblickte eine Zielscheibe in etwa zwanzig Metern Entfernung.

„Nur Mut", erkannte der Mann die in Milo aufsteigenden Absichten: den aufkeimenden Wunsch vom Abschießen eines Pfeils.

Der Mann streckte ihm sogleich einen Rabenpfeil entgegen. Milo nahm ihn demütig an, setzte die Kerbe des Schaftes mit der Rabenfeder in die Sehne und spannte den Bogen langsam. Dabei verlor er jegliche Wahrnehmung seiner Umgebung. Keine Schritte, keine Marktstände, überhaupt keinen Laut hörte er und auch keine Silhouetten zeichneten sich mehr ab in seinem Augenwinkel.

Das robuste, unzerreißbar scheinende Roßhaar berührte seine Haut und schnitt leicht in seine Wange ein, als er schon fast die maximale Dehnung des Zedernholzes erreicht hatte. Immer größer wurde der Abstand von Milos Fingern zum Griff des Bogens. Er kniff sein linkes Auge zusammen, hielt den Atem an, horchte seinem Herzschlag und ließ schließlich los. Ein leises Sirren entfernte sich von ihm. Der Pfeil fand fast augenblicklich sein Ziel. Stroh spritzte von der Zielscheibe auf. Es war rötlich. Milo hatte genau in die Mitte getroffen.

Der Bogenschütze pfiff beeindruckt durch die Zähne. „Gratuliere, Junge! Das war ein Meisterschuß! Ich kenne nur einen Mann, der zu Gleichem fähig ist. Aus Loxely, meine ich zu wißen."

Milo stiegen Tränen in die Augen. „Danke", flüsterte er bewegt. „Ich ... ich ..."

„Die Leistung eines Ausnahmekönners bedarf keiner Erklärung", beschwichtigte der Kommentar des Grün-Bemützten. „Laß es einfach auf dich wirken. Die Energie des Schußes, die Genugtuung des Resultats, das Wohlgefühl der Handlung. Authentisch und ehrlich. Gut gemacht, Junge", bestärkte er Milo nochmals. Und bedeutete ihm sogleich, daß er aufbrechen mußte.

Noch immer verwirrt von dem, was gerade paßiert war, gab Milo dem Mann den Bogen zurück.

„Wohin geht ihr, Herr?", fragte Milo.

„Zurück in meine Heimat", antwortete der Mann.

„Wo ist das?", wollte Milo wißen. Er blieb hartnäckig.

Der Mann überlegte lange, bevor er Milo eine Antwort auf diese Frage gab. „In die Geborgenheit des Waldes ... Das Grün ... mein Zuhause." Mit diesen Worten ließ der Mann den Jungen stehen.

Milo wurde hektisch. „Halt, verratet mir wenigstens Euern Namen, Sire, bevor Ihr geht."

Ein Schmunzeln überkam den Bogenschützen. „Robin. Man nennt mich Robin, mein junger Freund – *Robin Hood*." Mit diesen Worten schritt der grün gekleidete Mann von Dannen.

Milo konnte es nicht glauben. Er hatte soeben den berühmtesten und auch berüchtigtsten Bogenschützen des Nottingham Forrest getroffen. Robin von Loxely oder eben auch Robin Hood. Er wollte nochmals einen Blick auf sein Idol erhaschen. Doch die Legende war bereits im Getümmel der Menge verschwunden. Auch bemerkte Milo, daß offensichtlich niemandem sein gelungener Schuß aufgefallen war. Trotz der zahlreichen Marktbesucher und den verkaufenden Händlern, welche den Weg der Kauflustigen säumten und eifrig ihre Ware feilboten. Ungeachtet des noch immer verdutzt dastehenden Jungen gingen die Leute weiter ihren Geschäften nach.

Es sollte jedoch nicht das letzte Mal gewesen sein, daß Milo Robin Hood begegnen sollte. Doch auch dies ist eine andere Geschichte, deren Erzählung eines anderen Ortes und einer anderen Zeit bedarf. Nicht heute und nicht hier.

Für Milo war dieser Tag jedoch noch besonderer als ursprünglich gedacht. Ein einzigartiges Erlebnis auf einer seiner zahlreichen Streifzüge durch das mittelalterliche Arion.

Das Wiedersehen

Es waren bereits einige Tage seit dem Erlebten am Markt von Sapphire's Rest vergangen. Nach harter Arbeit auf dem Gutshof Noodridge fand Milo nun endlich wieder etwas Zeit für sich, die er gerne alleine und fern ab aller Pflichten meist am selben Ort verbrachte.

Der Fluß Gariganoru plätscherte friedlich vor sich hin. Milo saß auf einem großen Stein nahe dem Ufer und sah der fließenden Bewegung des vor ihm liegenden Gewäßers intereßiert zu. Auf einer Schilfpflanze saß ein kleiner gelber Frosch, von Milos Plätzchen aus kaum auszumachen. Und dennoch hatte er ihn erspäht. Diese Art kannte Milo jedoch nicht. Der gelbe Köper des Frosches hob sich nur schwach vom Schilf ab. Bewegungslos verharrte der winzige Quaker auf der wackeligen, schrägen Oberfläche des schwingenden Halmes.

Links neben der Amphibie schwirrte eine grünblau gepunktete Libelle vorbei, verfolgt von einem ebenfalls bläulich grünen Vogel. Wohl ein Kolibri auf der Jagd. Milos Kenntniße über Fauna und Flora hielten sich in Grenzen, jedoch erkannte er einen Kolibri schon von weitem. Hatte er doch einst das Glück gehabt, daß sich solch ein faszinierender Vogel bei einem seiner ersten Ausflüge am Waßer auf sein Knie niederließ. Nur einen ganz kurzen Augenblick. Doch dieser war magisch und so besonders, daß er sich tief in Milos Erinnerung eingebrannt hatte.

Versonnen folgte er diesem wunderbaren Gedanken und warf Kiesel um Kiesel ins seichte Waßer. Unmittelbar neben den Kreisen, welche die absinkenden Kiesel auf der Waßeroberfläche auslösten, stiegen plötzlich Blasen auf. Bei genauerem Hinsehen entdeckte er zwei große Silberrohr-Schoppen. Auch die erkannte er auf Anhieb, weil sein Großvater vor Jahren einen dieser seltenen Fische gefangen hatte. Er konnte den Duft des geschmorten Angelerfolgs noch förmlich riechen. Nie könnte er diesen außerordentlich zarten Geschmack im Mund vergeßen, damals wie heute unerreicht. Er leckte damals sogar den Teller sauber, so einzigartig schmeckte diese Gabe des Flußes.

Mit einem Lächeln auf den Lippen blickte Milo über den Gariganoru hinweg auf die Weite der Felder, die unendlichen Wiesen und weiter hinten auf die dunkelgrünen, dichten Wälder des Black Kite Forest. Die Region Arion war unvergleichlich schön und ja, auch von weitreichender Größe: Die Grenzen von Arion führten eben von diesem hiesigen Fluß Gariganoru und Milos Heimatstädtchen Sapphire's Rest, entlang der Grafschaft Everbrook, vorbei am Fuße des Berges White Stone und erstreckten sich sogar noch weiter, bis hin zum anliegenden Gebirge Turbid Mountain.

Jäh wurde Milos Schwärmerei für seine Heimat unterbrochen: Er glaubte, ein Sirren zu hören. Keine Sekunde später splitterte Holz von einem Baum. Hektisch drehte sich Milo um. Der Pfeil steckte keine zehn Fuß enfernt in einer mächtigen Kiefer, die Milo im Sommer stets kühlen Schatten spendete.

Milos Augen blickten schnell weiter in die dem Schaft des Pfeiles entgegengesetzte Richtung. Rund dreißig Meter vom Ziel entfernt sah Milo einen grün gekleideten, hageren Mann mit grünem Hut, deßen rechte Seite eine Fasanenfeder zierte. In seinen Händen hielt er einen Zedernbogen mit Rabenfedern an beiden Enden. Und seine zu Beginn aufkeimende Furcht wich sogleich unbändiger Freude.

„Robin ... Robin Hood !?!", schrie Milo fröhlich. Der Fluß neben ihm schien leiser geworden zu sein. Der Bogenschütze lachte ebenfalls heiter auf.

„Hallo, mein kleiner Freund!", rief er dem Jungen zu und setzte sich in Bewegung. „Schnelle Reaktion und noch beßere Beobachtungsgabe. Das ist gut und die beste Voraussetzung um der fähige, tapfere Bogenschütze zu werden, der du einst sein wirst, Milo Tengrain." Mit diesen Worten hatte er Milo eingeholt.

Die lobenden Sätze seines Idols schmeichelten dem Jungen, der sich verlegen und kleinlaut zu Wort meldete. „Danke, Sire, ich ..."

„Was habe ich dich auf dem Markt gelehrt?", unterbrach ihn Robin Hood sogleich.

„Die Leistung eines Ausnahmekönners bedarf keiner Erklärung?", entgegnete Milo fragend.

„Richtig, und auch keiner Rechtfertigung, niemals", ergänzte der Mann aus Loxely. „Merk' dir das, Junge."

„Ja, Sire", quittierte Milo.

„Und nenn' mich nicht Sire, Junge. Nenn' mich Robin, mein Freund. Du bist doch mein Freund, oder?", grinste Hood seinen Bewunderer an.

Milo schluckte kurz und meinte dann: „J-j-j-aa ... Aber klar." Er hüpfte nun vor Begeisterung.

„Na, dann ist ja gut", nickte Robin zufrieden und zwinkerte Milo zu.

„So, nun zieht es mich wieder in die Wälder, Milo Tengrain. Den Pfeil kannst du behalten."

„Danke, Si ..., ähm, ich meine natürlich: Robin."

Der Meisterschütze pfiff kurz zweimal durch die Zähne, was einen Zwerggimpel dazu bewegte, ihm zwitschernd zu antworten, bevor der kleine Vogel vom benachbarten Jakobsstrauch aufflog und in den Himmel entschwand. Milos Blicke folgten dem Vogel nach, bis er ihn nicht mehr sehen konnte. Als Milo zur Kiefer blickte, an der Robin Hood gerade noch gestanden hatte, läßig an den Baum gelehnt, sah er ins Leere. Robin Hood war bereits verschwunden. Wie auch wenige Tage zuvor am Annual Sapphire's Sundry Market in Sapphire's Rest. Schattengleich. Kaum überraschend, dass Robin Hood auch Phantom oder Legende genannt wurde, wenn man von ihm sprach. Denn soweit Milo die damalige Situation beurteilen konnte, hatte ihn auf dem Markt niemand bewußt wahrgenommen, außer er sich selbst. Und Robin's Gefolgschaft natürlich. Robin Hoods Waldläufer vom Nottingham Forest galten denn auch als äußerst geschickt im Umgang mit Pfeil und Bogen und waren Meister der Tarnung.

Ach, Milo wünschte sich, ein Gefolgsmann von Robin zu werden und am liebsten auch schon zu sein. Tapfer, mutig, etwas verwegen und kühn. So, wie er wohl nie sein würde. Milo senkte seinen Kopf, um ihn sogleich wieder zu heben: denn er hörte nochmals den Doppelpfiff. und lächelte hoffnungsvoll.

„Vielleicht ja doch ...?!", sprach er jetzt mit fester Stimme zu sich selbst und wiederholte den Satz mehrmals. „Vielleicht ja doch."

Er erinnerte sich just in diesem Moment an Robin Hoods Worte: *Den Pfeil kannst du behalten.* Richtig, dieser steckte doch noch in der Kiefer! Sogleich richtete sich Milo auf, schritt auf den mächtigen Baum zu und versuchte, den Pfeil mit der Rabenfeder am Schaft aus seiner Verankerung zu lösen. Doch Milo hatte keine Chance. Das Geschoß steckte tief in der Rinde des Baumes und ließ sich keinen Millimeter bewegen. Nach mehreren Versuchen brach Milo ab und schlenderte etwas niedergeschlagen nach Hause, zum Gehöft Noodridge, wo er als Stallbursche dem Gutsbesitzer Grandful Everglory diente. Er war auch schon etwas zu spät dran für seinen nächsten Dienst, dem Ausmisten der Schweineställe. Na ja, unzufrieden über seine Verspätung war Milo jedenfalls nicht. Dies war sicher. Um keinen Preis hätte er auch nur eine Minute dieser Begegnung verpaßen wollen. Und sein Lächeln kehrte zurück.

Milo sollte den Pfeil doch noch aus dem Holz bekommen. Aber dies ist eine andere Geschichte, deren Erzählung eines anderen Ortes, zu einer anderen Zeit bedarf. Nicht heute und nicht hier.

Die große Schweinerei

Milo beeilte sich nun doch etwas, denn er war zu spät, um seinen Dienst als Stallbursche anzutreten. Er wollte schneller nach Noodridge gelangen, dem Gehöft des stinkreichen und wohl genauso arroganten Gutsbesitzers Grandful Everglory. Dieses nahe der Stadt Sapphire's Rest gelegene bäuerliche Anwesen des edlen Landvogts nannte Milo sein Zuhause, obwohl er hier gefühlt nur arbeitete. Doch seit Generationen schon wohnte und verrichtete seine Familie ihren Dienst auf diesem Gutshof.

Seine Bleibe im Stroh der angrenzenden Scheune war ebenfalls seit jeher sein Lohn, nebst einem bescheidenen Anteil der Weizenernte im Sommer. Gegen den Weizen konnte Milo dann Decke und Kißen eintauschen, welche er selbstverständlich ebenfalls von Everglorys Gehöft beziehen mußte, so wie auch Waßer, Eßen und Kleider gegen das Getreide einzutauschen waren. So wollte es der Gutsbesitzer. Sein Wort war Gesetz, jedenfalls auf seinem Hof.

Grandful Everglorys Besitz bestand nebst zahllosen Feldern und anderen Ländereien auch aus einer großen Anzahl von Pferden, Schafen, Ziegen, Kühen, Gänsen, Enten, Hühnern und Schweinen. Unzählige Diener, Mägde, Knechte und Stallburschen sorgten für deren Wohl oder beßer Unterhalt. Und Milo war für die Schweine verantwortlich. Nicht für mehr und nicht für weniger. Und zwar nicht für das Füttern, sondern eben für das Ausmisten der Schweineställe.

Milo öffnete das erste Gatter von Noodridge, welches den Zugang zum Gehöft bildete und dem noch drei weitere folgten, bis er endlich die Hütten und Ställe des Gutshofs erreichte.

Er wurde bereits von einem grimmigen Augenpaar erwartet: Dieses paßte nur zu Aufseher Lungolf Fenryhr. Milo konnte sich nicht erinnern, Lungolf auch nur einmal lächeln gesehen zu haben. So auch in diesem Moment nicht.

„Du bist zu spät!", grunzte ihn Lungolf an. „Wo warst du?!" Der Untergrund bebte aufgrund von Lungolf's grobem Raunen.

„Am Fluß", entgegnete Milo kleinlaut.

„Dann bist du ja nun sauber genug, um wieder dreckig zu werden!" Auch jetzt grinste Lungolf keineswegs, sondern blickte nur noch grimmiger. „Los, an die Arbeit! Du hast schon zu viel meiner Zeit vergeudet! Schweineställe ausmisten, aber plötzlich!" Lungolf strafte Milo nochmals mit einem eisigen Blick, bevor der Junge zu den Schweineställen trottete.

Das Grunzen der Schweine gleicht Lungolfs Aussprache, dachte Milo, als er sich den Ställen näherte. Und trotz seiner unvermeidlichen Lage, umspielte ein Lächeln sein Gesicht. Grandful Everglory hatte viele Schweine. So viele, daß Milo sie nicht zählen konnte. Verteilt auf drei Ställe. Zu klein, um solch' eine Vielzahl von Schweinen zu beherbergen. Dementsprechend drängten sich die Säue Schnauze an Schnauze an den Futtertrögen, die kaum richtiges Futter als vielmehr Abfälle enthielten. Verschimmelt und vergoren meist. Und doch schien es den Schweinen irgendwie zu schmecken. Kein Wunder, es war ja auch das Einzige, was die Grunzer zu freßen kriegten. Milo bedauerte die rosanen Fleischlieferanten dafür und machte sich an die Arbeit.

Das Ausmisten der Ställe dauerte ewig. Milo war für alle drei Ställe zuständig. Schließlich war er jung und kräftig, wie Everglory betonte, als er ihn vor vierzehn Monaten zum Stallburschen ernannte und somit vom simplen Bewohner des Hofes zu deßen Arbeiter *beförderte.* Seit diesem Moment verrichtete Milo diese Arbeit. Nicht mehr und nicht weniger. Für nicht mehr Lohn und nicht weniger Schweiß. Und so schaufelte Milo Klafter für Klafter Schweinemist auf einen Haufen vor dem Scheunentor. Der Misthaufen diente als Dünger für die Felder, welche ebenfalls nicht zu zählen waren und unendlich weit reichten. Sie erstreckten sich unmittelbar hinter dem großen Landhaus, in deßen edlem Gemäuer der Gutsbesitzer wohnte. Etwas abseits der Ställe und Scheunen. Das Haus wurde gezielt an diesem Ort erbaut, damit Everglory seine Ländereien stets im Blick hatte, ob wohl auch ja kein Feldarbeiter seinen kostbaren Weizen mitgehen ließ, ohne daß er ihn höchst selbst offiziell als Lohn verteilte.

Milo schaufelte grübelnd weiter. Als er ein weiteres Mal seine Schaufel ansetzte und den Mist auf den Haufen beförderte, riß ihn ein spitzer Schrei jäh aus seinen Gedanken.

„Wäähh, eklig, kannst du nicht aufpaßen, du einäugiger Sohn einer Schlammraupe!"

Er kannte dieses Gezeter nur zu gut. Es war der Gutsbesitzer, Grandful Everglory höchst selbst. Milo blickte auf. Der sonst stets adrett und piekfein gekleidete Landvogt wirkte jetzt nicht mehr sehr elegant: Milos schwungvolle Ladung hatte den dicken Mann voll getroffen. Seine Weste, ursprünglich schwarz und maßgeschneidert, zog Falten. Sie wies nun eine braune Färbung auf. Das Hemd darunter schien ebenfalls nicht mehr weiß zu sein.

„O Gott, Sire ... ogottogottogott!"

Lungolf eilte seinem Herrn zu Hilfe und sah dabei aus wie ein hektischer Gockel

Rundherum fand Milo's Mißgeschick mehr und mehr Aufmerksamkeit des Gesindes. Oder war es doch eher das ungeschickte Verhalten des Gutsbesitzers ...?

Das anfängliche Kichern schwoll zu einem Lachen und zu guter Letzt zu einem gellenden Gelächter der immer größer werdenden Ansammlung von Menschen an. Sämtliche Bedienstete auf dem Gutshof kugelten sich bald vor Lachen und hielten sich die hageren, schmerzenden Bäuche aufgrund dieser unerwarteten, viel zu seltenen Belustigung.

Lungolf Fenryhr wirkte panisch und wollte seinem Herrn zu Hilfe eilen. Der besorgte Aufseher rannte hektisch und mit viel zu viel Schwung auf den Misthaufen zu und blieb dabei mit dem rechten Schuh an einem Erdklumpen hängen. Mit nur gering gebremstem Tempo stieg Fenryhr somit elegant in die Lüfte und landete um einiges weniger stilvoll im mittleren Teil des aufgeschichteten Schweinedungs. Man konnte sich wohl lebhaft vorstellen, daß deshalb das Gelächter nicht leiser wurde.

Im Gegenteil. Wohl hörte man die Schadenfreude eher noch bis in die benachbarte Grafschaft Everbrook. Vom nahen Städtchen Sapphire's Rest schon gar nicht zu sprechen.

Hilflos versuchte der Aufseher sich am Gutsbesitzer Everglory festzuhalten. Dieses Unterfangen mißlang jedoch kläglich: Der Landvogt verlor unmittelbar das Gleichgewicht und plumpste mit seinem Hinterteil und einem lauten Klatscher direkt auf Lungolfs Gesicht.

Arsch auf Arsch, dachte Milo vergnügt. Er stimmte aufgrund dieser treffenden Vorstellung nun auch in das Gelächter seiner heiteren Umgebung ein.

Der für die Tore der Schweineställe verantwortliche Knecht war als einer der ersten Schaulustigen herbei geeilt. Die von ihm zuvor geöffneten drei Pforten standen offen. Die Schweine nutzten diesen Moment des Glücks. Sie stürmten in Scharen aus den Ställen, sahen den Gutsbesitzer und den Aufseher im Schlammgestöber sitzen und gesellten sich solidarisch, vielleicht auch nur neidisch, zu den beiden Vorzeige-Dreckskerlen. Die Schreie der beiden Herren vermischten sich sogleich mit dem Grunzen sowie dem vergnügten Quietschen der Schweine in Freiheit und waren kurze Zeit später nicht mehr akustisch auszumachen.

Nur das Lachen der Bediensteten übertönte sogar den Schweinechor. Es dauerte mehr als eine halbe Ewigkeit, bis sich Grandful und Lungolf (die beiden einzigen Schweinehunde dieser Szenerie) aus dem Getümmel von Mist und Schweinerei befreien konnten. Das Schlußbild übertraf die kühnsten Erwartungen aller schaulustigen Bediensteten: Der fettleibige Gutsbesitzer Everglory, deßen aufgedunsenes Gesicht ob der Anstrengung beinahe schon ins Violette wechselte, hatte zwischenzeitlich die Weste verloren und sein einst weißes Hemd hing in braunen Fetzen über seinem viel zu voluminösen Bauch. Seine Mütze hatte sich ebenfalls verabschiedet und den Platz auf Grandful's Glatze mit einem glänzenden, ansehnlichen Fladen brauner Gülle getauscht. Als ob dies nicht schon den Gipfel schlechten Aussehens bedeutet hätte, fiel der Blick der Menge nun auf den Aufseher Lungolf Fenryhr. Ein anhängliches Schwein hatte ihm doch tatsächlich seine Hose stibitzt. Strampelnd hatte der hilflose Aufseher sich noch gegen den grunzenden Dieb zur Wehr zu setzen versucht. Vergeblich. Deshalb nur noch mit seinem Unterkleid und einer braunen (vormals blauen) Kutte gewandet, zitterte der einst stolze Aufseher nur noch vor Scham und Ekel, beide Wangen mit Schweinekot verschmiert.

Es versteht sich von selbst, daß das Saubermachen von Mensch, Schwein, Kleid und Vorhof Stunden, ach, sogar Tage in Anspruch nahm. Auch das Gelächter der Mägde, Knechte, Stallburschen und Diener verebbte erst lange Zeit später.

Trotz der Strafe, die er später leisten mußte, dachte Milo noch lange an dieses erheiternde Ereignis zurück. Es sollte nicht die letzte Erinnerung an Noodridge und seinen Gutsbesitzer gewesen sein, die Milo zeitlebens blieb. Jedoch eine der wenigen erfreulichen Rückblicke an die Zeit auf dem Gutshof.

Doch auch das ist eine andere Geschichte, deren Erzählung eines anderen Ortes und einer anderen Zeit bedarf. Nicht heute und nicht hier.

Arrow Spin

Milo war aufgeregt. Ein Herold hatte vor einiger Zeit den Hof Noodridge, wie zuvor unzählige andere Orte und Regionen, aufgesucht und kundgetan, daß in der Grafschaft Deluge ein Wettkampf stattfinden sollte. Der wichtigste Wettkampf des Jahres: ein Bogenschießen, bei dem jeder tapfere Schütze teilnehmen konnte, der sich dazu berufen fühlte. Und selbstverständlich fühlte sich auch unser junger Held davon angesprochen. Milos Augen leuchteten noch immer, als der Herold auf seinem edlen Rappen davonritt.

Wenige Wochen später war es dann so weit: Das große Turnier in Deluge begann. Gleichzeitig war es der größte Wettkampf des gesamten Reiches. Es fanden sich Bogenschützen aus allen Regionen am Schauplatz des Geschehens ein. Da waren Teilnehmer aus dem westlichen Finch, dem nördlichen Cunning Fox, dem südlichen Green Bindlet, dem heimischen Deluge, dem fernen Hibernian Crest, dem fremden Quorna, ja sogar von der exotischen Insel Morrow Island und schließlich auch aus Berxus, der größten Binnenstadt von Torsovien fanden sich Schützen ein. Und nicht zu vergessen auch aus der stolzen Provinz Arion. Vertreten durch Milo Tengrain vom Gehöft Noodrigde, nahe des Städtchens Sapphire's Rest.

Als Milo den Schauplatz auf Schloß Peruvian betrat, waren die Eindrücke, welche sich ihm boten, überwältigend: Rund um die Wettkampfarena waren Stände aufgebaut, an denen man die Wappen aller Regionen des Landes erwerben konnte. Auch hingen Banner zu Ehren sämtlicher teilnehmenden Provinzen an den hohen Zinnen der Schloßmauern. Sogar das Wappen und Banner von Arion konnte Milo erkennen. In stolzem blau-gold-blau und dem schwungvoll verzierten *A* in der Mitte des

Wappens, flatterte Arions Banner am hintersten der zahlreichen Holzgestelle sowie an der am weitesten entfernten Zinne des Schloßes im Wind. Auf einem breiten hölzernen Podest direkt vor dem Wettkampfgeschehen standen vier vornehme Vasalle mit ihren güldenen Trompeten. Als Milo das Podest paßierte, hoben die Bläser ihre Instrumente und eine vierstimmige Fanfare ertönte, um die Teilnehmer feierlich zu begrüßen. Eindrücklich waren auch die vielen Zielscheiben im Zentrum des Geschehens: Sie waren in fünfzig Metern Entfernung errichtet worden. Eine Linie aus hellen Kieselsteinen markierte den Grenzpunkt, hinter den sich die Teilnehmer jeweils zum gezielten Schuß aufstellen sollten.

Ein herrlich süßlicher Duft stieg Milo in die Nase, von Bratäpfeln. Seine Lieblingsspeise, die er jedoch erst einmal in seinem noch jungen Leben kosten durfte. Und dennoch blieb dieses Geschmackserlebnis einzigartig und unerreicht. Außer vielleicht dem Silberrohr-Schoppen, wie ihn sein Großvater zubereitet hatte.

Etwas weiter links, nahe der Schloßmauer, befand sich ein Stand, vor dem sich bereits eine lange Schlange von zahlreichen Männern und auch ein paar wenigen verwegenen Frauen gebildet hatte, um sich zur Teilnahme am Bogenschießen anzumelden. Ein an die Holzstange des Standes genageltes Pergament verkündete den Preis für den Sieger: einen Ahornbogen namens *Arrow Spin*. Ein prächtiger Jagdbogen, welcher eigens für dieses Turnier aus dem in dieser Gegend sehr seltenen Holz angefertigt wurde, wie Milo beeindruckt las. Unvermittelt erschrak der Junge. An das wichtigste Utensil für den Wettkampf hatte er offensichtlich nicht gedacht. Einen Bogen nämlich. Denn er hatte selbst ja keinen. Woher auch? Außer dem Bogen von Robin Hood, dem Hüter und Beschützer des Nottingham Forest, hatte er noch nie einen in Händen gehalten. Tränen schoßen Milo in die Augen. Niedergeschlagen schlurfte er träge ans hintere Tor des Schloßes und lehnte sich gegen die dicken Mauern. Wie konnte er nur so einfältig sein? Hierher zu kommen, zu einem Bogenschießturnier, ohne Bogen! Vollkommen dumm und hilflos fühlte er sich. Er wollte sich gerade hinknien, um für ein

Wunder zu beten, als er einen ihm bereits bekannten Doppelpfiff vernahm. Sogleich hellte sich sein Gemüt auf und er blickte aufgeregt um sich. Er konnte niemanden sehen. Doch halt. Auf der rechten Seite des Tores entdeckte Milo doch etwas. Ein Gegenstand hing an einem Busch. Zielstrebig schritt Milo an das Grün heran und erkannte, daß es eine Waffe war: ein Zedernbogen mit je einer Rabenfeder an beiden Enden. Der Besitzer des Bogens war noch immer nicht zu sehen. Jedoch hing eine Nachricht am danebenstehenden Köcher: *Für meinen Freund Milo Tengrain: Nutze ihn weise, dann wird er dich zum Sieg führen. Hochachtungsvoll, R. H.*

Ungläubig las Milo die Zeilen nochmals. Doch es bestand kein Zweifel: sein Name stand tatsächlich auf dem Stofffetzen, der als behelfsmäßiges Schriftstück diente. Zögernd ergriff Milo die Waffe und den Köcher. Dann beeilte er sich. Denn es verblieben nur noch wenige Minuten bis zum Beginn des Turniers.

Die Schlange am Meldestand war kürzer geworden. Genauer gesagt war der letzte Schütze vor ihm an der Reihe und auch gerade fertig, sodaß Milo nahtlos zur Anmeldung schreiten konnte. Er strahlte, als er dem Melder seinen Namen sagte: „Milo Tengrain, Arion, nahe der Stadt Sapphire's Rest, vom Hofe Noodridge."

„Der Name genügt, Junge", bremste ein mißmutiger, rotbärtiger Riese seinen Enthusiasmus. „Fünf Gulden!", raunte er hinterher.

„Was ...?!", fragte Milo ungläubig. „Ich dachte, die Teilnahme sei kostenlos."

„Umsonst ist nur der Tod, Kleiner. Na, was ist, kannst du nun bezahlen?"

„N-nein", erwiderte Milo leise.

„Na, dann, tut mir leid ... Halt, warte mal. Wie heißt du noch gleich?"

„Milo", entgegnete der Junge.

„Und wie noch? Champaign?"

„Nein, Tengrain!", widersprach Milo.

„Ah, richtig, Tengrain, da steht's ja. Die Gebühr wurde bereits beglichen. Du bist dabei, Glückwunsch." Der fehlende

Enthusiasmus in der Stimme des Preisrichters hätte jedes Lebewesen im Umkreis von fünfzig Fuß getötet, wäre er giftig gewesen. So aber blieb Milo am Leben und war fortan stolzer Teilnehmer des Turniers von Deluge. Wer die Gebühr entrichtet hatte, war Milo natürlich klar.

„Bogenschützen, aufstellen!", ertönte auch schon der Ruf des Kampfrichters nahe der markierten Schußlinie. „Ich verlese die Regeln: Jeder Teilnehmer hat jeweils einen Versuch pro Durchgang. Es kommen jeweils nur diejenigen Schützen in die nächste Runde, welche die rote Mitte der Scheibe treffen. Alle anderen scheiden aus. Der zuletzt im Turnier Verbliebene ist der Gewinner, deßen Preis ein seltener Ahornbogen aus den Wäldern von Deluge ist: ‚Arrow Spin' mit Namen, gefertigt in hoher Kunst durch unseren Bogenmacher Marilion Renthingham, seines Zeichens Schmied am Hofe von Peruvian."

Ein bewunderndes, zustimmendes Raunen des Publikums erklang.

„Das ist alles", vermeldete der Kampfrichter knapp. „Möge der Beste gewinnen!"

Diese abschließenden Worte wurden von der Menge mit frenetischem Applaus begleitet und bedeuteten zugleich den Beginn des Wettkampfs.

Schütze um Schütze nahm nun entlang der Kieselstrecke seinen Platz ein. Jeweils zehn Schützen erhielten dabei die Möglichkeit, gleichzeitig ihren Schuß abzugeben. Milo zählte insgesamt sechzig antretende Männer und Frauen. Somit formierten sich sechs Zehnerreihen, dicht hintereinander. Milo befand sich in Reihe Vier und wartete gespannt auf seinen Versuch. Die Bogen der ersten zehn Teilnehmer spannten sich langsam. Nach und nach erfüllte ein Sirren der Pfeile die Wettkampfluft. Die große Zuschauerschar raunte oder klatschte, je nach Position der auf den Zielscheiben einschlagenden Pfeile. Aus der ersten Reihe verabschiedeten sich gleich acht Schützen, den Kopf enttäuscht gesenkt. Sie machten widerwillig Platz für die zweite Dekade von Schützen. Wieder sirrte es unstet unmittelbar vor Milos Augen und Ohren. Wieder gab es heitere und düstere

Mienen, erneut schieden acht Schützen aus. Aus der dritten Reihe erwischte es sogar alle zehn Schützen. Keiner traf ins Rote im Zentrum der Scheiben.

Nun kam Milo's großer Augenblick: Reihe Vier trat an die Linie heran. Milo's Herz klopfte stark und es erschien ihm so laut, daß er das Gefühl hatte, jeder seiner Mitstreiter könne es schlagen hören. Doch keiner seiner Kontrahenten drehte sich zu ihm um. Im Gegenteil, hoch konzentriert fokußierten sie ihr Ziel. Einer nach dem anderen gab seinen Schuß ab.

Milo stand als letzter vor seinem Versuch. *Nutze ihn weise*, sprangen ihm die Worte der Nachricht am Köcher ins Gedächtnis. Und vor seinem geistigen Auge erschien ihm die erste Begegnung mit Robin Hood, bei der er schon einmal den Bogen des Meisterschützen verwenden durfte. Damals lag der Bogen genauso geschmeidig und paßend in der Hand wie heute.

Er hatte nun sein linkes Auge geschloßen, den Bogen gespannt, seinen Herzschlag gefühlt und losgelaßen. Bewußt hatte er auch diesmal diese Bewegungen ganz natürlich ausgeführt. Der Pfeil war abgeschoßen. Er hörte Raunen und Jubel zugleich. Mindestens ein Schütze hatte getroffen. Zehn Zielrichter traten jetzt an die Scheiben heran, prüften die Positionen der Pfeile und entfernten sie. Wurde ein Pfeil in die Höhe gehalten, hatte der Schütze in die Mitte getroffen und kam weiter, blieb der Pfeil in der Hand des Richters unten, war der betroffene Teilnehmer ausgeschieden. Zwei Pfeile oben, acht unten.

„Im nächsten Umgang sind Maggie Sutton und Milo Tengrain!", verkündete der Kampfrichter feierlich. Milo konnte es nicht glauben, er hatte sich für die nächste Runde qualifiziert, als einer von zweien seines Durchgangs.

Ein lauter Schrei ertönte neben ihm. „Da hol' mich doch der Clusaster! Wir haben's geschafft, Kleiner!"

Maggie Sutton, ein stämmiges Weib mit geflochtenen roten Zöpfen, wettergegerbtem Gesicht und mannestiefer Stimme klopfte Milo anerkennend und viel zu fest auf die Schulter. Milo verlor kurz das Gleichgewicht, konnte sich nur mit großer Mühe auf seinen Beinen halten.

„Äh … d-d-d-anke, Mylady …", stammelte er.

„Oh, du weißt wie man eine Dame anspricht, Junge. Gefällt mir!", säuselte Maggie verlegen und errötete.

Milo tat es ihr gleich, verdrückte sich jedoch sofort wieder in die hinterste Reihe.

„Durchgang zwei", verkündete der Kampfrichter mit ernster Stimme. „Viel Erfolg!"

Die nächsten Schützen traten an. Insgesamt vier Glückliche aus den Gruppen fünf und sechs qualifizierten sich für den nächsten Umlauf. Somit stellten sich jetzt noch zehn Teilnehmer auf: zwei Frauen und acht Männer. Die Spannung stieg und die Menge hielt den Atem an.

Erneut spannten sich die Bogen, sirrten die Pfeile durch die Luft und fanden ihr Ziel. Sieben Pfeile blieben unten. Drei Pfeile wurden hochgehalten.

„Drei Anwärter auf den Siegespreis verbleiben!", vermeldete der Sprecher monoton singend. „Es sind dies: Thornduld Barkin aus dem hiesigen Deluge …" Jubel brandete auf. „Einabelle Marafalda aus Berxus in Torsovien …" Wiederum Klatschen aus der Menge, wenn auch etwas weniger enthusiastisch. „Und last but not least …" Die Spannung war schier unerträglich. „Milo Tengrain aus Arion." Kaum Applaus von den Zuschauerrängen. Die benachbarten Regionen Deluge und Arion waren seit Jahrzehnten nicht gut aufeinander zu sprechen. Dies erklärte wohl den verhaltenen Beifall.

Milos Herz klopfte ihm bis zum Hals. Er war einer von drei Schützen, die sich um den kostbaren Ahornbogen duellierten. Wahnsinn. Seine Freude wurde gedämpft von einem gurgelnden Geräusch, gefolgt von einem ekelhaften Spucken. Die Urheberin dieser Greulichkeit war die ausgeschiedene Maggie Sutton, die danach den Schauplatz verließ. Nicht ohne dabei ausgiebig zu fluchen und wild zu gestikulieren. Thornduld, ein hochgewachsener, spargelbeiniger Zimmermann aus der hiesigen Grafschaft Deluge, genauer aus dem kleinen Dorf Tremillis, stellte sich links von Milo auf. Die rechte Seite des jungen Stallburschen nahm Einabelle, Tochter eines Nachtwächters aus dem torsovischen Berxus, ein. Milo war noch nie in Torsovien gewesen. Aber das Getreide und die Früchte sollen in dieser Provinz besonders gut gedeihen, lehrte ihn einst sein Großvater. Und wenn er sich richtig entsinnte, aß er schon torsovischen Mais als Beilage zum unvergeßlichen Silberrohr-Schoppen.

Milo schüttelte nun diesen wunderbaren Gedanken ab und konzentrierte sich auf seinen nächsten Schuß. Er kontrollierte seine Atmung, fand seinen Fokus im roten Punkt, schloß sein linkes Auge, zielte, spannte den Bogen und ließ die Sehne aus bestem Roßhaar unvermittelt los. Große Begeisterung setzte von außen ein. Dem Jubel folgte der Blick zu den Pfeilrichtern. Alle drei Pfeile wurden in den Himmel gehalten. Ein neuer Durchgang wartete. Die drei Schützen erwiesen sich alle als nervenstark und ausdauernd. Auch nach zwei weiteren Runden waren noch immer alle drei Teilnehmer im Wettkampf. Der vierte Versuch brachte dann schließlich doch eine erste Vorentscheidung zu Ungunsten von Thornduld Barkin. Ohne eine Miene der Enttäuschung senkte er seinen Bogen, verneigte sich zu Einabelle und Milo und schritt von dannen. Stolz und edel, wie Milo bewundernd feststellte.

Nun waren es also noch zwei Kontrahenten, die den Ahornbogen gewinnen konnten.

Einabelle lächelte Milo zu. „Gut gemacht, Milo. Meine Ehrerbietung an einen großen kleinen Schützen."

Sie zwinkerte ihm bei diesen Worten zu und Milos Herz machte einen Sprung. Mit geröteten Wangen wendete er, wenn auch nur mit Mühe, seinen Blick von der bildschönen Einabelle ab und versuchte sich zu konzentrieren. Dies gelang ihm jedoch nicht mehr. Zu lieblich war seine Gegnerin.

Das Kampfgericht meldete sich nochmals zu Wort: „Die letzten beiden Schützen stehen hier vor uns. Es gilt nun die Regel des präziseren Schußes. Wer seinen Pfeil näher am Mittelpunkt der Scheibe platzieren kann, gewinnt!" Gespannte Stille.

Milo versuchte, doch noch seinen Mittelpunkt der Konzentration zu finden. Trotzdem schielte er wieder zur hübschen Berxusinerin hinüber. Einabelle bemerkte Milo's Blick nicht.

Sie konzentrierte sich auf die Zielscheibe, ein selbstsicheres Grinsen auf den Lippen. Sie spannte ihren Bogen und bevor sie den Schuß abgab, schielte sie berechnend und siegessicher zu Milo hinüber und blickte unerwartet direkt in seine leicht zusammengekniffenen Augen. Sie zuckte zusammen. Der Pfeil schoß los. Vereinzelt erklangen Schreie in der Zuschauermenge. Einige Leute duckten sich erschrocken. Haarscharf verfehlte das Projektil die ersten Zuschauer, durchbohrte einen Apfel und riß diesen seinem Besitzer unvermittelt aus der Hand, bevor die Frucht samt Pfeil die Schloßmauer erreichte und daran geräuschvoll zermatschte. Der Pfeil bohrte sich von der enormen Wucht tief in den Stein und blieb wohl für immer stecken. Einabelle fluchte und strafte Milo mit einem eiskalten Blick.

Dem jungen Schützen fiel es schwer, sich erneut zu konzentrieren. Er biß sich in der Folge auf die Lippe und blinzelte unkontrolliert. *Nutze ihn weise*, holten ihn Robin Hood's Worte wieder ein. Milo fragte sich angestrengt, was sein Mentor ihm damit sagen wollte. Und er begriff. Ziele können sich ändern. Milo bewegte den Bogen leicht nach rechts, fixierte sein neues Ziel, schloß beide Augen, spannte die Sehne bis zum Anschlag und löste Daumen und Zeigefinger intuitiv vom Nock des Pfeils. Das Sirren wurde schnell leiser. Der Pfeil schnellte ebenfalls Richtung Schloßmauer und spaltete kaum hörbar Einabelles Pfeil in voller Länge. Die Menge brauchte einen ungläubigen Augenblick, bis sie begriff, was soeben geschehen war. Zwei Zielrichter eilten zur Mauer, in der die beiden Pfeile steckten. Milo lief ebenfalls zum Ort des Geschehens.

Sein Pfeil hatte den von Einabelle so wuchtig in der Mitte getroffen, daß Milo's Geschoß vollständig im Stein verschwunden war. Einabelles Pfeil war längsseits vollständig durchtrennt worden und lag nun in mehreren Teilen einige Fuß weiter rechts am Boden. Milo's Pfeil war somit näher an der links liegenden Zielscheibe. Ein Raunen wanderte durch die Zuschauerreihen. Milo fragte sich noch, ob dieser Schuß wohl weise war. Seine Frage blieb unbeantwortet. Jedoch war nun ein leises Klatschen in der Ferne zu hören. Die Menge und auch Milo drehte sich um. Erstaunt sah er, wer den Beifall spendete: Ausgerechnet der mürrische, hünenhafte Preisrichter strahlte nun mit der Sonne um die Wette und klatschte noch stärker als zuvor. Seinem Beispiel folgten mehr und mehr Hände, bis der Applaus zu einem tosenden Begeisterungssturm anschwoll. Der junge Schütze hatte soeben den bedeutendsten Bogenschieß-Wettkampf des Landes gewonnen. Und dies bei seiner allerersten Teilnahme überhaupt.

Zögerlich stellte sich Milo verlegen in die Mitte der Arena und winkte der Menge verhalten zu. Zufriedene Gesichter erwiderten seinen Gruß.

Allmählich stellten sich sämtliche Teilnehmenden links und rechts des siegreichen Bogenschützen auf. Aus Respekt und Ehrfurcht. Angeführt durch Thornduld Barkin und einschließlich Einabelle Marafalda ganz zuhinterst. Sie bildeten so einen mittigen Durchgang für Milo, der ihn direkt vor den Preisrichter führte. Neben diesem steckte keine zwei Ellen weiter die blaugold-blaue Flagge Arions im Boden. Stolz über diesen einzigartigen Triumph im Winde wehend. Der Rotbart schritt nun auf seinen Stand zu, beugte sich vor und ergriff einen Gegenstand. Es war dies der hochgepriesene Ahornbogen. Neben ihm stand Marilion Renthingham, der Schöpfer der Waffe. Er bat den Jungen, vorzutreten.

„Komm' her, Milo Tengrain, verdienter Sieger des Bogenschießens von Deluge. Empfange deinen Preis: Arrow Spin, der Stolz einheimischer Handwerkskunst. Mein Stolz", sagte er mit einem Lächeln auf den Lippen. „Du hast ihn verdient, Junge." Milo nahm demütig und gerührt seinen Preis entgegen. Die Trompetenbläser stimmten noch einmal eine Fanfare an, welche allen Anwesenden unter die Haut ging.

„Bravo!", schluchzte Maggie Sutton. Sie schniefte geräuschvoll und gab Milo tränenüberströmt einen dicken, feuchten Schmatzer auf die Wange, um ihn danach auch noch atemraubend zu drücken und zu herzen. Milo errötete und war ergriffen. Er lächelte nochmals scheu und bedankte sich beim Preisrichter, beim Waffenschmied Renthingham und Maggie, allen anderen Schützen sowie dem gesamten Publikum, das noch immer applaudierte.

Und auf den Zinnen von Schloß Peruvian, nahe dem stolzen Banner von Arion, spendete Milo noch ein weiterer Bewunderer Beifall. Einsam und in der Stille der Höhe. Grün gewandet mit Fasanenfeder am ebenfalls grünen Hut. Und der Hüter und Beschützer vom Nottingham Forest war sich sicher, er würde Milo noch viele Male applaudieren.

Doch dies ist eine andere Geschichte, deren Erzählung eines anderen Ortes und einer anderen Zeit bedarf. Nicht heute und nicht hier.

KAPITEL II

Milos Bestimmung

Die Grotte des Schicksals

Milo genoß seinen Ausritt mit Plenum, der stolzen Stute des Gutsbesitzers Grandful Everglory. Der Wind pfiff durch sein Haar und zerzauste seine Locken im schnellen Galopp des edlen Pferdes. Wie er zu dieser früher seltenen und nun immer häufiger vorkommenden Ehre gekommen war, entzog sich noch immer seiner Kenntnis. Seit dem Vorfall mit der, im wahrsten Sinne des Wortes, größten Sauerei in der Geschichte Noodridges, als er seinem Herrn aus dem Dreck half und ihn schnell mit einem Holzeimer voll kalten Waßers wenigstens von den ärgsten Schweinedreckresten befreite. Auch wenn der Landvogt danach sogleich von einem starken Schüttelfrost heimgesucht wurde, reichte ihm Milo selbstlos eine wärmende Decke. Seit diesem Ereignis also änderte Everglory sein Verhalten gegenüber Milo merklich. Er war um einiges freundlicher zu seinem Stallburschen und ließ ihn sogar gelegentlich ausreiten. Wie eben auch heute. Milo gab Plenum die Sporen und schon bald erreichten die beiden die ersten Ausläufer des Turbid Mountain-Gebirges. Am Fuße des ersten Berges, dem mächtigen Beaver Peak, welcher seinen Namen den vielen hier heimischen Biebern verdankte, straffte Milo Plenum's Zügel und brachte sein Pferd zum Stehen.

Der junge Reiter stieg ab und band das Roß mit dem Zaumzeug am nächsten Baum fest. Milo suchte die Gegend ab und spähte in die weitere Umgebung. Er fand alsdann ein geeignetes Plätzchen für sein Vorhaben, der Beerenlese. Denn er hatte in einer der von ihm so geliebten Erzählungen seines Großvaters einst erfahren, daß es in dieser Region von Arion die süßesten Wilderdbeeren geben sollte. Sie wuchsen eben just unter der Obhut des Beaver Peaks.

Er mußte sich folglich nur kurz gedulden, bis er die ersten, reich mit blutroten Früchten behängten Sträucher entdeckte. Sein Großvater hatte nicht zu viel versprochen. Schon die erste Erdbeere schmeckte himmlisch frisch und süß. Einfach nur herrlich. So schlug sich Milo genüßlich und auch etwas gierig den Bauch voll, bis dieser zu knurren begann. Das erschien Milo nicht logisch. Er horchte also genauer in sich hinein und begriff, daß das Knurren weder von seinem Bauch noch von seinem Magen stammen konnte. Er blickte sich schnell um. Das Knurren entpuppte sich nun als Brummen, beunruhigendes Brummen, das auch viel näher war als gerade noch. Die Dornenbüsche, nur zwanzig Fuß vor ihm, wichen auseinander und machten einem riesigen *Xerius* – dem größten Grauschimmer-Bären in der hiesigen Fauna – Platz. Der gewaltige Meister Petz richtete sich sogleich zu seiner vollen Größe auf und stand nun auf seinen kräftigen, silbernen Hinterbeinen vor Milo, nur noch wenige Schritte entfernt.

Milo war starr vor Angst. Plenum wieherte panisch und riß sich vom Stamm des Ahornbaumes los, an welchem sie Sekunden zuvor noch friedlich schnaubend angebunden gewesen war. In schnellem Galopp raste das Pferd davon.

Treuloser Gaul, dachte Milo bei sich. Die Wut, die nun in ihm aufstieg, befreite ihn jäh von seiner ohnmächtigen Starre und ließ auch ihn rennen. *Einfach nur weg von hier*, wünschte er sich. Fort von diesem Ungetüm. Seine Beine trugen ihn immer schneller durch das Gestrüpp, die Büsche und durch die viel zu zahlreichen Dornenhecken. Milo hüpfte behände über zahllose Wurzeln und umgestürzte Baumstämme, blieb nicht stehen, rannte immer weiter, ruhelos mit unerschöpflicher Ausdauer und weitreichendem Atem. Erst nach geschätzt mehreren Kilometern, als er das Brummen des Xerius-Bären nicht mehr im Nacken zu spüren glaubte, wurde er langsamer. Um sicherzugehen, daß er alleine war, schaute er sich mehrmals hektisch um und richtete dann seinen Blick wieder nach vorne. Da, in einem Felsen nicht weit von ihm entfernt, war eine Vertiefung. Als er sich schnell näherte, tat sich vor ihm eine Höhle auf. Unendlich dankbar für diese göttliche Fügung, spurtete er auf die Öffnung zu und erreichte schließlich den Höhleneingang. Schnell enthüllte sich die vermeintliche Höhle als eine prächtige Grotte, von deren Decke Tropfsteine hingen und aus dem Boden vulkanähnliche Erhebungen wuchsen. Stalaktiten und Stalakmiten. Auch von diesen eindrücklichen weißlichen Gebilden hatte ihm sein Großvater erzählt. Milo vergewißerte sich, daß ihm der Xerius nicht in die Grotte gefolgt war. Dann entspannte er sich allmählich. Der Grauschimmer hatte offenbar von ihm abgelaßen, war weg, nicht mehr zu hören. *Wie es wohl Plenum ergangen ist? Konnte auch sie dem Bären entfliehen?*, fragte sich Milo. Er atmete tief ein, ebenso stark wieder aus und wurde nach und nach ruhiger.

Solange, bis ihn ein schrilles Kichern erneut erschaudern und erschrocken zusammenzucken ließ. „Hihihihihiii! Was führt dich her, mein kleiner abenteuerlicher Höhlengnom?"

Galt diese Frage Milo?

Milo schaute sich um und erblickte auf einem Felsvorsprung über ihm eine offensichtlich für Menschen gebaute kleine Behausung.

„Komm' her, Jungchen, ich tu' dir nichts!" Die Aufforderung hallte durch die Grotte. Erst jetzt, als sich Milos Augen allmählich an die Dunkelheit gewöhnt hatten, sah er eine alte Frau mit langem, schlohweißem Haar. Sie war in einen grauen Mantel gehüllt, der die Alte in den Felsen geschickt tarnte. Die dünne Greisin winkte ihn näher zu sich. Milo befolgte ihre Anweisungen.

„Mechthild von Dontalga, mein Jungchen. Das ist mein Name. Hellsichtige Schicksalsweberin meine Berufung." Die klein wirkende alte Frau schritt die Stufen des Felsvorsprungs hinunter und war dabei überraschend agil. Elegant glitt sie die letzten Stufen hinab und blickte direkt in Milo's Gesicht. „Willkommen in meinem bescheidenen Reich, edler Milo Tengrain", säuselte die Seherin. Erstaunt wunderte sich Milo, woher sie seinen Namen kannte. Hatte er sich ihr doch noch nicht vorgestellt.

„Seid gegrüßt, weise Schicksalsweberin." Milo's Stimme zitterte. Der Respekt vor der Greisin war ihm deutlich anzuhören.

Vor allem wohl auch deshalb, weil er diese Weisheit noch nie erfahren hatte.

„Nur keine Angst, Jungchen", krächzte Mechthild beruhigend. „Die alte Mechthild hat noch nie kleine Kinder gefreßen oder verspeist. Zumindest nicht nach einem reichhaltigen Frühstück." Wieder kicherte sie und erneut fuhr es ihm durch Mark und Bein.

„Nein, nein, Jungchen, nur Spaß!" Die Hellsichtige zwinkerte Milo beschwichtigend zu. „Nur Mut, mein kleiner Höhlentroll."

Sie nahm Milo an die Hand und zog ihn sanft, aber bestimmt die Stufen empor. Den letzten Rest stieß Mechthild den Jungen vor sich her und schließlich vollends auf das felsige Plateau. Dicht gefolgt von der weisen Greisin, betrat Milo den geräumigen Felsvorsprung. Vor der, im Vergleich zur großzügigen Fläche des Steinbodens, sehr kleinen Hütte brannte ein noch winzigeres Feuerchen, deßen übermütige Flammen jedoch unerschrocken vor sich hin loderten.

„Setz dich, Jungchen." Mechthilds Stimme wirkte beruhigend auf Milo. Er tat, wie ihm geheißen und ließ sich vor der wärmenden Feuerstelle nieder. Erst jetzt bemerkte der Junge, daß er fröstelte. Die Hellseherin schien Milos Gefühlsregungen zu spüren. Sie holte ein schmuckes, kleines Teekrüglein aus der Glut des Feuers, hob eine Schale aus Tonerde aus dem hinter ihr platzierten Körbchen und schenkte Milo eine dampfende, nach starken Kräutern riechende, grünliche Flüßigkeit in das tonerne Gefäß ein. Milo bedankte sich, froh um das Getränk, das seine Hände wärmte und durch deßen Duft sich eine tiefe Zufriedenheit in ihm ausbreitete.

„Trink, Jungchen." Das Gesicht der Seherin hatte nun milde, fast schon großmütterliche Züge angenommen. „Das wird dir gut tun."

Milo nahm einen großen Schluck aus der Schale. Sobald die Flüßigkeit Milo's Rachen, Gaumen und seine Zunge berührte und langsam seinen Hals herunterrann, spürte der Junge, wie die Energie in seinen Körper zurückkehrte. Ihn kräftigte, ihn stärkte, neue Lebensgeister in ihm erweckte. Seine Sinne waren unmittelbar geschärft und sein Blick glasklar. Was auch immer Milo hier zu sich genommen hatte: es war wie Seelenbalsam.

Zufrieden lächelte die alte Mechthild. „Nun bist du bereit, Jungchen, den Grund deines Besuches zu erfahren, deine Bestimmung in Bezug auf diesen Ort." Die Stimme der Seherin klang nun geheimnisvoll. Milo blickte gespannt auf die Greisin, die ein indigofarbenes Pulver ins Feuer streute. Milo erschrak kurz, als es mehrmals knallte. Dann wechselte die Flamme von hellem Gold in dunkles Schwarz. Eine chemische Reaktion wie Milo vermutete. Doch kannte er sich hier entschieden zu wenig aus.

Mechthilds leiser Gesang war erneut zu hören: „Lausche der mächtigen Schicksalsweberin, unwißender Milo Tengrain. Denn der Tag wird kommen, an dem dir Großes widerfahren wird. Ein Ereignis, welches seit Jahrhunderten auf seine Entstehung wartet und geboren wird an eben diesem bestimmten Datum der Macht."

Milo hatte keine Ahnung, was die Alte da vor sich hin brabbelte. Vielleicht betete sie ja lediglich. Er war ja nur ein unbedeutender, kleiner Stallbursche. Was sollte ihm denn schon Großartiges widerfahren, als lediglich weiterhin die Schweineställe seines geizigen Herrn auszumisten? Und warum denn eigentlich gerade ihm?

Die Greisin fuhr fort: „Ich, Mechthild von Dontalga, gesegnet von den Mächten dieser Grotte, *Ammoniaris* mit Namen, schwöre hier und heute feierlich, diesen jungen Meisterschützen zu behüten und zu ehren, solange mir vergönnt ist an diesem heiligen Ort, dieser gesegneten Stätte des Ursprungs zu atmen." Erschüttert von den Worten der Seherin, wich Milo von der nun purpurnen Flamme zurück. Er fürchtete sich.

„Hab' keine Furcht, tapferer Milo Tengrain, dein Schicksal liegt in guten Händen. Beschützt durch die Geister dieser Höhle, durch die Urgewalt der mächtigen Hüter und durch die Stärke und Kraft von *Arrow Spin* oder eben auch *Lacing Stream*, vereint mit *Lightness*."

Und wieder erschauderte Milo ungläubig. Woher kannte die Alte nebst seinem eigenen Namen nun auch noch den seines

Bogens? Die Waffe, die er jüngst in einem denkwürdigen Wettkampf als Preis gewonnen hatte. Und was sollten die beiden anderen Namen, die er noch nie zuvor gehört hatte ... Milo's Gedanken blieben unbeantwortet.

Der Schrei kam aus dem Nichts. Schnell wurde er stärker und stärker, bohrte sich in Milo's Kopf, flutete seine Sinne, lähmte seinen Verstand. Schmerzen drückten auf seinen Kopf, so stark, daß er glaubte, sie würden ihn blenden. Seine letzte Wahrnehmung war ein magischer Nebel, der sich aus dem Nichts bildete und schnell dichter wurde. Milo hatte von diesem seltenen Naturschauspiel, das *Alzarin-Nebel* genannt wurde, gelesen. Ob in diesem Augenblick jedoch auf natürliche Weise entstanden, deßen war er sich nicht sicher. Sein Gedanke endete abrupt. Denn schließlich holte ihn diese besondere Schwärze gänzlich ein. Er verlor das Bewußtsein.

Als Milo erwachte, befand er sich wieder vor dem Eingang der Höhle, fernab der Grotte im Innern. Die Sonne blendete ihn, als er sich aufrichtete. Der Junge blinzelte ins helle Licht. Ein fröhliches Wiehern empfing unseren eben erst Erwachten lautstark.

„Plenum?!", rief Milo erleichtert, wenn auch noch etwas verwirrt und auch leicht wackelig auf seinen Beinen. Er mußte sich zuerst festen Stand suchen und sich allmählich an das gleißende Sonnenlicht gewöhnen. Das Pferd antwortete auf seinen Gruß mit einem geräuschvollen Schnauben. Freudig umarmte Milo nun den Hals seines treuen Roßes, schwang sich schnell in den Sattel und ritt sogleich los. Sapphire's Rest und dem dahinter gelegenen Gehöft Noodridge entgegen. Er beeilte sich und mahnte auch Plenum mit einem Zungenschnalzer zur Eile. Das Tier gehorchte und erreichte bald ein so hohes Tempo, daß es zeitweise beinahe so schien, als ob das Gespann den Wind einzuholen vermochte.

Die weise alte Frau, Mechthild von Dontalga, winkte Milo still und wißend hinterher. Sie stand nun ebenso vor dem Höhlenportal *Ammoniaris*, wie noch wenige Minuten zuvor Milo vor der Mündung eben dieser Grotte lag. Milos Schicksal fand an diesem Ort seinen Ursprung, das wußte sie, das spürte sie. Nur der Junge wußte es noch nicht. Mit murmelnden Worten kehrte das *Orakel von Ammoniaris* in ihre Grotte zurück: „Aber bald wirst du es selbst herausfinden, Milo Tengrain. Wenn du das blaue Leuchten findest. Oder treffender, wenn es dich findet."

Doch das ist eine andere Geschichte, deren Erzählung eines anderen Ortes und einer anderen Zeit bedarf. Nicht heute und nicht hier.

Blaues Leuchten

Die Kirchenglocken von Sapphire's Rest waren deutlich zu hören und weckten Milo aus einem traumlosen Schlaf. Er reckte sich. Als er sich schließlich mühselig aus dem Stroh erhob und noch etwas schlaftrunken vor die Scheune trat, wurde er überschwänglich und viel zu laut, von Willrim, dem kleinen Sohn von Köchin Styna, empfangen.

„Miiiloooh!" Willrim strahlte ihn an.

„Milo", berichtigte Milo sanft und vor allem mit leiser Stimme, in der Hoffnung, daß dies auf Willrim abfärben sollte.

„Miiiloooh!", donnerte noch einmal das schrille, aber kräftige Stimmchen durch die Morgenluft.

Milo hielt sich das schmerzverzerrte Gesicht und den müden Kopf zugleich, bevor er herzhaft gähnen mußte. „Nicht so laut, Will!", ermahnte ihn Milo nun etwas bestimmter. Zu seiner Verwunderung verstummte Willrim sofort und blickte den noch immer nicht vollständig aufgewachten Stallburschen mit großen, schwarzen Kulleraugen an.

„Digung ...", vermeldete das Kind kleinlaut und senkte entschuldigend sein Köpfchen. Oh, wie konnte Milo einem solchen Blick widerstehen, geschweige denn böse sein ...? Das schaffte er nicht.

Also fuhr Milo Willrim durch das Wuschelhaar. „Schon gut, du kleiner Purzel. Alles bestens."

Will's Miene hellte sich auf. „Soon guut!", quietschte er und wiederholte so, wenn auch phonetisch etwas eigen, die Worte von Milo, welcher zurückgrinste.

„So, du kleiner Racker, ich muß jetzt los!"

„Mitkomm", flehte Will sofort.

„Nein, Will, das geht nicht." Die Stimme gehörte Wills Mutter.

„Styna, Gott sei D …, ähm …, ich meine natürlich … schön, dich zu sehen!", grüßte der Stallbursche die Köchin.

„Ich verstehe schon", lächelte Styna Milo offen an. „Will ist manchmal …, nun, sagen wir, etwas anstrengend."

„Aber keineswegs", protestierte Milo.

„Ach, papperlapapp! Eine Mutter hat dafür einen sechsten Sinn." Dem konnte und wollte Milo nicht mehr widersprechen.

„Ich sollte schon längst weg sein", versuchte er sich aus der Schlinge dieser mißlichen, rhetorischen Lage zu befreien. „Der Gottesdienst ruft."

„Dann laß' dich nicht von meinem Ruf aufhalten, Milo Tengrain." Styna schmunzelte. „Einen sonnigen Tag wünsche ich dir."

„Ebenso!", rief Milo erleichtert und stahl sich sogleich davon.

Wahrlich, die Sonne zeigte sich heute von ihrer besten Seite. So ein prächtiger Morgen war doch viel zu schade für einen Gottesdienst. Und außerdem war er dafür sowieso schon viel zu spät dran.

Also ritt er elegant an den vier Gattern vorbei, die Milo auf die Landstraße führten.

Sogleich setzte das Pferd übermütig und von selbst zum forschen Galopp an. Milo preßte sich in den Sattel und schmiegte sich an Plenums Hals, um dem mit zunehmender Geschwindigkeit immer stärker werdenden Luftwiderstand zu trotzen.

Milo ritt in die Richtung des Flußes Gariganoru. Das Gewässer war ca. zwanzig Fuß breit. Für die meisten Pferde wäre diese Distanz zu weit für einen Sprung gewesen. Doch nicht für Plenum. Milo grub seine einfachen Stiefel in die Lenden des Pferdes, welches kurz wieherte, nochmals an Geschwindigkeit zulegte und schließlich mit einem kräftigen, hohen Sprung sicher und sanft am anderen Ufer des Gariganoru landete. Ein am Rande des Flußes sitzender, etwas angetrunkener Mann hob seinen Bierkrug zum Gruße und beglückwünschte Milos und Plenums Leistung.

„Heißt ein Wirtshaus Zum Schweizer Degen …!", sang der Wegelagerer noch lallend und deshalb kaum verständlich, bevor er sich zu einem Nickerchen hinlegte. Milo erwiderte den Gruß, kannte aber weder das besungene Wirtshaus noch den offensichtlich etwas angetrunkenen Mann und ritt unbeirrt weiter.

Nach diesem wahrhaft sprunggewaltigen Erfolg, führte der Ritt weiter durch die Felder von Deluge, entlang von Kornblumen, Weizenähren und Haferhalmen (an diesem Getreide trabte Plenum immer auffällig langsam vorbei), bis die beiden die ersten Kiefern des Black Kite Forests erreichten. Hier wuchsen so viele Bäume nebeneinander aus dem Boden, wie sonst in keinem anderen Wald Deluges. Trotzdem wagte sich Milo mit seiner stolzen Stute ins Dickicht. Mühelos glitt Plenum durch den Wald und das Gespann erreichte alsbald eine Lichtung.

So weit war Milo noch nie geritten. Dies wurde dem Jungen in diesem Augenblick bewußt. Er zog die Zügel an und bedeutete Plenum, ihren Gang noch mehr zu verlangsamen, um sicher an den zahlreichen Bäumen vorbei zu kommen. Die Hufe des Pferdes wirbelten Grasziegel auf, bis die Stute nach nur wenigen Schritten stillstand. Schnaubend senkte und hob Plenum mehrmals den Kopf. Ihr Fell glänzte vor Anstrengung. Dampf stieg von Plenums Rücken auf. Milo stieg ab und rieb das Pferd mit Grasbüscheln erst einmal gründlich trocken. Das Schnauben des Roßes verebbte. Als Milo den Blick auf die Lichtung richtete, entdeckte er einen großen, hohen sowie eckigen Felsbrocken. Einen Findling aus der letzten Eiszeit, wie er vermutete. Solche Koloße hatte Milo schon einige gesehen. Doch an diesem Stein war etwas anders, besonders. Nach aufmerksamer Beobachtung erkannte Milo auch den Unterschied zu anderen Felsen: Der Stein leuchtete in indigo. Einer Farbe, die ihm bekannt zu sein schien. Und er erinnerte sich an das indigoblaue Pulver der Schicksalsweberin Mechthild von Dontalga, die er vor wenigen Monaten in einer Grotte getroffen hatte und deren Begegnung ihm noch heute ein Rätsel war.

Milo schüttelte den Gedanken ab und näherte sich langsam dem Felsen, deßen seltsames Blau mit jedem Schritt an Leuchtkraft gewann. Als der Junge den mächtigen Brocken erreicht hatte, versuchte er, die Quelle dieses besonderen Lichtes auszumachen und wurde schnell fündig: Ein edel wirkender, strahlender

Stein steckte in der Mitte der vorderen Seite des Findlings und verströmte sein kraftvolles Licht. Vorsichtig berührte Milo den Stein. Er sollte erst später erfahren, daß es sich um einen Edelstein handelte. Einen seltenen Saphir, der seinen Ursprung und Benennung den raren Vorkommen in den Minen des fernen Torsoviens zu verdanken hatte. Milo kannte auch die Hauptstadt dieses Binnenlandes: Berxus. Einabelle Marafalda, seine Gegnerin beim Wettkampf um *Arrow Spin*, stammte aus dieser Stadt. Diese Frau, feengleich schön und doch ausgestattet mit der unendlich verschlagenen Gerißenheit einer seltenen Rundaz-Natter. Doch dies war eine andere Geschichte.

Als Milo den blauen Stein berührte, zuckte er zusammen. In seinem Kopf manifestierte sich der Schrei aus der Grotte *Ammoniaris*. Ein ohrenbetäubendes, atemraubendes, lähmendes Kreischen. Dennoch konnte er den Saphir nicht loslaßen. Eine unbändige Macht strömte durch Milos Körper. Vor seinem inneren Auge formte sich ein Bild: *Arrow Spin*, der Bogen aus Ahornholz, sein Bogen. Doch anders als in Tat und Wahrheit, war *Arrow Spin* an den Enden jeweils mit einer Feder des fulvinen Milans versehen, deßen Brutgebiet nur im entlegenen Quorna zu finden war. In den Griff des Bogens eingearbeitet: der *blaue Saphirstein*! Ein letztes Mal bewunderte Milo diesen mächtigen Bogen vor seinen Augen, bis ihn Dunkelheit und Ohnmacht überkamen.

Als Milo aus seiner Bewußtlosigkeit erwachte, geweckt und benetzt durch die Zunge seines treuen Pferdes (dieser Gedanke löst heute noch Ekel und Gänsehaut zugleich in Milo aus), atmete er tief ein und spürte dabei, wie in seiner rechten Hand ein Gegenstand Gestalt annahm. Der blaue Stein, der eben noch in dem mächtigen Felsen gesteckt hatte, lag nun in seiner Hand. Milo runzelte die Stirn und drehte den Stein in der Hand. Wie war das möglich? Schließlich ließ er ihn in die Hosentasche verschwinden und rappelte sich auf.

Er ergriff Plenum's Zügel, schwang sich auf den Rücken des Pferdes und ritt zurück durch den Black Kite Forest. Entlang der Felder von Deluge bis hin zum Fluß Gariganoru. Den er nun über die Brücke paßierte, die zum Städtchen Sapphire's Rest in Arion führte. Bis er schließlich, noch etwas benommen jedoch wohlbehalten und glücklich, Noodridge erreichte und somit heimkehrte. Der edle *Saphir* in seiner Hosentasche hüpfte fröhlich in Plenum's Tempo mit. Milo fuhr mit der Hand über seine Hosentasche und spürte den Saphir darin. Dieser besondere Stein sollte Milo Zeit seines Lebens stets Glück bringen, ihn auf seinen Abenteuern immer begleiten und ihm den vorbestimmten Weg weisen.

Doch dies ist eine andere Geschichte, deren Erzählung eines anderen Ortes und einer anderen Zeit bedarf. Nicht heute und nicht hier.

Die Ode an das Leben

Die einzige Schenke im kleinen Städtchen Sapphire's Rest trug den Namen *Zur Goldenen Eintracht* und lag nur einen Steinwurf vom Rathaus entfernt. Keine zehn Fuß vor der breiten Stadtstraße gelegen. Das Gasthaus bot sowohl Reisenden eine Einkehr als auch Einheimischen einen beliebten Treffpunkt für Schwatz und Austausch unzähliger Geschichten und Gerüchte rund um die Region Arion. Die Mär über alle Taten und Untaten der darin Erwähnten wurde, dies verstand sich von selbst, stets hinter vorgehaltener Hand weitergegeben. Hiesige Speisen und eine große Auswahl an Bieren erfreuten das Herz eines jeden Hungrigen und Durstigen, der die nötigen Gulden besaß, um nach Speis und Trank die unvermeidliche Zeche auch begleichen zu können.

Die nahe Stadtstraße führte, falls man Sapphire's Rest denn nach einem Besuch des berühmten Wirtshauses verlaßen und dem staubigen Hauptwege des Ortes folgen wollte, unverzüglich zum Stadttor hinaus. Ihm folgte eine schmale steinerne Brücke über den Gariganoru und bald darauf eine Straßengabelung. Schlug man seinen Weg weiter nach rechts ein, erreichte man drei holprige Pferdestunden später Quaratania, die kleinste Stadt der Provinz Deluge. Abgeschieden und fernab der großen Handelsrouten, stand der Weg über Sapphire's Rest deshalb sowohl bei Reisenden als auch bei Händlern hoch im Kurs. Kaum verwunderlich also, daß das gemütliche Wirts- und Gasthaus von Sapphire's Rest deshalb meist belebt, beliebt sowie eben auch bekannt dafür war, einzukehren und auch etwas länger an diesem Orte zu verweilen. Ob Edelblüter, Dirnen, Wegelagerer, Handwerker, Spielmänner, Barden oder Kaufleute. Alle fanden sie den Weg in die geräumige Schenke. Und einige vielleicht auch in die wenigen Zimmer. Für eine Handvoll Münzen dienten die Räume als rettendes Schlaflager nach durchzechter Nacht.

Milo liebte diesen Ort der Begegnung.

Er betrat deshalb auch heute in der bereits eintretenden Abenddämmerung das große Wirtshaus voller erwartungsfroher Begeisterung. Kaum hatte er die hölzerne Eingangstür aufgestoßen und die Schwelle zur Trinkhalle überquert, vernahm er den Ruf nach seinem Namen: „Milo! – Milo Tengrain, Gewinner mit Pfeil und Bogen des wichtigsten Turniers des Landes in Deluge auf Schloß Peruvian! Komm' her und beehre mich mit deiner Anwesenheit, du Meisterschütze!"

Milo erkannte die Stimme. Sie gehörte Maggie Sutton, einer geselligen Bogenschützin und Mitstreiterin am eben erwähnten Wettkampf. Das einfache Herz am rechten Fleck und genüßlich schmatzend, einen riesigen Gänsebraten vor sich. Sie saß am vordersten Tisch und schwenkte zum Gruß einen großen Krug feinsten Dunkelbieres. „Setz' dich, Milo", bedeutete Maggie dem Jungen mit einer ausholenden, vielsagenden Geste. Es erweckte den Anschein, als ob die maßige Bogenschützin nicht erst ihren ersten Krug leerte. Ihre säuselnde Stimme verriet sie. Doch Milo setzte sich trotzdem gerne zu ihr an den Tisch und schmunzelte. Red Anne, die hübsche rothaarige Wirtin der Schenke, als Zierde einen winzigen Lindenzweig im Haar, trat heran. Sie kannte Milo gut, der sich regelmäßig im Gasthaus blicken ließ.

„Willkommen, Milo! Was darf ich dir heut' bringen, Ziegenmilch aus Noodridge, wie immer?"

Maggie schielte belustigt auf den Jungen und wartete gespannt auf deßen Erwiderung.

„Die kenn' ich schon zur Genüge …", murrte Milo. „Bitte bring' mir etwas anderes, Anne."

„Dann soll's der beste Beerensaft des Hauses sein, der kommt dem Wein der anderen Gäste am nächsten", erwiderte die junge Lindenwirtin mit einem gut gemeinten, verständnisvollen Zwinkern. „Schließlich wollen wir uns doch vor Maggie nicht blamieren, nicht wahr?"

Bei dieser Bemerkung errötete Milo. Maggie Sutton aber amüsierte sich köstlich und hob ihren Krug ein weiteres Mal in die Höhe.

„Na denn, wohl bekomm's Milo. Wirtin, schenkt dem Meisterschützen schnell ein, damit wir auf seinen großen Sieg anstoßen können – die Runde geht auf mich!"

Am Nebentisch wurde bei der Erwähnung der Worte „Meisterschütze" und „großer Sieg" sogleich eifrig getuschelt und die Köpfe zusammengestreckt. Das Geplapper im Raum wurde für einen Moment leiser aufgrund der vielen Ohren, die sich gespitzt, und der noch größeren Zahl der Münder, die sich geschloßen hatten.

Milos Gesichtsfarbe wechselte von Rot ins Purpurne. Er schämte sich aufgrund der plötzlichen Aufmerksamkeit, die ganz offensichtlich ihm galt. So purpurn erschien Milo's Kopf nun, schon fast wie der Apfel, den er im späteren Verlauf dieser Chronik noch finden sollte und der ihm half, sein Schicksal zu erfüllen. Aber dies, ihr ahnt es, ist eine andere Geschichte ...

Red Anne versuchte vom Geschehen abzulenken und wandte sich an die Menge: „Hört, hört, liebe Leute! An diesem ach so herrlich geselligen Abend, friedlich beisammen, erwartet euch eine Besonderheit. Wir dürfen das erste Mal eine Berühmtheit unter uns begrüßen!"

Milo befürchtete schon, daß Anne nun auch noch seinen Namen in die erwartungsvolle Runde posaunte ... Aber zu seiner unendlichen Erleichterung hatte Anne andere Kunde zu bringen.

„Der Barde der Barden hat den Weg in unsere bescheidene Schenke gefunden. Es handelt sich um einen wahren Meister der Dichtkunst: begrüßen wir in unserer Mitte Ferdinand Dense." Begeisterung war nun in den Gesichtern der Menge zu lesen. Die Männer und Frauen klatschten Beifall, welcher sogleich den ganzen Raum erfüllte. Geschmeichelt bedankte sich Dense mit einer würdevollen, tiefen Verbeugung.

„Mein äußerster Dank sei euch gewiß, werte Besucher dieses edlen Gasthauses. Eßt und trinkt auf euer Wohl und laßet euch entführen in die Tiefen der Dichtkunst – Lyrik und Poesie soll an diesem Abend das Zeichen der Freundschaft und Verbundenheit durch euch und für euch alle sein!" Damit ergriff der Barde seine Lyra. Das Instrument wirkte alt und mitgenommen. Deshalb vermutete Milo, daß dieses Ferdinand schon seit Dekaden begleitete. Mit einer Eleganz, welche nur ein Künstler zu erzielen vermag, betrat er ein kleines hölzernes Podest in der Mitte des Raumes. Gekonnt stimmte Ferdinand sogleich eine sowohl betörende als auch feßelnde Melodie an und setzte auch prompt mit seinem Gesang zum Liede mit dem Titel „Die Ode an das Leben" ein:

„Es wurde vernommen in Sapphire's Rest – eine Kunde, die uns Großes erahnen läßt – kann es denn etwas Schöneres geben – als die lyrische Ode an das Leben?"

Ferdinands glockengleiche, glasklare Stimme bewegte und begeisterte die Menge zutiefst. Es wurde noch mehr Bier und Wein zu diesem raren Ereignis der lyrischen Dramatik gereicht. Krug um Krug wechselte von Annes Händen in die der zahlreichen Zuhörer, welche weiter an des Barden Lippen hingen, als dieser mit der wahrlich heroischen Ode fortfuhr. Der Hofsänger von Schloß Peruvian bezeichnete sie als „Hymnus Vitae" (denn er war sogar des Lateins mächtig).

Milo zählte – wohl als einer der wenigen Zuhörer mehr gequält denn erquickt über Ferdinands Darbietung – achtzehn endlose Strophen der Dichtkunst, bis der Meister der Lyrik zum einzigartigen Finale ansetzte:

„Es haben wir nun vernommen in Sapphire's Rest – die Kunde, die uns Großes erhoffen läßt – denn kann es etwas Schöneres geben – als die poetische Ode an das Leben?"

Das Ende vom Lied, dachte Milo verstohlen und mußte grinsen ob seiner Kühnheit. Ferdinand Dense verrenkte sich theatralisch zur gefühlten zwanzigsten Verbeugung vor seinen frenetisch jubelnden Anhängern.

Minutenlang. Unter tosendem Beifall des Publikums.

Nur langsam senkte sich der Lärmpegel wieder. Vereinzelte Gespräche setzten ein. Nun, da es wieder etwas ruhiger im Gasthof war, bemerkte Milo, daß sich auch ihm gegenüber etwas verändert hatte. Daß etwas fehlte. Als er zu Maggie hinüberblickte, war ihm auch sofort klar, was er vermißte: ihr Schmatzen. Dieses war während Ferdinands Vortragsorgie gänzlich ausgeblieben, wie er nachträglich bemerkte. Denn nun sah Milo lediglich noch ein vor Aufregung bebendes, in zartem Rosa errötetes Etwas vor sich. Nur noch im Ansatz dieser ansonsten so selbstsicheren, rauen Schützin ähnlich sehend. Zitternd saß Magie Sutton dabei auf ihrer Bank, um den linken Ärmel ihres Lodenmantels abwechselnd entweder zum Trocknen ihrer verweinten Augen zu benutzen oder dann lautstark in den selbigen zu rotzen. Milo verzog das Gesicht und wußte nicht, ob vor Ekel oder Unverständnis. Er war unangenehm überrascht und berührt. So viele weibliche Emotionen hätte er ihr gar nicht zugetraut. Ihr, Maggie Sutton, ansonsten keineswegs eine Freundin der langen, elegant gewählten Worte.

Als der Barde wieder auf die Bühne trat und seine Lyra zu stimmen begann, leerte Milo seinen Becher in einem Zug und erhob sich.

Maggie hatte sich in der Zwischenzeit schnell wieder gefaßt und fand zu ihrer alten Schlagfertigkeit zurück. Als sie Milo aufstehen sah, grinste sie deshalb verschmitzt und rief ihm theatralisch nach:

„Mach's gut, o edler Meisterschütze, o anbetungswürdiger Milo Tengrain, strahlender Held von Arion." Der junge Bogenschütze hatte entschieden genug.

Milo schien es, als ob des Barden Lobeshymne, das bare Leben feiernd, auf die Bogenschützin abfärbte. Vielleicht lag es jedoch auch an den vier leeren Bierkrügen, die vor Maggie in sauberer Reih' und Ordnung standen.

„Wir werden uns wiedersehen, o holder Jüngling!"

Als das erste Gekicher und Gelächter von den Nachbartischen kam, winkte Milo Red Anne zum Abschied noch flüchtig zu. Sie erwiderte seinen Gruß. Danach verließ der Junge entschlossen die Gaststätte.

Als er ins Freie trat, prallte er unsanft mit einer zierlichen, jungen Frau zusammen. Diese wollte gerade die Schenke betreten.

„Oh, verzeiht, Sire …", entschuldigte sie sich umgehend.

Milo sah in ihr Gesicht und erstarrte. Wie wunderhübsch dieses Mädchen doch war. Sie schien seines Alters zu sein. Verlegen ob seiner direkten Beobachtung, blickte Milo auf den Boden und hörte ein leises Kichern. Als er seinen Kopf wieder langsam hob, sprach ihn das errötete Mädchen unvermittelt an.

„Das tut mir leid, äh … wie ist Ihr … dein Name?"

„Milo, Milo Tengrain."

„Freut mich, Milo. Ich bin Aevin, Aevin Emerc."

Milo sollte dieser Name fortan nicht mehr aus seiner Erinnerung weichen. Aevin Emerc, der Inbegriff von Anmut und Schönheit, wundervoll.

„Ich habe von dir gehört, Milo Tengrain", sprach ihn das elfenhafte Mädchen erneut an. „Und nur Gutes, nebenbei bemerkt. Vielleicht schenkst du mir einst die Freude und erzählst mir von deinem großen Triumph am Turnier auf Schloß Peruvian?" Aevin schaute ihn dabei hoffnungsvoll an.

„J-j-j-a, gerne", stammelte Milo unvorbereitet und fühlte sich in diesem Augenblick von seinen Gefühlen etwas überfordert.

„Dann freue ich mich schon darauf." Aevin schenkte Milo nochmals ihr strahlendes Lächeln, zwinkerte ihm zudem kurz zu und entzog sich danach Milos Blickfeld, in dem sie durch die noch immer offene Tür des Gasthauses schlüpfte und entschwand. Der junge Stallbursche blieb etwas verloren zurück. Noch lange ließ ihn diese Begegnung grübeln, auch in seinen späteren Träumen der Nacht.

Milo sollte Aevin Emerc erneut treffen. Die Gefühle unseres Meisterschützen würden dann noch intensiver werden. Das spätere Wiedersehen mit dem hübschen Mädchen sollte aber nicht so verlaufen, wie in Milo's Wünschen ersehnt.

Doch dies ist eine andere Geschichte, deren Erzählung eines anderen Ortes und einer anderen Zeit bedarf. Nicht heute und nicht hier.

Großvaters Erzählung

Walter Tengrain II., Sohn von Walter Tengrain I., hochbe-
gabter Zimmermann. Zeit seines Lebens in Diensten von
Vögten und Grafen, den wechselnden Besitzern des Land-
gutes Noodrigde.

Walter Tengrain II., geboren und aufgewachsen, am Puls des tra-
ditionsreichen, ländlichen Anwesens, deßen Geschäfte und Geschi-
cke seit geraumer Zeit ein neuer Eigentümer, Grandful Everglory,
verantwortet und lenkt.

Walter Tengrain II. von Noodridge, liebender Vater von Walter
Tengrain III. und stets treuer Ehegatte seines Weibes, Marguerite
Tengrain, geborene Mary-Giant in Vorsley Rickett.

So stand es für immer geschrieben in der Familienchronik
der Tengrains. Nachzulesen im Stadtarchiv von Sapphire's Rest.
Nur ein kleiner Auszug aus dem beeindruckenden Leben und
Wirken dieses Mannes, Milo's geliebtem Verwandten, leider viel
zu früh verstorben.

Der damals noch kleine Junge hatte noch keine Vorstellung
vom Alter und deßen begrenzter Dauer. Dem Leben folgte der
Tod, unweigerlich, unabänderlich. Diese schmerzliche Erfahrung mußte Milo bereits mehrmals durchleben: beim Abschied
von eben seinem Großvater und auch schon von seinem Vater.
Mutter und Großmutter hatte er zu seinem Bedauern nie kennen gelernt, da beide noch früher verstarben. Doch dies ist eine
andere Geschichte.

Der Stallbursche hatte die Überlieferungen seiner Familien-
geschichte nie selbst gelesen. Aber er kannte den genauen Wort-
laut aus Erzählungen in- und auswendig. Als er schreiben gelernt
hatte, verfaßte Milo bald ein eigenes, ehrendes Kapitel für den

liebsten Menschen seiner frühesten Kindheitserinnerungen. Bis heute ein wichtiger Teil seiner persönlichen Aufzeichnungen:

Walter Tengrain II., der als begeisterter Zubereiter des Silber-rohr-Schoppen, begnadeter Pflücker der süßesten Walderdbeeren und schließlich als bewundernswerter, geachteter und verehrter Großvater für immer einen Platz in meinem Herzen haben wird.

Asche zu Asche, Staub zu Staub. Milo schob diesen Gedanken weg, verbannte ihn an einen anderen Ort seiner Seele. Denn genau dieses in seinen Notizen beschriebene Herz – sein Herz – erinnerte ihn stets an seinen Großvater. Das von Milo so geliebte Familienoberhaupt, dem er so viele Erlebniße und Eindrücke zu verdanken hatte: sein erstes Eintauchen ins kühle Naß des nahegelegenen Flußes Gariganoru. Ein weiteres unvergeßenes, gemeinsames und ganz besonderes Ereignis war, als er das erste und bisher einzige Mal einen Silberrohr-Schoppen verspeisen durfte. Gekonnt gefangen und zubereitet von seinem Großvater. Und schließlich auch das erste Pflücken der süßesten Walderdbeeren, die er je eßen sollte, am Fuße des Beaver Peak. Das alles zusammen mit Walter Tengrain II., seinem Großvater.

Es hätte noch viele gemeinsame Momente und Erlebniße mehr aufzuzählen gegeben. Doch diese reichten Milo im Augenblick als Trost und Andenken an den wohl besten Freund, den er einst hatte und in Zukunft kaum je wieder einen solchen haben wird. Wie Milo jedenfalls zu wißen und zu glauben schien. Auch dies ist eine andere Geschichte.

Doch wenn Milo an Geschichten dachte, fielen ihm in vielen Lebensabschnitten und Situationen unweigerlich die Erzählungen seines Großvaters ein. Leitfäden für sein weiteres Leben. Und Walter's allerletzte Erzählungen auf dem Sterbebett, vielleicht auch einst zur Vorbereitung auf Milos eigenen Tod.

Doch sollten Milo's Erinnerungen sich heute untypisch und eigenartig auf eine ganz bestimmte Erzählung richten, die ihm sein Großvater, Walter Tengrain II., schon früh und regelmäßig mit auf seinen Lebensweg gab: Die Legende über die drei Insignien von Monum Kataris – drei besondere Symbole und die

56

Kennzeichen der Macht, die sie umgab. Hinweise auf ihren Ursprung sowie Merkmale, die ihre Fundorte preisgaben, waren nur schwer und selten zu deuten. Großvaters Schilderung handelte von diesen einzigartigen Gegenständen:

Ein geheimnisvoller *Bogen*, leidenschaftlich und mit größter Sorgfalt aus einem seltenen Edelholz gefertigt.

Ein hell leuchtender *Edelstein*, mit nie gekannter Strahlkraft und Farbe, welcher sich nur demjenigen offenbarte, der sich würdig erwies.

Zwei *Federn* eines Greifvogels, der nur in einer einzigen, entlegenen Gegend in der Ferne beheimatet war. Lediglich diese eine Abgeschiedenheit nennt das Raubtier sein Eigen.

Lange hatte Milo die Erinnerung an diese besondere Erzählung seines Großvaters verdrängt, vielleicht sogar unbewußt ignoriert, versteckt, verlegt. Verwinkelt in die hintersten Windungen seiner Empfindungen und Sinne.

Nun trat diese Geschichte deutlich hervor. Manifestierte sich nicht mehr nur als Erinnerung, sondern als Teil von Milo's realem Leben. Einem Leben, dem, wie jeder anderen Existenz auch, der Tod begegnen wird. Dies war sicher. Doch fest stand auch, daß sich dem jungen Milo zwei der drei Insignien bereits gezeigt hatten: *Bogen* und *Stein*. Kennzeichen der Macht. *Der seltene fulvine Milan an seinem Brutort in Quorna ...*

Milo runzelte überrascht die Stirn. War ihm in diesem Augenblick der Name des Greifvogels zugeflogen? Wie auf Zuruf oder Geheiß ... Er erinnerte sich an seine doppelte Ohnmacht: die erste in der Grotte von *Ammonaris*, die zweite beim großen Findling im Black Kite Forest.

Und an das, was sie ihm zeigte: *Bogen, Stein und Federn. Die drei Insignien der Macht*. Milo erschauderte. Eine Gänsehaut überzog seinen gesamten Körper. In seinem Kopf spürte er einen unsichtbaren Nebel aufziehen, der seinen Verstand unmittelbar umschloß. Unerbittlich.

Kein Ort mehr umgab den Jungen, sondern nur noch Nebel. Und durch diesen Nebel schritt unwirklich und unerklärlich Walter Tengrain II., Milos Großvater, und winkte ihm zu, bevor er sich an seinen Enkel wandte: „Sieh', mein kleiner Milo, sieh' genau hin. Dann entsteht Großes aus kleinen Ursprüngen." Walter Tengrain II. verstummte.

Milo blinzelte durch den Nebel und erblickte abermals den Bogen mit Federn und Stein. Wie in seiner Vision am großen Felsen: *Ahornholz ... Fulvin-Federn ... blauer Saphir.* Genau wie damals. Nein. Anders als zuvor. Milo's Blick fokußierte sich auf den kleinen, unscheinbaren Griff des Bogens und Milo entzifferte etwas verschwommen einen Schriftzug: *Milo Tengrain ... von Monum Kataris. Monum Kataris*, die Region aus der Geschichte seines Großvaters! Milo hatte nun keine Zweifel mehr. Diese Vision würde Wirklichkeit werden. Doch hatte er, wie noch kurz zuvor, keine Angst mehr. Denn sein bester Freund und Großvater wird ihm zur Seite stehen, wenn die Realität Besitz ergreift und ihr Recht einfordert. Das Recht auf die Vereinigung der *drei Insignien von Monum Kataris* mit seinem rechtmäßigen Besitzer: dem Hüter und Verschmelzer der Symbole als Kennzeichen der Macht und uneigennützigen Verantwortung. Bescheiden und selbstlos, begleitet und geborgen von Weisheit und Erfahrung. Milo und Walter Tengrain II. Beide aus der Provinz Arion, von Noodridge, bei Sapphire's Rest.

Doch dies ist eine andere Geschichte, deren Erzählung eines anderen Ortes und einer anderen Zeit bedarf. Nicht heute und nicht hier. Aber bald und ganz sicher.

KAPITEL III

Erlebniße in Arion

Ludvig

chall und Rauch. Milo hockte nachdenklich hoch oben auf dem Ast seines Lieblingsbaumes, einer mächtigen und nicht minder prächtigen Linde. Er hatte diesen besonderen Schattenspender vor Monaten nach einem seiner regelmäßigen Besuche im Wirtshaus *Zur Goldenen Eintracht* entdeckt, bei seiner Heimkehr nach Noodridge. Dieser außergewöhnliche Sproß der Natur stand einfach am Wegesrande. Der Umweg über Rentas Castle hatte sich gelohnt. Denn diesen Rückweg hatte der Junge so noch nie eingeschlagen. Nur deshalb nahm er diese hochgewachsene Linde auch wahr. Später diente sie als steter, vertrauter Trostspender bei trüben Gedanken.

Wie der Lindenbaum hatten sich auch die Erlebniße am Vorabend tief in sein Gedächtnis eingebrannt. Er konnte sich an jede noch so kleine Begebenheit in der Trinkhalle des Gasthauses erinnern. Die zahlreichen Tische waren bis auf den zweitletzten Platz besetzt. Red Anne hatte den gesamten Abend, aufgrund der vielen hungrigen und durstigen Gäste, alle Hände voll zu tun. Dennoch schaffte sie es, einmal mehr und deshalb umso bemerkenswerter, weil aller Hektik zum Trotze, jeder Zecherin und jedem Zecher ein Lachen ohne Gram und Sorgen ins Gesicht zu zaubern. *Red Anne war klaße.* Da waren sich Milo sowie alle Besucher der Schenke einig.

Eine einzige Sitzgelegenheit war aber noch frei auf einer Bank ganz am Ende der Theke, gleich neben den zahllosen Bierfäßern. Hinten in einer versteckten Ecke. Auf seine Frage, ob er sich denn an diesen Tisch setzen und so den letzten Platz in der Runde einnehmen dürfe, meldete sich ein elegant gekleideter Mann gesetzten Alters zu Wort.

„Natürlich, junger Herr, laßt euch nieder, sorgen- und vogelfrei."

Diese kecke Rückmeldung des vornehmen Herrn ließ Milo aufhorchen. Und sein Eindruck von Schlagfertigkeit wurde weiter bestätigt, als der Mann sich erneut an Milo wandte.

„Darf ich mich vorstellen, Freund? Mein Name lautet Ludvig van den Zanderen, meines Zeichens Schriftsteller aus Schelden im wunderschönen Flandernreich."

Milo hatte noch nie von diesem Gebiet gehört. Es mußte in einem anderen Land liegen. Fernab von Arion, seiner heimatlichen Provinz. Und so war es denn auch. Milo erfuhr, daß Ludvig eine weite Reise hinter sich hatte und auf seinem Weg Rast in eben diesem Gasthaus von Sapphire's Rest einlegte. Bevor es weitergehen sollte, entlang des Pfades seiner Abenteuerlust. So nannte der offene und offenbar auch gesellige Schriftsteller seine intuitive Bestimmung. Tragend und feßelnd drückte er sich aus. Wie einst auch sein Großvater in seinen Geschichten. „Freut mich, ich bin Milo, Milo Tengrain", stellte sich nun auch Milo vor. Der Schriftsteller verneigte sich vor dem Jungen.

Dann erzählte er weiter und Milo lauschte gebannt Ludvig's gewandten Worten. „Namen sind bekanntlich Schall und Rauch, mein Junge. Dennoch mußt Du Folgendes wißen: Ich lernte einige berühmte Herrschaften kennen. Am Hofe von König Cunrad, dem hoch dekorierten Herrscher von Schloß Peruvian, im Provinzial-Reiche von Deluge. Ich hoffe, du kennst diese Region?", fragte ihn Ludvig mit vielsagender Miene.

Milo nickte kurz, aber bestimmt.

Und wie er diesen Ort kannte. Gewann er doch genau an jenem königlichen Schauplatz das größte und wichtigste Bogenturnier des Landes. Doch Milo schwieg sich über diese Begebenheit aus. Denn sie war ihm eher unangenehm, als daß er mit ihr zu prahlen wagte. Darum gab sich Milo bescheiden.

Er folgte lieber weiter den spannenden Ausführungen des Schriftstellers:

„Ich lernte große Namen kennen. Wie zum Beispiel Ursella Haflo, Irina Vogy, Jolinte Rufas, Gurda Zintres oder auch Jona-Bertoldi Mezindu, um nur einige zu nennen. Sie alle dienten treu ihrem König."

Milo kannte nicht viele Leute. Die Bediensteten und Arbeiter auf Noodridge und einige Leute aus der Gegend, aber nicht mehr.

„Noch nie gehört. Keine dieser Personen am königlichen Hofe ist mir bekannt. Doch Namen sind ja schließlich nur Schall und Rauch, stimmt's?", gab er nun ebenfalls tollkühn zurück.

Äußerst angetan von Milo's schlagfertigen Bemerkung blickte ihn der Schriftsteller unvermittelt an. „Eindrucksvoll, Junge, du hast die Bedeutung meiner Ausführungen auf Anhieb begriffen. Genau darum geht es. Nicht Namen, sondern Taten, Gefühle, eigene Werte und Erlebniße sind wichtig im Leben. Befolge diesen Grundsatz, Freund, und deine Spur auf diesem schönen Fleckchen Erde wird eine bedeutsame sowie tiefe sein. Das verspreche ich dir feierlich, hier und heute. Kluger Milo Tengrain."

Hier endeten Milos Erinnerungen an diesen denkwürdigen Abend. *Schall und Rauch, wie treffend diese Worte doch in vielen Situationen des Lebens sind*, dachte Milo erneut, hoch oben auf seinem Lindenbaum. Wie Recht Ludvig van den Zanderen mit diesen Worten aber tatsächlich haben sollte, erfuhr Milo Tengrain selbst schon bald auf schmerzliche Art und Weise.

Doch dies ist eine andere Geschichte, deren Erzählung eines anderen Ortes und einer anderen Zeit bedarf. Nicht heute und nicht hier.

Die Narrenkappe

Die Katze überquerte geschmeidig und lautlos die Gaße, nahe der Schmiede von Sapphire's Rest, dem kleinen Städtchen der Provinz Arion. Sie schlich an der Stadtmauer entlang zur nächsten Ecke und bewegte sich zielgerichtet auf Milo zu, der an der Biegung stand. Schon zirkelte sie um seine Beine, nicht ohne ihren Kopf ausgiebig an diese zu schmiegen. Milo, immer schon in Tiere aller Gattungen vernarrt, konnte nicht umhin, den schwarzen Maunzer sogleich zu streicheln. Dieser quittierte das mit zufriedenem Schnurren als Bereicherung dieser süßen Szene.

Als Milo den Kater auf seinen Arm heben wollte, riß sich die Katze, sanft jedoch bestimmt, los, sprang auf das Pflaster und entfernte sich langsam von dem verdutzten und auch etwas enttäuschten Jungen.

Unverhofft sah er das, offenbar an Streicheleinheiten gewohnte, Tier kurze Zeit später wieder. Etwas war aber anders als zuvor. Als die Katze näherkam, ahnte Milo auch, was es war: Der Mäusejäger trug offenbar etwas in seiner Schnauze. Keine Maus, nein, etwas viel Größeres, Klingelndes. Tatsächlich, der Gang der Katze gab ein glockenähnliches Geräusch preis. Milo schaute genauer hin und erkannte eine Kappe. Rot, dreizackig, mit einem Glöckchen an jedem Ende. Die Kappe kam ihm bekannt vor. Milo dachte scharf nach, woher er diese Kopfbedeckung zu kennen glaubte. Genauer, wann er deren Träger womöglich schon einmal begegnet war.

Da dämmerte es dem jungen Meisterschützen: es war an dem Tag, an dem er Robin Hood zufällig über den Weg gelaufen war, auf dem Jahrmarkt in Sapphire's Rest. Vorbei am beeindruckenden Feuerschlucker, begegnete er damals auch einem Narren mit roter Kappe. Mit drei Zacken. An den drei Enden baumelte jeweils ein Glöckchen. Dieses Schellentrio bimmelte damals fröhlich, als der Spaßmacher dicht vor Milos Gesicht mit fünf Äpfeln gleichzeitig jonglierte. Genau, so trug es sich einst zu, vor noch nicht allzu vielen Monden.

„Woher hast du die denn, hm …?", lenkte er seine Frage in Richtung der schwarzen Katze, welche erneut zu schnurren angefangen hatte. Das dunkle Tier ließ sogleich die Kappe fallen und miaute erklärend.

Milo blickte milde auf den Kater. „Ein Sammler auf vier Pfoten bist du wohl, was?"

Wiederum meldete sich die Katze mit einem leisen „Miau", was wohl ihre bereuende Zustimmung war. So deutete Milo jedenfalls dieses Verhalten. Denn auf einmal entfernte sich der Jäger auf vier Pfoten vom Jungen und verschwand rasch um die nächste Straßenbiegung. Ihre Beute ließ die Katze dabei achtlos liegen.

Milo hob die rote Kappe auf und betrachtete diese. Als er in ihr Inneres blickte, fiel Milo eine feine Stickerei am oberen Saum auf: *Somsok aus Tixe.* War dies der Name des jonglierenden Narren? Milo's Unwißenheit und die fehlende Antwort zur Klärung dieses Rätsels quälten ihn und ließen ihm in der Folge keine Ruhe mehr.

Vielleicht fand er einen Hinweis in der *Goldenen Eintracht*? Voller Hoffnung zog Milo los, um sein Glück zu suchen und vielleicht auch zu finden. Als er die Schenke kurz darauf erreichte, meinte es Fortuna gut mit ihm: Ein schlanker, bunt gekleideter, unbemützter Mann verließ soeben laut fluchend und nicht mehr Herr seiner Bewegungssinne das Gasthaus.

„Zum dreimal durchgekauten Eber, das könnt Ihr nicht mit mir machen, Red Anne. Ich bin Stammgast hier!", protestierte der offensichtliche Zechpreller lautstark.

„Stammgäste bezahlen ihre gesoffenen Biere in der Regel nach deren Genuß!" Die Stimme gehörte Red Anne. „Sieh' zu, daß du nach Hause kommst und deinen Rausch ausschläfst, sonst mach' ich dir Beine …!" Diese drohenden Worte der rothaarigen

Wirtin wirkten. Der Trunkenbold verstummte und entfernte sich torkelnd von der Tür.

Dies war Milo's Gelegenheit. „Verzeiht, Sire ...?", wandte sich der Junge sogleich an den Betrunkenen. Dieser fing leise und glucksend an zu kichern.

„Chchchchch ..., der war gut, Winzling!", knurrte er Milo lauthals an. Der alkoholdurchzogene Atem des Mannes kitzelte Milo auch fünf Fuß entfernt deutlich und süßlich in der Nase.

„Ein Sire, geschweige denn Edelmann, war und bin ich nicht. Jedenfalls nicht mehr. Sag alsdann an, Knirps, wer bist du?", fuhr der Schwankende lallend fort.

„Mein Name ist Milo, Sire, Milo Tengrain. Ich möchte Euch lediglich etwas fragen, Sire."

„Fragen über Fragen", säuselte sein Gegenüber nachdenklich. „Dann frag halt, Zwerg."

Milo ignorierte die herablaßende Bemerkung. „Besteht die Möglichkeit, Sire –" „Jaaaaa ...?", wurde er unterbrochen, erkundigte sich jedoch umgehend weiter: „Handelt es sich bei diesem Filzhut allenfalls um den Euren?" Er zeigte dem Betrunkenen die rote Kappe.

Der glasige Blick des Mannes schien sich augenblicklich zu schärfen. „Zum dreimal zähen Eber! Tatsächlich. Meine Kappe!", rief er und zeigte seine Freude, indem er zu einem Luftsprung ansetzte, welcher ihn, aufgrund fehlender Grazie und Geschick, unweigerlich auf dem Hosenboden landen ließ. Mühsam und fluchend rappelte sich der ungelenke, närrische Säufer auf und sammelte sich kurz, bevor er sprach. „Hab' Dank, du Mäusefurz. Endlich habe ich meine geliebte Kappe wieder und auch die kleinen Schellen sind noch dran und ganz."

Woher Milo den Fund hatte, schien den Narren nicht zu intereßieren. Ganz und gar nicht. Er zerrte an der Mütze in Milo's Hand und schaffte es, ihm diese unsanft zu entreißen. Als sich der Narr ohne einen weiteren Kommentar schlingernd entfernen wollte, meldete sich Milo nochmals zu Wort: „Halt, Herr, ich glaube, Ihr seid mir wenigstens den Gefallen schuldig, mir Euern Namen zu nennen."

„Glauben gehört in die Kirche, nicht auf die Straße, Halbling", prustete er trotzig und lenkte dann doch ein: „Na gut, wie du willst, du Wachtelei. Ich heiße Somsok aus Tixe." Wie die Stickerei im Innern der Kappe Milo bereits verraten hatte. „Einst stolzer Hofnarr am Hofe der Burg *Corbie Meadow*, solltest du dieses Gemäuer kennen."

Milo kannte es nicht, blieb aber stummer Zuhörer.

„Abend für Abend brachte ich hochwohlgeborene Herrschaften zum Lachen." Er rülpste zweimal dröhnend, bevor er weitersprechen konnte. „Dann haben sie mich ersetzt, durch einen jüngeren, wohl noch lustigeren Narren, Cousin des Hofvasallen, wie ich hörte. Das war's für mich. Ich mußte die Burg und somit auch meinen Platz als Spaßmacher auf Corbie Meadow verlaßen, landete auf der Straße und nun ... Sieh' mich an ..." Diese Aufforderung richtete sich wohl eher als kleinlauter Vorwurf an sich selbst. „Gereicht hat es gerade noch für den Jahrmarkt – als mittelmäßiger Jongleur", murmelte Somsok noch ein letztes Mal, bevor er aus dem Blickfeld Milos verschwand. Zuvor setzte er noch seine wiedererlangte Kappe auf (um vielleicht doch einen Rest seiner Würde kurzzeitig zurückzuerlangen), die seine Kleidung bestens ergänzte und trottete dann endgültig seines Weges. Im Zick-Zack, verstand sich. Ein Apfel kullerte ihm unbemerkt aus seiner schmutzigen Hosentasche und rollte in Richtung der Straßenrinne. Milo reagierte prompt und fischte die rotierende Frucht geschickt vom Pflasterstein auf. Bevor das Obst im schmalen Schmutzfänger und somit im Dreck landen konnte. Er ließ Somsok aus Tixe, den gefallenen Narren, ziehen. Schließlich hatte er den Besitzer der herrenlosen Kappe wiedergefunden. Alles andere war unwichtig und gehörte nun der Vergangenheit an. Sein weiser Großvater, Walter Tengrain II., lehrte ihn einst, nicht in der Vergangenheit zu leben, sondern stets den Weg nach vorne zu beschreiten. Diesem Rat folgend, steckte Milo den geretteten Apfel ein und schlenderte gemächlich heimwärts.

Auf halbem Wege ertastete er in seiner linken Hosentasche die Ausbeute seiner Ehrlichkeit: den roten Apfel Somsok's von

Tixe. Diesen hatte der Junge beinahe vergeßen. Hungrig spuckte er auf sein bevorstehendes Mahl. Diesen Apfel machte er mit geschultem Auge als schmackhaften *Allington Pepping* aus. Da sein Herr auch zahllose Apfelbäume besaß, die sämtliche gängigen, hiesigen Apfelsorten hervorbrachten, kannte sich Milo inzwischen gut mit Äpfeln aus. Mit dem Saum seiner Jacke rieb er das Obst trocken und biß genüßlich zu. Herrlich fruchtig und saftig schmeckte diese besondere Sorte, deren unvergleichlicher Geschmack er von seinen heimlichen Streifzügen durch die Haine bestens kannte und somit in guter Erinnerung hatte. Zufrieden schmatzend nahm er den letzten Teil seines Heimwegs unter seine Füße.

Milo sollte auf seinen Abenteuern noch einer weiteren, einzigartigen Apfelsorte begegnen, die er aber jetzt noch nicht kannte.

Dies ist denn auch eine andere Geschichte, deren Erzählung eines anderen Ortes und einer anderen Zeit bedarf. Nicht heute und nicht hier.

Moor des Grauens

Kobaltblau schimmerte die Tinte am Kiel seiner Feder, als er diese ein erstes Mal auf dem Pergament verwendete. Schnell trocknend gruben sich die Buchstaben in die gegerbte Tierhaut ein. Unwiederbringlich und endgültig. Seine Gicht quälte ihn seit heute Morgen in ihrer vollen Stärke. Deshalb flog die Schreibfeder hastig über den Bogen, um ihn möglichst bald von seinen Schmerzen zu entlasten. Seine schmalen Finger brannten, deren Enden lange, schwarze Nägel alles andere als zierten. Schmutzig, dreckig und unförmig von zu lange unterlaßener Reinigung. Er verzog sein Gesicht. Der Fluch breitete sich aus. Zunächst nur in den Fingerspitzen, spürte er das Stechen dieser heimtückischen Krankheit nun bereits in den gesamten Händen. Bald würden weitere Extremitäten dazukommen. Stärkere, noch umfaßendere Gelenkschmerzen, die ihn Tage oder sogar Wochen in der Bewegungsfreiheit einschränken würden.

Dies mußte endlich ein Ende finden. Wenn er erst die drei langersehnten Insignien der Macht sein Eigen nennen konnte, würden Schmerzen keinen Platz mehr in seinem Dasein finden. Und er wußte, wo er danach suchen mußte. Zumindest nach den noch fehlenden *Fulvin-Federn* von Quorna, dem dritten Bestandteil des Ganzen. Symbol und Kennzeichen der Stärke und dem Gleichgewicht. Denn die beiden anderen Artefakte, *Edelstein* und *Bogen*, waren bereits gefunden. Nicht von ihm. *Unwichtig und unerheblich*, dachte er verächtlich. Gerade deshalb und nur aus diesem Grunde schrieb er ja seine Botschaft. An den gegenwärtigen Besitzer dieser magischen und restlichen beiden Ingredienzien zum Schlüßel der Unendlichkeit. Er würde ihn erlangen, diesen Schlüßel, da war er sich sicher. *Ewigkeit hat dann keine Grenzen mehr.* Er grinste finster bei diesem Gedanken und spürte, wie ihn die erregende Ekstase der Gier überkam. Sein dunkler Humor paßte in diesem, ebenso schwarzen sowie magischen, Moment zu der Dunkelheit, die ihn in diesen Höhlen unterhalb von *Oblivion Moore*, dem weitreichenden Hochmoor dieser gemiedenen Stätte, umgab.

Dieses triste Sumpfgebiet, welches für alle Menschen (außer ihm) Hoffnungslosigkeit bedeutete, wurde im Volksmund auch *Moor des Grauens* genannt und bildete das Zentrum von Monum Kataris. Er war beinahe das einzige Lebewesen in diesem unterirdischen Labyrinth aus zahllosen Gängen und feuchten Wänden. Außer ihm saß im Hintergrund und in schwachem Kerzenschein auf einer hölzernen Stange nur noch eine Miduna-Krähe, die er aus einst auftretender Langeweile erschaffen hatte. Doch Einsamkeit machte ihm nichts aus. Im Gegenteil. Diese emotionslose Abgeschiedenheit tat ihm gut, ließ ihn sich fokußieren auf das Wesentliche. Erneut umspielte ein abscheuliches Grinsen seine Lippen, als er die Nachricht mit einem letzten Strich vollendete. Punkt. Sein Speichel schmeckte bitter und doch würde seine Rache am Ende zuckersüß sein.

༺ ༻

Badetag auf Gutshof Noodridge. Dies bedeutete jedes Mal freudige Aufregung für Willrim, den kleinen Sohn von Styna, begnadete Köchin dieser ländlichen Behausung und gute Freundin von Milo, dem Stallburschen.

Vergnügt und sorglos vor sich hin quietschend, spielte Klein-Will mit den Blasen, die die Seife im heißen Waßer bildete, und blinzelte etwas unbeholfen in das blendende Licht der aufgehenden Sonne. Die Strahlen erwärmten den Morgen allmählich, zusammen mit dem ebenfalls angenehm lodernden Feuer neben dem hölzernen Zuber, der den Mägden und Knechten, Dienstboten und Stallburschen von Noodridge als gemeinsame Wanne diente. Heute und auch an allen anderen Tagen. Eine monatliche Prozedur der Körperreinigung.

„So, Ende der Waßerschlacht, mein sauberer kleiner Engel!"
Mit diesen Worten holte Styna ihren Sohn aus der Wanne.

Will protestierte natürlich umgehend: „Pilen, noch pilen!"
Seine Mutter lächelte vergnügt. „Du darfst ja gleich weiterspielen, Will. Jedoch trockenen Fußes, einverstanden?"

Der kleine Sauberpurzel prustete den letzten Schaum von seinem Mund und lachte zustimmend und auch etwas zu laut. Der nun wieder zufriedene, lebensfrohe kleine Racker war schon seit seiner Geburt auf dem Gehöft Noodridge der beliebteste Wonneproppen, dem man nie lange böse sein konnte, wenn er etwas angestellt hatte. So auch heute nicht.

Milo lächelte ebenfalls beim Anblick der glücklichen kleinen Familie. Er hatte seine reinliche Pflicht bereits in der Frühe vor Sonnenaufgang hinter sich gebracht. Eben mehr Pflicht als Vergnügen. Jedenfalls für ihn, den oft sehr dreckigen Stallburschen. Doch an Dreck gewöhnt sich der hartgesottene Mann ja bekanntlich. Er grinste breit. Ach, wie schön hatte doch dieser Morgen des heutigen freien Samstages als vorletzter Tag und Abschluß dieser strengen Arbeitswoche begonnen. Vergnügt und unbeschwert pfiff Milo vor sich hin. In diesem Augenblick erklangen die vier Glocken des nahe gelegenen Turmes von Rentas Castle, der hiesigen Kirche. Geleitet wurde der darin stattfindende Gottesdienst seit gefühlten Dekaden vom greisen Oberhaupt und Prestar *Clergyman* (eigentlich hieß der Prestar Richard Clergus mit richtigem Namen, des Spaßes halber wurde er jedoch von allen nur mit diesem nicht allzu ernstgemeinten Ausdruck versehen; dieser Kosename schien weit beßer zu dem alternden, watschelnden grauen Männchen zu paßen als sein voller Name; dies fanden jedenfalls alle anderen Kirchgänger). Milo würde die Meße auch am heutigen Sonntag weder be- noch aufsuchen. Dennoch unterstützten sowie befeuerten die Glocken mit ihrem melodiösen Klang den Wohlgemut des jungen Meisterschützen. Auch ohne dabei die Kirche von Innen sehen zu müßen.

Doch seine fröhliche Stimmung sollte sich schon bald ins Nichts auflösen. Er sah eine Krähe am Himmel über Noodridge, die sich gefährlich nahe an den Hof wagte und schnell an Höhe verlor. Tatsächlich landete der Rabenvogel auf dem Fenstersims unmittelbar vor Milo's Schlafgelegenheit, welche sich auf gleicher Höhe direkt hinter dem viereckigen Glas des Gebäudes befand. Der großen Scheune mit angrenzendem Schweinestall. Bei näherem Hinsehen bemerkte Milo, daß der schwarze Vogel etwas im Schnabel trug. Er schaute noch genauer hin und erkannte ein eingerolltes Stück Pergament. Ein Siegel klaffte, halb verborgen durch den Schnabel der Krähe, auf der Schriftrolle. Offensichtlich diente der Vogel als Überbringer einer Nachricht. Kaum hatte Milo diesen Gedanken gefaßt, blickte ihn der schwarze Flattermann durchdringend, ja schon fast zornig an, ließ das Schriftstück fallen und erhob sich flink in die Lüfte.

Der gefiederte Bote entschwand rasch Milo's Blickfeld. Überrascht und auch etwas überfordert, schritt Milo ans Sims des Scheunenfensters heran. Das kobaltblaue Wachssiegel wies auf deßen Oberfläche ein seltsames, rot eingefärbtes Symbol auf. Milo hatte ein solches noch nie gesehen. Kaum erkennbar und deshalb noch schwerer zu deuten, was der Eindruck im Wachs denn genau darstellen sollte. Milo mutmaßte, daß es sich höchstwahrscheinlich um einen Tropfen handeln mußte. Rund, rot. Er erschauderte und begriff. Kein Symbol. Blut.

Seine Gänsehaut legte sich nur langsam, als er sich nach langer Bedenkzeit doch ein Herz faßte, die Pergamentrolle schließlich ergriff und das Siegel hektisch entzweibrach. Er rollte das Schriftstück glatt auseinander und entzifferte die Nachricht: *Sie hat begonnen*, stand in kobaltblauer, krakeliger Schrift auf dem Pergamentstreifen. Gebannt las Milo weiter:

Die Suche nach den drei Artefakten zur ewigen Herrschaft. Zwei Insignien sind gefunden, eines gilt es noch zu jagen. Zweimal warst du schneller. Ein dritter Triumph sei dir nicht vergönnt, Milo Tengrain. Denn Glück war es, daß du die ersten beiden Symbole der Macht fandest, an dich rißest und nun dein Eigen nennst. Und ebensolches Glück widerfuhr dir auch am Wettkampf auf Schloß Peruvian in

Deluge. Du weißt, worauf ich hinauswill: Auf deinen erbärmlichen letzten Schuß. Glück, pures Glück. Du elendiger Wurm, verkrieche dich vor mir. Denn ich werde kommen und dich suchen. Nein. Mein Überbringer dieser Zeilen hat dich bereits gefunden ... Wir sehen uns also schon bald, Milo Tengrain, Sohn von Walter Tengrain III., Hüter von Edelstein und Bogen. Bald werden diese beiden Kennzeichen der Unendlichkeit mir gehören, zusammen mit den Zwillingsfedern von Quorna. Mach dich bereit, Stallbursche aus Noodridge. Bereit für deinen letzten Kampf! Es verachtet dich aus den Tiefen vom Moor des Grauens: Dein erklärter Todfeind, ernannt in diesem Moment, auserkoren in diesem Augenblick, als unbezwingbarer Gegner ...

Den unerbittlichen Text abschließend, folgte ein gekritzeltes Kürzel, bestehend aus zwei Buchstaben: *V.R.*

Milos Gänsehaut kehrte zurück. Mit zitternden Fingern ließ er die soeben gelesene Nachricht fallen. Das Pergament landete auf dem staubigen Boden.

Milo's Kopf war leer. Er konnte keinen klaren Gedanken mehr faßen. Hilflos blickte er zu Willrim und Styna hinüber, die gerade den Badeplatz verlaßen hatten. Nun schlenderten sie unbekümmert zur Tür des Ziegenstalles, welcher ihnen als Behausung diente. Die Beiden konnten ihm nicht helfen. Nicht in diesem Moment. Eigentlich überhaupt nicht. Das wollte Milo auch nicht. Er mußte und sollte sich dieser Herausforderung alleine stellen. Um niemanden zu gefährden oder gar zu verletzen.

Rasch hob er das Stück Papier wieder auf und verschwand im Inneren der Scheune. Um sich vorzubereiten. Auf wen oder vielmehr was genau, wußte Milo zu diesem Zeitpunkt noch nicht. Auf ein Duell, einen Kampf, eine Schlacht? Milo legte sich erschöpft auf sein Nachtlager aus Stroh nieder, obwohl der Morgen noch jung war. Er fühlte sich matt, kraftlos, mutlos. Milo fiel deshalb sogleich in einen unruhigen, traumreichen Schlummer, der ihn schlimmste, nie gekannte Schrecken durchleben ließ. In Monum Kataris, einem ihm bislang nur aus den Erzählungen seines Großvaters bekannten Ort. Dieser Traum sollte für Milo bald Wirklichkeit werden, schon sehr bald.

Doch dies ist eine neue Geschichte, deren Erzählung – leider, oder in diesem nervenaufreibenden, emotionsreichen Moment möglicherweise auch zum Glück – eines anderen Ortes und einer anderen Zeit bedarf. Nicht heute und nicht hier.

Der große Regen

Er hatte plötzlich eingesetzt – vor genau sieben Tagen – und seitdem war er da. Dieser vermaledeite, deprimierende, stimmungslose Regen. Ununterbrochen, stark und unerbittlich praßelte er auf Noodridge, Sapphire's Rest sowie Rentas Castle nieder. Der flutartige Niederschlag breitete sich gar über ganz Arion aus. Der naße Vorhang schien wahrhaftig undurchdringlich.

Und das seit diesem verhängnisvollen Ereignis. Jener erschütternden Nachricht, welche Milo eine Krähe mit bösem Blick überbrachte und ihn seither kaum mehr schlafen ließ. Nur langsam kehrte sein Schlaf zurück. Einst ein verläßlicher Freund. Jüngst nur noch seltener Besucher. Zunächst noch zögerlich, holte er ihn dann doch ein. Ganz behutsam.

Aber heute wurde Milo schon bald wieder durch das monotone, tosende Trommeln am Fenstersims geweckt. Dieses ließ ihn am Ende doch viel zu früh aufstehen. Es war noch finsterer Morgen. Milo stieß soeben mißmutig die Scheunentür auf, als er unvermittelt durch ein sorgloses, fröhliches Kreischen begrüßt wurde.

Es handelte sich beim *quietschenden Entchen* um Willrim. Das Kleinkind hüpfte vergnügt in den großen Pfützen umher. Sein Hemdchen über und über mit Schlamm bedeckt. In diesem Moment blickte seine Mutter aus dem Guckloch des Ziegenstalles. Das Zuhause der kleinen Familie.

„Will, komm' sofort her!" Styna's Stimme klang ernst und entschloßen.

„Pilen ..., piiilen!", entgegnete der Kleine trotzig. Doch seine Mutter blieb unerbittlich.

„Nichts da, Will! Du kommst jetzt sofort rein, aber nicht bevor du deine naßen Sachen ausziehst und ich dich abgespült habe! Komm' mit mir hinter den Stall, da warten die Kübel auf dich. Den Rest wird eine drei-minütige Wartezeit im Regenschauer erledigen, bevor du eintreten darfst."

Milo trat hinaus in den Regen und ging mit einer Miene des Mitleids für Will an ihm und Styna vorbei. Dem armen, traurig auf den Boden starrenden kleinen Schlammtroll kullerten jetzt nebst den Waßertropfen auch ein paar Tränen über die Wangen. Seine gestrenge Mutter winkte nur mit vielsagender Geste ab.

„Ja, geh' du nur zu deiner Plenum, Milo. Danke für deine Hilfe. Sicherlich hast du ihn noch dazu ermutigt!"

Er beschleunigte seinen Schritt, um den Schauplatz der Tragödie noch schneller verlaßen zu können, und beeilte sich in Richtung Pferdestallungen, um Plenum zu holen. Er war wirklich nicht in Stimmung, sich auch noch zu Unrecht verteidigen zu müßen. Und zu erklären schon gar nicht.

Deshalb erreichte Milo in Rekordzeit sein Ziel. Er mußte, oder vielmehr wollte, das Pferd des Landvogts täglich bewegen. Und jetzt gerade schien ihm die allerbeste Gelegenheit dazu gekommen zu sein: sich davon zu machen und sich somit dieser unangenehmen Konfrontation Will's und Stynas endgültig zu entziehen. Schnell schwang sich Milo auf den Rücken des Pferdes und galoppierte rasch durch die geöffneten vier Gatter des Hofes, die ihm den Weg in Richtung Landstraße wiesen und entschwand bald den Blicken der beiden Zurückgebliebenen. Im Hintergrund vernahm er dabei ein zunächst noch deutliches, mit wachsender Entfernung jedoch immer leiser werdendes Gezeter und Weinen.

Milo ritt zielstrebig voran und erreichte kurze Zeit später den Fluß Gariganoru. Das ansonsten so gemächlich und idyllisch vor sich hin plätschernde Flüßchen, war während der vergangenen sieben Tage zu einem ungemütlichen, reißenden Strom geworden, der bereits an mehreren Stellen über die Ufer getreten war. So auch an Milo's Lieblingsplatz am Ufer, wo er nur wenige Wochen zuvor noch geseßen und sein großes Vorbild, Robin Hood, ein zweites Mal getroffen hatte.

Plenum schnaubte, stoppte und scharrte mit ihren Hufen, als sie sich dem vor kurzem noch so malerischen Fleckchen vollends genähert hatten, welches heute zu großen Teilen überschwemmt vor ihnen lag. Milos Aufmerksamkeit richtete sich auf den nahegelegenen Baum, in dem noch immer Robins vortrefflich versenkter Pfeil steckte. Regelmäßig hatte Milo in den vergangenen Wochen versucht, das Geschoß aus dem Holz der Rinde zu ziehen. Der Erfolg blieb ihm bisher stets verwehrt. In diesem Moment der Näße faßte Milo allerdings einen mutigen Entschluß. Er stieg unvermittelt vom Rücken des Pferdes. Plenum wieherte leise. *Vielleicht*, dachte Milo, *nur noch einmal …, ein letzter Versuch …*: er griff nach dem Pfeil … und … es klappte! Zu Milo's großem Erstaunen ließ sich Robin's Geschoß nun mühelos entfernen.

„Da hol' mich doch der Luzulus!", rief Milo und raufte sich kurz sein naßes, rabenschwarzes Haar. Seine Locken hatten sich durch den Regen geglättet. Und auch sonst war Milo klitschnaß. So mußte sich wohl ein Kettenhund fühlen, dachte der Junge. Den ganzen Tag draußen sein zu müßen. Ohne Schutz vor Näße, Kälte, Wind und Wetter. Plötzlich gab die Erde unter ihm nach. Milo verlor das Gleichgewicht, konnte sich jedoch gerade noch auf seinen Beinen halten. Er duckte sich. Sein Blick fiel auf die freigeschwemmten Wurzeln des Baumes. Trotz des diffusen Lichtes zeichnete sich, deutlich und klar erkennbar, etwas Glitzerndes in der gelockerten Erde ab. Ja, tatsächlich! Etwas Längliches. Milo bückte sich tiefer hinunter und stapfte dabei im triefenden Morast noch etwas näher an die freigelegte Stelle heran. Durch das viele Waßer freigespült, gab der Baum in der Tat eine beinahe uneingeschränkte Sicht auf sein Wurzelwerk frei. Bei näherem Hinsehen konnte Milo nun einen silbern schimmernden Pfeil ausmachen. Glänzend, neu und unbenutzt. Gleichzeitig aber schien er altehrwürdig. Wertvoll und außergewöhnlich. Milo streckte seine Hand aus und berührte den aus der Erde ragenden Schaft des Pfeiles. Ein altbekannter

Schrei schlich sich in seinen Kopf, wurde unerträglich laut und lähmte seinen Geist. Milo sank zu Boden. Mehr und mehr in seinen Bewegungen eingeschränkt, blieb er liegen und verlor allmählich das Bewußtsein.

Erst einige Augenblicke später erwachte Milo aus seiner Ohnmacht. Unsicher darüber, was soeben geschehen war. Er meinte, wiederum eine Vision gehabt zu haben. Wie damals, als er den *blauen Saphirstein* gefunden hatte. Nur zeigte sich ihm der soeben gefundene *Pfeil* als Vorsehung. Er schien untrennbar mit *Arrow Spin* verbunden. Milo schüttelte die Erinnerung an die eben erlebte Erscheinung ab und entließ diese in die Vergangenheit.

Rasch rappelte er sich auf und schwang sich, so gut es eben ging, auf sein Pferd. Plenum hatte die ganze Zeit reglos auf ihren Reiter gewartet. Treu und ergeben. Brav und gehorsam. Noch immer hielt der junge Meisterschütze den hell schimmernden Pfeil in seiner Hand. Der Regen war noch immer da und nervte den Jungen. Tropfen für Tropfen.

Dem Ärger zum Trotze, versuchte er, seine Gedanken zu bündeln: Was kann man denn bei Regen sonst noch unternehmen, außer naß zu werden? Richtig, in die Bibliothek von Sapphire's Rest reiten, beispielsweise. Um sich Wißen über das soeben gefundene Relikt anzueignen. Wenn es denn Wißen dazu zu finden gab. Und genau das tat das Reitergespann schließlich auch. Milo's Weg führte ihn auf diese Weise zur größten Ansammlung von Büchern der ganzen Provinz. Und auch zu deßen belesenem Archivaren nach Sapphire's Rest.

So ritt der Junge gespannt in Richtung des Städtchens.

Thileoray Pluck stand an der Tür zum Eingang der Bibliothek von Sapphire's Rest. Hochoffiziell vom Bürgermeister des Ortes zum amtierenden Stadtarchivaren ernannt, war dieser adrett angezogene Mann stolzer Verwalter über zahlreiche gebundene Perlen der Literatur, welche die umfangreiche Sammlung dieses Gebäudes beherbergte. Der größte Anteil der vielen Bücher stammte als Schenkung von einem entfernten Kloster, im Landesteil Solus gelegen. Dieses einmalige und großzügige Ereignis vor Dekaden von Jahren, machte diesen riesigen Fundus an Literatur aus allen Fachkreisen erst möglich. Höflich empfing der Amtsträger Milo mit einem einladenden Lächeln. Pluck's gepflegter, kunstvoll drapierter Schnurrbart verstärkte den freundlichen Eindruck, den der Mann ansonsten schon vermittelte, nur noch mehr.

„Willkommen, mein junger Herr", begrüßte er Milo. „Was führt dich in mein literarisches Reich?" Auch die Sprache des eleganten Stadtarchivars wirkte vornehm und diskret zugleich. Ermuntert von seiner Art zeigte Milo dem Stadtarchivar nun erwartungsvoll seinen Fund.

„Eine spannende Entdeckung hast du da ganz offensichtlich gemacht, mein Junge. Wirklich außerordentlich bemerkenswert." Pluck pfiff bestätigend durch seinen Schnurrbart und hielt sich dabei eine kleine, runde Glasscheibe vor seine zusammengekniffenen Augen.

Milo hatte so ein Utensil noch nie gesehen und sah neugierig zum Archivar hinüber.

„Ein Augenglas, mein Junge", entgegnete der Schnurrbärtige umgehend, da er Milo's Intereße erkannt hatte. „Noch nicht weit verbreitet in der Gegend", verkündete er, nicht ohne eine stolze Geste auf seine neueste Errungenschaft der Augenkunde. „Na, dann laß' uns mal genauer hinsehen …" Diesen Satz murmelte Pluck eher vor sich hin. Er betrachtete mit seiner optischen Sehhilfe nochmals den silbernen Pfeil, um eine verstärkte Aussage zu ergründen.

„Ja, das muß er sein!", hallte die Stimme des Archivars plötzlich laut durch den Büchersaal. Dabei rutschte Thileoray Pluck das Augenglas beinahe zu Boden. Geschickt konnte er es jedoch auffangen. „Dieses Objekt, mein junger Entdecker, wird Pfeil der Hoffnung, des Guten sowie der Unendlichkeit genannt und soll aus silbernem Argentium, einer seltenen Metalllegierung vor unserer Zeit, geschmiedet sein. Das vor uns befindliche Geschoß stellt das vervollständigende Element eines Ganzen dar, deßen auch der Bogen *Arrow Spin* angehört. Arrow Spin ist jedoch auch unter der geschichtlich etwas weniger häufig erwähnten Bezeichnung *Lacing Stream* bekannt, was viele Nicht-Historiker meist nicht wißen. Der Name des dazugehörigen, abzuschießenden, silbernen Pfeils lautet *Lightness* und ist zusammen mit *Lacing Stream* somit eines der *drei Insignien von Monum Kataris*: der legendäre Bogen *Zelorian*.

Anmerkung des Erzählers: Diese Waffe ist dem Namen nach verwandt mit einem Gefährt, silbern, mit vier Rädern und einem Fluxkompensator als Antrieb. Doch dies ist eine andere Geschichte, welche viel später erfunden, sprich erdacht wurde und deren Erzählung deshalb nie stattgefunden hat. Nicht in der Vergangenheit und auch nicht in der Gegenwart. Es hilft dabei wohl kein Blick nach vorne, sondern führt eher zurück in die Zukunft ...

Der Bücherwurm beeindruckte Milo mit seiner akribischen, exakten Vorgehensweise, mit welcher er sein Wißen gekonnt und verständlich an Milo vermittelte. Leidenschaftlich und enthusiastisch.

„Ein weiteres, ganz besonders intereßantes geschichtliches Detail des Bogens *Lacing Stream* ist noch zu erwähnen, mein offensichtlich wißbegieriger und aufmerksamer Zuhörer", bemerkte der Stadtarchivar zu Milo. „Es hält sich hartnäckig das Gerücht, daß ein einst abgefallener Holzsplitter von *Lacing Stream* in den Bogen des legendären Meisterschützen Robin Hoods eingearbeitet worden sein soll. Wann genau, ist nicht bekannt. Auch soll Robin's Zedernbogen deshalb unfehlbar sein und läßt seinen Schützen sich nur auf das anvisierte Ziel fokußieren. Sein übriges Blickfeld wird dabei komplett ausgeblendet und tritt beim Moment der Schußabgabe völlig in den Hintergrund. Mehrheitlich wird der Schuß durch das Verschwinden der Umgebung um den Schützen herum auch nicht bemerkt. Nur beim Gebrauch des Bogens an Wettkämpfen und Turnieren ist eine Wahrnehmung des Geschoßes durch das anwesende Publikum wohl kaum zu vermeiden. Auch dies ein Gerücht. Du weißt aber sicherlich, mein junger Freund, was es über Gerüchte heißt. Ein

Fünkchen Wahrheit findet sich meist immer dahinter." Pluck zwinkerte Milo verschwörerisch zu.

Ihm wurde einiges klar. „Doch selbstverständlich muß der Bogen seinen Schützen auch annehmen. Sonst nützt auch die beste Schußwaffe nichts. Aus ist es dann mit der Zielgenauigkeit." Nun war der Archivar der Akribie erst recht in seinem Element.

„Absolut faszinierend, Junge!", fuhr Thileoray unvermittelt fort. „Dieser Pfeil kann unendlich eingesetzt, will sagen, verwendet werden." Pluck kam regelrecht ins Schwärmen. „Der Pfeil, so heißt es in der Überlieferung, kann weder gestohlen noch geraubt werden. Stets manifestiert er sich von neuem vor seinem Besitzer. Kaum abgeschoßen und seinen Dienst verrichtet, kehrt dieser edle Pfeil auch schon wieder in seine Hand zurück. Es sei denn, er geht aus eigener Schuld verloren."

Ebenfalls fasziniert von den Ausführungen des Stadtarchivaren, fiel Milo's Blick zufällig auf die geschwungenen, hölzernen Trägerbogen der Bibliothek, welche hoch in die Decke ragten. Mit kunstvollen Holzschnitzereien verziert, dienten sie als Stützen für die vielen riesigen Bücherregale.

„Oh, sehr gutes Auge, mein geschichtlich intereßierter Freund. Diese geschwungenen Linien im vor dir aufragenden Bauwerk stammen vom berühmten Baumeister Raxa." Fragend sah Milo Pluck an.

Der Archivar holte nun, dankbar über Milo's fragenden Gesichtsausdruck, zu einer umfaßenden Erklärung über diese scheinbar angesehene Persönlichkeit der Architektur aus.

„*Alexander Mortimer Raxa* war ein wahrer Meister seiner Zeit, mußt du wißen, mein Junge. Bewunderer der römischen Baukunst. Geboren am 7. Oktober 1328, also vor genau zweihundert Jahren, als viertes Kind der angesehenen Raxa-Familie. Später wurde er architektonischer und statischer Berater von Sapphire's Rest beim Bau fast sämtlicher, neuzeitlicher Häuser bis zu seinem Tode 1398. Er zeichnete sich somit auch für dieses Gebäude in Sapphire's Rest verantwortlich." Milo begriff.

„Übrigens, nur noch nebenbei bemerkt: Die Entstehung des Ortes Sapphire's Rest selbst geht bis auf etwas mehr als eintausend

Jahre zurück. Damals fand dieser Name die erste Erwähnung in der Geschichte der Provinz Arion. Ursprung der Namensgebung war ein *blauer Edelstein. Ein Saphir.*"

Milo zuckte unvermittelt zusammen. *Etwa jener Edelstein, der sich in einem dünnen Stoffsäckchen zusammen mit der Pergamentrolle daneben unter seinem Kopfkißen in Noodridge befand?* Milo vermutete eben dieses.

„Es handelt sich dabei um einen seltenen *Saphir,* der den Ursprung seiner ersten Entdeckung und Benennung den raren Vorkommen in den Minen des fernen Torsovien verdankt, ein Binnenland deßen Hauptstadt Berxus lautet." Die Sätze sprudelten aus dem Munde des eifrigen Stadtarchivars.

„Alle einhundert Jahre nur wächst solch' ein besonderer Stein nach. Falls sein Vorgänger durch unglückliche Umstände zerstört wurde. Diese natürliche Nachfolge des Edelsteins unweit von hier in einem Wald von Deluge, jenseits des Flußes Gariganoru, gab schließlich den Ausschlag für die Bezeichnung der ursprünglich gar kleinen Siedlung Sapphire's Rest. Schnell wuchs das Örtchen aber an Fläche und Bewohner. Später erreichte das kleine Fleckchen sogar Stadtrecht."

Nach weiteren höchst intereßanten, jedoch auch anstrengenden Minuten des Zuhörens, bedankte sich Milo schließlich bei Stadtarchivar Pluck. Der junge Meisterschütze hatte von dem engagierten Bücherwurm gerade viel Wißenswertes über die Entstehung des Namens des kleinen Städtchens sowie *des einen Insignes von Monum Kataris* erfahren. Milo schüttelte Pluck's Hand. Nochmals als Dank für seine Ausführungen. Dann verließ er den Herrn sowie die eindrucksvolle Bibliothek wieder. In hohem Maße dankbar wie auch fasziniert.

Milo hatte trotz des großen Regens durch Pluck's Erläuterungen wieder Hoffnung gefunden, als er ins Freie trat. Von diesem Gefühl erfüllt, hörte der unendlich scheinende Niederschlag plötzlich auf. Die Sonne zeigte sich. Von ihrer schönsten Seite.

Sein Rabenvogel war vor sieben Tagen in die Tiefen der Höhlen zurückgekehrt. Gebannt hatte er in den Nebel unmittelbar vor seinem Antlitz geblickt. Kein gewöhnlicher Nebel. Magisch verändert. Er diente dem dunklen Magier als sehender Spiegel von einzigartiger Besonderheit. Der anstelle von Licht ganz bestimmte Geschehniße eines jeden gewünschten Zeitraums zu widerspiegeln vermochte. So zeigte ihm sein Zauber nun eben auf sein Geheiß das Treiben seines jungen Feindes auf dem Gutshof Noodrigde vor genau sieben Tagen. Der Ort, an dem er sieben Sonnen (oder beßer sieben Regenwolken) zuvor Verzweiflung säte. Durch die Botschaft seines gefiederten Dieners. Die vernichtende Nachricht des Bösen. Wie er diesen Rückblick in die Vergangenheit genoß und ihn durch sein teuflisches Werkzeug nun nochmals erleben durfte. Dem Leiden, der Furcht, der Angst und der zeitweisen, fast grenzenlosen Hoffnungslosigkeit des Jungen nochmals zuzusehen. Schade nur, daß Milo Tengrain den Brief nicht mit auf seinen Ausritt genommen hatte. Denn das Pergament besaß die besondere Fähigkeit, seinen Leser auszuhorchen und auch zu beobachten. Allerdings funktionierte dies nur, wenn das Pergament bei sich getragen wurde. Entfernte man sich weiter als hundert Fuß davon, wirkte der Zauber nicht. Für den Innenhof des Landguts reichte es völlig aus. Weiter aber auch nicht. Egal. Der Junge würde zurückkehren. Ganz sicher. Deshalb kein Grund zur Sorge. Warum auch?

Er lachte giftig. Er würde sich nun nicht mehr melden und einfach warten. Nur noch ins Geschehen eingreifen, wenn unbedingt notwendig. Er hatte erreicht, was er wollte. Auch war er selbst überaus beeindruckt von seiner genialen Idee, zusätzlich zum vom Raben verbreiteten Schrecken auch noch einen Dauerregen über die Region Arion zu schicken. Überragend. Dieser Einfall stammte schließlich auch von ihm, dem überlegenen Magier der schwarzen Aura. Den höchsten, magischen Zustand, den ein Meister der dunklen Magie je erlangen konnte.

Er durfte seinen jugendlichen Kontrahenten (er wähnte ihn nicht älter als fünfzehn Menschenjahre) keineswegs unterschätzen und sollte deshalb seine Überheblichkeit etwas zügeln.

Trotzdem war er sich seines überlegenen Sieges sicher. Er hob, bestätigend und aller Zweifel erhaben, die Hand: Der tagelange Regen in Arion fand augenblicklich sein Ende. Nochmals kicherte er heiser. Der junge Milo Tengrain würde in naher Zukunft noch viel mehr Angst verspüren. Wenn die Zeit dazu gekommen war. „Fürchte dich vor meiner Macht. Knie nieder vor mir", flüsterte er in fanatischer Trance mit gefährlich funkelnden, dunkelgrauen Augen. „Spüre meine unbändige Wut, den unerbittlichen Zorn von *Vinegorous Rottan*."

Ende und Anfang

Der Regen stoppte abrupt, just in dem Moment, als Milo aus der Bibliothek von Sapphire's Rest ins Freie getreten war. So plötzlich, wie das Unwetter aus dem Nichts begonnen hatte. Oder doch nicht ganz aus dem Nichts. Milo vermutete, daß der Rabenvogel als unheilvoller Bote den nassen Wetterumschwung aus der Unterwelt mitgebracht hatte. Es gab einen Zusammenhang, das spürte er. Donnergrollen eines herannahenden Gewitters in Milo's Kopf ließ ihn erwachen, sich an den noch immer omnipräsenten Schrecken erinnern.

Milo hatte das Pergament unzählige Stunden studiert, war die Zeilen unendliche Male durchgegangen. Er hatte bei jedem Wort Ungemach verspürt. Eine Bedrohung, die seinen Verstand einschnürte. Stark und unkontrollierbar. Ein einziges Gefühl dominierte Milo's Verstand. Angst. Auch nahm Milo einen feuchten, schimmligen Geruch wahr, welcher der Aussonderung von feuchtem Moos am nächsten kam. Seine Hände zitterten.

Denselben Duft von Moder roch der grübelnde Junge auch noch am nächsten Morgen, als er aufstand. Kein Wunder, denn jede Nacht legte er die Schriftrolle unter sein Kopfkißen … Dicht neben dem Säckchen mit dem Edelstein. Dies, damit diese beiden Dinge nicht von neugierigen, schlaflosen Augen gefunden oder gar betrachtet werden konnten. Am Tage sicher verborgen zwischen dem Stroh seines Nachtlagers.

Milo richtete sich in seinem Bett, dem großen Heuhaufen der Scheune, auf und reckte sich zunächst nach alle Seiten, um seine klammen Glieder zu sortieren. Dann nahm er ein weiteres Mal die Nachricht unter seinem Kopfkißen hervor. Als er es anhob, entdeckte der Junge darunter eine friedlich schlummernde Grille. Ihres schützenden Daches beraubt, bewegte sie sich plötzlich und wollte die Flucht ergreifen. Sie stieß dabei an die Pergamentrolle und entschwand nur einen Bruchteil von Sekunden später Milo's Blick. Er hatte kurz den Eindruck, daß dem Pergament ein feiner grünlicher Nebel entstieg. Er war sich jedoch seiner Sache nicht sicher. Milo konnte sich auch getäuscht haben.

Jedenfalls entrollte er das Schriftstück und erblickte dabei just den untersten Teil davon. Die auf dem edlen Papier enthaltene Nachricht, in kobaltblau, endete mit den Buchstaben *V.R.* Offensichtlich die bewußt hinterlaßenen Initialen des Absenders.

Milo hatte weder den *Saphir* noch die Schriftrolle Pluck gegenüber erwähnt. Der schnurrbärtige Stadtarchivar war Milo sympathisch, zweifelsohne. Schließlich hatte er gestern vom leidenschaftlichen Verwalter der städtischen Bibliothek viel Wißenswertes über die Stadt Sapphire's Rest und intereßante, erste Hinweise zu den *Insignien von Monum Kataris* erfahren. Dennoch hatte er noch kein uneingeschränktes Vertrauen in den belesenen Mann gefaßt. Jedenfalls noch nicht.

Aufgrund der langen Näße und Feuchtigkeit plagten mehr Insekten als sonst die bediensteten Bewohner auf dem Hofe. Vor allem den Mücken waren die Arbeitskräfte meist schutzlos ausgesetzt.

So war es nicht verwunderlich, daß auch Milo in diesem Augenblick von einem der kleinen Blutsauger gestochen wurde. Er spürte den Pieks. Seine Haut schwoll an. Milo reagierte. Reflexartig klatschte er mit seiner linken Hand auf die Stichfläche seines rechten Armes. Mit einem leisen, schmatzenden Geräusch hauchte die Mücke ihr gefahrvolles Leben aus. Sie glitt von Milo's Arm und fiel auf die eingetrocknete Tinte des ausgerollten Blattes. Und diesmal sah Milo es ganz genau: Als die Mücke das Dokument berührte, zerstäubte sie in einem feinen grünlichen Nebel und verpuffte gänzlich. Eine Verdampfung? Dies würde Milo's anhaltende Kopfschmerzen in der Nacht erklären, stets so dicht an dem offensichtlich giftigen Zellstoff.

Milo beschloß aufgrund des Erlebnißes mit Grille und Mücke, die Schriftrolle zu verbrennen. Gelesen hatte er diese ja schon zur Genüge, ohne auch nur im Geringsten seine Schlüße daraus ziehen zu können.

Er entzündete in einer Ecke hinter der Scheune ein kleines Feuerchen, mit Holz aus der Kaminkammer und einem kleinen Feuerstein, den er stets im Stroh in Griffnähe hatte. Bald schon entsprang dem Stein ein Funken und zusammen mit dem aufgehäuften Stroh unter dem Holz züngelten die ersten Flammen hoch.

Zunächst, mit bloßem Ohr kaum hörbar, meinte Milo im Knistern des Feuers am Ende doch ein leises, geheimnisvolles Sprechen wahrzunehmen. Tatsächlich war es eine Stimme, die sich immer mehr verstärkte, bis sie als lauter Schrei überdeutlich zu vernehmen war.

„Neiiin ...! *Harga Barga* ...! Verflucht seist du, Milo Tengrain. Das schwöre ich, Magier aller Magier, Meister der Schwarzen Magie, der erhabene ..."

Das Knistern gewann allmählich die Oberhand und bestimmte fortan wieder die Geräuschkuliße. Die Flammen vernichteten das Blatt vollständig und endgültig. Die Stimme war nicht mehr zu hören.

❧ ❧

Abschluß und Neubeginn. Mit diesen Worten melde ich mich nun kurz zu Wort, geschätzte Leserin und geschätzter Leser. Ich bin mir dabei durchaus bewußt, daß einem Berichterstatter wie mir üblicherweise kaum die Ehre zu Teil wird, mich während einer meiner Erzählungen selbst zu Worte zu melden. Schon gar nicht während eines so spannenden Augenblicks und deshalb in einer wohl eher unpaßenden Art und Weise. Den Chronisten dieser Ereigniße gerade hier, jetzt und ausgerechnet in diese Episode, einzubauen ...! Umso demütiger und dankbarer stehe ich deshalb der Tatsache gegenüber, daß mir der Autor diesen Raum und diese Zeit schenkt. Wohl aus dem einfachen Grunde, weil er's kann. Herzlichen Dank dafür, verehrter Erfinder und Erdenker dieser Zeilen, daß Ihr dies möglich gemacht und am Ende auch tatsächlich umgesetzt habt.

Darf ich mich euch vorstellen? Ich bin ..., doch, halt! Ich denke, meinen Namen hebe ich mir doch lieber für das Ende dieser Geschichte auf, um nicht von ihr abzulenken. Er trägt jetzt und hier nichts zur Sache bei. Verzeiht mir deshalb meinen kleinen Anflug von Geltungsdrang. Hier im literarischen Rampenlicht stehen zu dürfen, im Scheine der Glühwürmchen. Ich trete hiermit wieder bescheiden in den Hintergrund und laße euch, fortan wieder lediglich über die Ereigniße berichtend, ganz meinen Erläuterungen lauschend, in diesem kurzen Zwischenspiel voller epischer Dramatik zurück.

Laßet mich euch deshalb in einem dieser raren Augenblicke in die Theorie des großen Schicksals einführen, welches unser Reich nur alle zweihundert Jahre erfährt: die Wahl eines neuen Hüters der drei Insignien von Monum Kataris. Die Vorsehung wählt, wie soeben erwähnt, nur exakt in einem Intervall von zwanzig Dekaden nach Geburt des alten, vorhergehenden Castodius einen eben solchen, neuen Hüter. Feierlich geweiht auf des Vulkanes Asche, auf dem heiligen Boden von Monum Kataris. Dem Geburtsort aller Castodien, die das Schicksal auserkoren hat und noch auserwählen wird. Nur wer sich allen drei Insignien von Monum Kataris als würdig erweist, erhält die finale Würde dieses Ursprungsortes, der zur Erschaffung von Zerra Solus Vezia führte: zum einen die Selbstlosigkeit als Ehrerbietung des Reiches, zum andern die Großzügigkeit und Bescheidenheit als Anerkennung aus dem Volke.

Alsdann, diese drei Insignien dazu erforderlich sind:

I *Lightness*, der Pfeil, der niemals sein Ziel verfehlt und die Macht zum Töten des untoten Bösen besitzt. Der unfehlbare Bogen *Arrow Spin* (oder eben auch unter dem weniger häufig erwähnten Namen *Lacing Stream* bekannt). Geschaffen aus dem seltenen Rohstoff Argentium. Die beiden Teile (deren Ursprung der *Landesteil Solus* darstellt) zusammengefügt, ergeben *Zelorian*, den Bogen der unvergleichlichen Treffsicherheit und der Souveränität. Glücklich, wer diese beiden Eigenschaften sein Eigen nennen darf.

II Der blaue *Saphir* (dem *Landesteil Zerra* entsprungen): Namensgeber von Sapphire's Rest, Heimat und Wurzel des blauen Leuchtens, stärker als jedes Feuer. Jeweils nur entstehend in der Dauer eines ganzen Jahrhunderts. Zur vollen Größe ausgereift, spendet dieser besondere, edle Stein, eingesetzt in den Griff von *Zelorian*, dem Schützen unendliche Weitsicht durch seine nie endende Strahlkraft. Wohl dem, der sie besitzt.

III Die *Zwillingsfedern* des fulvinen Milans (erster bekannter Fundort im *Landesteil Vezia)*, deßen seltene Brutstätte nur im Tal von Quorna zu finden ist. Jeweils lediglich ein Exemplar dieses raren Raubvogels bringt nach exakt *111* Jahren der Absenz zwei identische Federn in seinem Gefieder hervor. Diese beiden Federn, nur durch drei anthrazitfarbene Punkte am Schaft des Federkiels bei der Mauser des Fulvins erkennbar, unterscheiden sich auf diese Art und Weise vom restlichen Gefieder. Sie werden auch *Federn des Friedens* genannt.

Fazit meiner Ausführungen:

Für eilige Leser (kurz und einfach zusammengefaßt sowie formuliert):
Die drei Insignen (die *Federn* an jedem Schaftende des Bogens befestigt, der *Saphir*, eingelaßen im Griff und der mit *Pfeil* und *Bogen* zusammengefügte, vollständige *Zelorian*) bilden zusammen den sagenumwobenen *Mokatar-Bogen*. Die mächtigste Waffe des gesamten Reiches Zerra Solus Vezia. Wer ihn sein Eigen nennt, ist kaum zu besiegen.
Schluß und aus. Tat gar nicht weh, oder ...?

Für die Geduldigen unter euch (lang und komplex erklärt):
Jedes Insigne strahlt seine eigene Fähigkeit und Macht aus. Zur vollen Entfaltung des mächtigen *Mokatar-Bogens* müßen jedoch sämtliche drei Insignien am Fuße des heiligen Vulkans im Südosten von Monum Kataris entsprechend durch einen Priester

gesegnet werden. Ebenso sind die *Federn*, der *Saphir* sowie *Pfeil* und *Bogen* auf diesem besonderen vulkanischen Grund, genauer auf deßen Asche, zusammenzuführen. Geschieht dies, wird auf mystisch anmutende Art und Weise der Name und die betitelte Bestimmung des Trägers des kompletten, nun vollständig magischen Bogens in den Griff eingebrannt. Verliert der Hüter die Macht über den Bogen oder werden die Insignien getrennt, verschwindet die *Mantoura* (Schriftbrand) wieder. Eine neue Inschrift wartet alsdann wieder auf ihren nächsten Besitzer. In exakt zweihundert Jahren nach deßen Vorgängers Geburt. Und tritt dieser Fall ein, erscheint ab dem Moment der Ernennung des neuen Hüters und Zusammenführung der genannten Insignien, beziehungsweise nach erfolgter Segnung und Zeremonie, die neue *Mantoura des Eigners auf der heiligen Waffe*. Die Legende besagt, daß die magische Inschrift auf dem gesegneten Bogen dieselbe Schnitztechnik aufweist, die auch bei einer besonderen griechischen Hirtenflöte angewendet wird. Doch dies ist eine andere, eher handwerkliche Geschichte.

Ich weiß, nicht einfach zu verstehen. Doch ihr habt es schließlich selbst gelesen und deshalb so gewollt ...

Und zum Schluß noch dies:

Die einzelnen Insignien wurden als Komponenten der Macht im Laufe der Zeit immer mehr durch *Monum Kataris* angezogen. Dies zeigte sich aufgrund ihrer Fundorte: jedes Mal deutlich dichter an *Monum Kataris* herangerückt. Als heilige Stätte und Kraftort. Die Bedeutung dieses magischen Naturwunders wird dadurch stets wichtiger und deßen Ausstrahlung immer stärker.

Nun denn. Genug der Theorie (... ich will ja nicht belesener als unser geschätzter Stadtarchivar Pluck erscheinen, nicht doch ...). Der Rest soll für sich sprechen und auf Euch wirken, hochwohlgeborene Leserin, Mylady, und auch Ihr, geadelter Leser, Mylord, fühlt auch Ihr Euch praktisch angesprochen. Wort für Wort, Zeile für Zeile, Satz für Satz, Geschichte für Geschichte, Erzählung um Erzählung, Episode nach Episode sowie Kapitel auf Kapitel.

Für den Rest und für die Praxis der Weissagungen, Vorsehungen sowie Prophezeiungen, denke ich, wird sich die große Seherin und Schicksalsweberin im weiteren Verlaufe dieser Geschichte verantwortlich zeigen. Euch somit noch Näheres dazu enthüllen. Zum Schicksal von Milo und allen weiteren, mystischen Ereignißen und Begebenheiten aller Regionen und Provinzen sowie jedem der drei Landesteile dieses wunderbaren Reiches.

In jenem Augenblick, in dem eine der nachfolgenden Episoden bereit dazu sein wird.

In diesem Sinne, gehabet Euch wohl. Das Ende des Alten ist der Anfang des Neuen.

„ZERRA – SOLUS – VEZIA!"

KAPITEL IV

Die Suche

Die Quellen des Gariganoru

Heute war ein freundlicher Tag. Die Sonne schien so hell und strahlend, als ob sie die trübe und feuchte Zeit der vergangenen Tage mit ihrer positiven Energie vergeßen machen wollte. Das sonnige Wetter schien auf die Bewohner von ganz Arion abzufärben. Wo Milo mit Plenum auch entlangritt, überall begegneten ihnen freundliche, lächelnde Gesichter.

Als Milo den linken Ausläufer des Flußes Gariganoru erreichte, sah er denn auch an deßen Ufer nur gutgelaunte Mägde und Waschfrauen, die sich schwatzend und lachend unterhielten.

Es war Waschtag auf Noodridge. Viele Frauen vom großen Gutshof, darunter auch Styna, fanden sich zum Waschen der Kleider am seichten Fuße des Flußes ein.

„Sei gegrüßt, Milo!" Styna erkannte den jungen Reiter schon von Weitem.

„Hallo Styna."

Die beiden wohnten Stall an Stall und schätzten sich durch die vielen gemeinsamen Monate auf dem Gehöft sehr. Milo war froh ob der Unterhaltung. Diese kam ihm während des fast täglichen Ausritts mit Plenum gerade recht.

„Na, Junge, willst du nicht einen Versuch wagen und eine Runde im Fluß schwimmen?"

„Nun", entgegnete Milo etwas verlegen. „Das Waßer ist sicherlich noch zu kalt nach all dem Regen und außerdem habe ich keine trockenen Sachen in der Satteltasche dabei."

Eigentlich war dies nicht der wahre Grund. Der fünfzehnjährige Milo genierte sich eben, seinen halbnackten Körper vor so vielen hübschen Frauen und Mädchen zu zeigen. Bei diesem Gedanken errötete er auf der Stelle, was ihn dazu bewog, sein Gesicht von den Wäscherinnen abzuwenden. Styna erkannte

Milos Verlegenheit und versuchte umgehend, Situation und Gespräch in andere Bahnen zu lenken. „Bist du unterwegs zu den Quellen des Gariganoru, Milo?"

„Quellen?" Diesen Ausdruck hörte Milo zum allerersten Mal. „Was sind Quellen?"

„Eine Quelle ist der Ursprung eines jeden Waßersprudels. Der Beginn der Bewegung, die sich im Fluß unendlich weiterzieht. Diesen Wellenzug nennt man Strömung." Beeindruckt von Stynas Wißen, wollte Milo nun noch mehr über diese Quellen erfahren. Seine Zurückhaltung verflog und wich ehrlicher Neugier. „Wo finde ich denn die Quellen genau?"

„Siehst du den Waßerfall im Osten etwa fünfhundert Schritte von hier?", fragte ihn Styna.

„Ja", bestätigte Milo.

„Hinter diesem Waßerfall entspringen die Quellen unseres hiesigen Flußes. Fünf sprudelnde Quellen umgeben einen kleinen Teich, welcher durch den Waßerfall hindurch den Strom ergibt, der dann hier vorne in dieser Richtung verläuft und schließlich in den Fluß mündet. Geh', reite los, Milo, du Waßerratte." Styna kicherte leise und neckisch. „Schau's dir an!"

Milo, froh um ihr Verständnis der Situation, wenn auch etwas betreten dreinblickend aufgrund von Stynas Bemerkung, wendete sein Pferd, winkte wortlos zum Abschied und ritt gen' Waßerfall, der im gleißenden Sonnenlicht einem riesigen Spiegel glich. Ein Stinktier kreuzte Milo's Weg, just vor der Weggabelung. Milo keines Blickes würdigend, glitt es stolz dahin bis zu einem Grashügel, wo es sich doch noch dazu verleiten ließ, Milo neugierig zu beäugen. Dann verschwand es und verlor sich auf der vor Hitze flimmernden Lichtung. Als der berittene Meisterschütze seinen Weg fortsetzte und zum entfernten Wald Black Kite Forest blickte, meinte er in der Ferne ein Wananus-Reh grasen zu sehen. Als er den Waßerfall schon fast erreicht hatte, wieselte ein Wiesel durch das hohe Gras, parallel zu Milo's Reitstrecke. Wieselflink. wie eine Katze oder zu Englisch *Catweazel* (verzeiht mir dieses etwas weit hergeholte Wortspiel aus einer ganz anderen Erzählung von einem kauzigen Magier einer entfernteren Epoche, aber es mußte einfach sein. Doch nun genug der sprachgewandten Wieselei). Bevor das schwarzweiße Tier auf allen Vieren in einer eleganten Kurve von Milo's Seite wich. Seinem Ziel, einem schmalen Erdloch, entgegenstrebte und mit einem Satz Milo's Augen entschwand.

Ohne weitere Ablenkung trabte Plenum nun den restlichen Weg bis zum Waßerfall entlang. Das Waßer war auch hier seicht und Milo lenkte Plenum nun behutsam durch den Waßervorhang hindurch. Das kühle Naß tat Roß und Reiter gleichermaßen gut und bot eine willkommene Erfrischung. Die beiden hatten den Waßerfall hinter sich gelaßen. Sie ritten nach oben und erreichten einen kleinen Teich. Der Anblick entsprach exakt der Schilderung von Styna. Die fünf Quellen floßen in das Becken des Teiches. In gleichmäßigem Abstand voneinander entfernt. Ein hellbeige gestreifter Waschbär erledigte seine Pflege, in dem er sich keck unter einen der Waßerläufe stellte. Als das reinliche Tier das Reitergespann bemerkte, ergriff es sogleich die Flucht auf den nahegelegenen Felsbrocken und verharrte dort. Regungslos, abwartend, beobachtend.

Milo stieg von Plenum und ließ das Pferd das kühle Naß genießen. Der Junge mochte sogleich die friedliche Stimmung und Atmosphäre hier an den Quellen des Gariganoru. Verträumt blickte er ins klare Waßer. Sein Gesicht mit den grün-grauen Augen fand sich darin wieder. Plötzlich bewegte sich sein Spiegelbild. Es wurde zu einer Vision, wie er später bemerken würde. Milo sah sich badend im herrlich angenehm temperierten Waßer, wie er selig vor sich hin planschte und den vorbei schwimmenden Fischen zusah. Silberforellen, wie er glaubte zu erkennen, und ein vorbeiziehender Fisch war sogar ein seltener Silberrohr-Schoppen. Ganz nah schwamm er an Milo vorbei. Bereits das dritte Mal schon in seinem noch kurzen Leben hatte er das Glück, diesen Fisch zu erblicken. Doch ein schuppiger Teichbewohner schien anders zu sein in Farbe und Aussehen. Eher von violetter, denn von silbriger Färbung. Auch dieses Exemplar schwamm näher an Milo heran. Als es ihn erreicht hatte, stellte Milo mit Schrecken fest, daß es sich bei diesem Lebewesen um keinen Fisch, sondern um eine kleine violettfarbene Schlange handelte. Obwohl Milo auch schon eine seltene Rundaz-Natter gesehen hatte, als er mit seinem Großvater erstmals die Gegend um den Gariganoru erkundete, war ihm diese Schlange unbekannt. Rundaz-Nattern waren schwarz-weißer Färbung, während diese Schlange eben violett erschien. Milo wollte zurückweichen, doch es war zu spät. Die Schlange hatte bereits zugebißen. In dem Moment, wo ihn der Biß traf, wurde Milo schwarz vor Augen.

Als er sie wieder öffnete, lag das Tal von Quorna vor ihm, in all seinen Einzelheiten: schroffe Felsen, die hoch in den Himmel ragten. Die Kluft dazwischen, kühl und schattig. Das genaue Gegenteil der dahinterliegenden, gleißenden Wüste. Unendlich und unerbittlich. Genau das Tal, in dem er nach den Zwillingsfedern des Fulvin-Milans suchen sollte. – Warum, war Milo in seinem Traum nicht ganz klar. – Doch mußte es einen Zusammenhang mit dem blauen Edelstein und seinem Bogen *Arrow Spin* haben. Dieser war mittlerweile mit dem Pfeil *Lightness* zum Gespann geworden. Das verschmolzene Duo hatte somit eine höher gelegene Stufe einer Spannwaffe erreicht, deßen neuer Name fortan *Zelorian* lautete und eine noch höhere Macht für seinen Besitzer bedeutete. So viel war jedenfalls sicher. – Der Schrei war wieder zu hören. Er füllte Milo's Kopf mit lautem Unbehagen. Ein Gefühl, das der Junge bereits kannte.

Urplötzlich wurde Milo aus seiner Vision gerißen. Noch schlaftrunken spürte er, wie seine linke Hand zu schmerzen begann. Er blickte auf seine Linke und zuckte zusammen: Der Biß an Milo's Hand im Spiegelbild des Flußes bei den Quellen war auch jenseits des Spiegels real.

Doch er hatte Glück im Unglück: Eine Pfropfschnecke hatte sich bei der ersten Quelle ganz rechts direkt unter den Waßerlauf gesetzt, auf einen rötlichen Unterwaßerfarn. Da die Schnecke leuchtend grün war, sah Milo sie so sofort.

Milo löste sie geschickt vom Farn. Mühelos, mit einem leisen Ploppen, ließ sich die Waßerschnecke entfernen. Die Pfropfschnecke in Verbindung mit den Giftstoffen des Farnes ergab einen wirksamen Heilstoff zur Wundbehandlung. Auch dies wußte er durch eine Erzählung seines Großvaters, als sein Opa in Milo's

Kindheit einen Biß einer Junuhura-Viper behandelte. Das natürliche Heilmittel solle gegen sämtliche Schlangenbiße helfen.

Durch die Gerinnung auf die Wunde kommt es zur heilsamen Blutstillung. Unmittelbar nach dem Biß einer Schlange angewendet, heilt die Wunde so fast augenblicklich. Wie glücklicherweise auch in Milo's Fall. Die Bißwunde wurde blaß und blaßer und war nur wenige Augenblicke später nicht mehr zu sehen. Offenbar wirkte diese Methode tatsächlich bei jedem Schlangenbiß und hätte vielleicht auch gegen die seltene Rundaz-Natter geholfen, vielleicht … Aber einerlei. Milo schüttelte den Gedanken jedenfalls schnell ab und atmete erleichtert auf. Eine im wahrsten Sinne des Wortes bißige Erfahrung, die Milo da gemacht hatte. Doch die Vision brachte auch Gutes:

Nicht nur der Biß war aus der Vision in die Realität übergetreten. Auch die Einzelheiten des Tales von Quorna blieben dem Jungen in Erinnerung. Selbst den Weg zum Tal hatte er sich detailliert eingeprägt.

Und noch ein realer Trost blieb Milo. Plötzlich und unerwartet verließ der Waschbär seinen sicheren Horst auf dem Felsen, rannte herbei, auf den sich zum Schutze duckenden Jungen zu und schmiegte sich schließlich (für dieses scheue Wesen sehr untypisch) an Milo's Beine. Milo entspannte sich erleichtert und herzte den kleinen, krallenden Nager dankbar. Kurze Zeit später bestieg Milo sein treues Roß Plenum. Er verließ die Quellen und den Teich. Sein Ritt führte durch den Waßerfall zurück ans Ufer des Gariganoru. Im Hintergrund sah ihm der Waschbär zum Abschied noch lange nach.

Nach einer kurzen Rast in Noodridge, wo er auch den silbernen Pfeil *Lightness* in seinen Köcher steckte, machte sich Milo entschloßen auf. Er galoppierte mit Plenum dem Tal von Quorna entgegen. Wie lange der Ritt dauern würde, wußte Milo nicht, noch nicht.

Doch er kannte den Weg und ritt unerschrocken und unbeirrbar der nächsten Episode entgegen, deren Erzählung eines anderen Ortes und einer anderen Zeit bedarf. Nicht heute und nicht hier. Aber bald und nicht so fern.

Das Tal von Quorna

Milo und Plenum erreichten nach drei langen Tagen und Nächten am Morgen des vierten Tages endlich die Mündung zur Schlucht des sagenumwobenen Tales von Quorna. Hohe Felsen aus hellbraunem Sandstein umschloßen einen schmalen Weg. Die einzige Verbindung zur entlegensten Region des Reiches. Die durch Berichte unzähliger Generationen überlieferte, einzige Brutstätte des fulvinen Milans, in der gleichnamigen Provinz Quorna, im Landesteil Vezia.

Um überhaupt einen so langen Ritt mit Plenum unternehmen zu können, hatte sich Milo bereits seit Langem mit dem Besitzer und Landvogt, Grandful Everglory, geeinigt. Für jeden gerittenen Tag mußte Milo dem Gutshofbesitzer von Noodridge einen vereinbarten Teil seines Lohns, jeweils entrichtet in Getreide und Weizen, abgeben.

Der Gutsbesitzer nannte dies ein faires Angebot. Milo wußte nicht, was der Ausdruck fair genau bedeutete, jedoch konnte er so mehr Zeit mit seiner geliebten, vierbeinigen Stute verbringen und der Arbeit sogar entschuldigt fernbleiben. Das war die Hauptsache. Die Schweineställe putzten sich zwar nicht von alleine und bedeuteten nach seiner Rückkehr einiges an Mehrarbeit, doch dies nahm der abenteuerlustige Stallbursche stets gerne in Kauf. Ein kleiner Preis für einen großen Spaß mit Plenum. Und auch das Pferd genoß die längeren Ausritte sichtlich.

Milo lenkte Plenum durch die zu Beginn sehr enge Schlucht, welche stets gleichmäßig abfiel und in die Tiefe des Tales führte. Nach einer weiteren Stunde durchritt das Gespann Quors Talsohle. Ein Geier hockte geduldig auf dem Ast eines knorrigen Baumes, im Schatten der Felsen. Er krächzte heiser vor sich hin. Oder wandte er sich doch eher an Milo und mahnte ihn damit zur Vorsicht? Milo ignorierte die Kapriolen seines Verstandes und gab Plenum mit einem kurzen, sanften Tritt in deren Lende zu verstehen, den Trab in Galopp zu wechseln. Die Stute gehorchte sofort. Milo ließ den unheilvoll blickenden Geier hinter sich. Der Weg durch das Tal stieg endlich wieder etwas an. Der Sonne entgegen. Milo, der das letzte Mal am Vorabend etwas getrunken hatte, schluckte leer. Vor Durst, wie ihm bewußt wurde. Aus seiner Brusttasche holte er seinen ledernen Trinkbeutel hervor, schnürte ihn auf und trank gierig die letzten Schlucke aus. Nun war der Beutel leer und auch Milo's Blick wies Leere und Hoffnungslosigkeit auf. Wie sollte er diese Federn denn jemals finden? Ohne Hinweis? Die Vision war, was Erklärungen anbelangte, nicht allzu ausführlich ausgefallen.

Lightness, der silbern strahlende Pfeil blitzte in der nun wieder sengenden Hitze. Die Sonne hatte in diesem Teil der Schlucht den Schatten besiegt. Milo spürte einen plötzlichen Luftzug in seiner Nähe. In seinem linken Augenwinkel erspähte er einen schwarz-weißen Vogel, pfeilschnell heranschießen. Das Tier versuchte im Sturzflug, den an Plenum's Flanke festgeschnallten, glänzenden Pfeil zu stibitzen. Dies gelang dem frechen Vogel jedoch nicht. Der Pfeil saß zu fest. Als der Flattermann wegflog, erkannte Milo diesen als Elster. Kein Wunder, daß der Pfeil ihre Aufmerksamkeit auf sich gezogen hatte: denn Elstern galten als äußerst neugierig und versessen auf alle Gegenstände, die glänzten. Plenum schnaubte wütend in Richtung des diebischen Vogels. Oder hörten sich die Laute des Pferdes für Milo eher nach einer Kommunikation mit der Elster an, gar nach einem Befehl? Milo's Vermutung schien bestätigt, als der Vogel begann, dem Gespann mit zehn Fuß Vorsprung vorauszufliegen.

Er führte die wohl seltsam anmutende Karawane, die sie zu dritt nun bildeten, weiter durch die ansteigende Schlucht. Nach mehreren kurvigen Abschnitten und nach endlos vielen Minuten fand die Reise vor einem hohen Felsen sein plötzliches Ende. Die Elster krächzte bestätigend und schaute Plenum direkt in die Augen. Plenum blieb still, schwenkte den Kopf hin und her und hob ihn dabei leicht. Der Blick der Stute richtete sich auf den Gipfel des Felsens. Ein Vogel, welcher einiges größer war als die Elster, flog mit mächtigen Bewegungen seiner Schwingen hoch über der Schlucht und setzte unmittelbar danach zur Landung an. Offenbar befand sich das Nest des Vogels exakt auf dem Gipfel dieses Felsens. Der Vogel gab einen kreischenden Laut von sich. Ein an- und abschwellendes Keifen, wie Milo empfand. Er erkannte diesen Laut. Großvater hatte ihn auf einem der Felder hinter Noodrigde gelehrt, um welchen Vogelruf es sich hierbei handelte: um den eines Milans. Und Milo erblickte hoch oben am Felsen zwei gelbe Schwanzfedern. Das war tatsächlich ein Fulvin-Milan!

Was für eine glückliche Fügung, dachte Milo bei sich. Glück? War dies wirklich Glück? Die Elster, das besondere Schnauben seines Pferdes, die Reaktion des schwarz-weißen Vogels darauf. Der Fels, der Gipfel, die Federn, der Milan? Oder war es eben doch das Schicksal, die Vision, die Vorsehung, die ihn so weit gebracht hatte und ihn hierherführte? Glück hin, Schicksal her. Er hatte das Nest des fulvinen Milans hoch oben auf dem Gipfel des vor ihm liegenden Felsens entdeckt. Beinahe am anderen Ende des Tales *Quor*, welches den Weg und die Senke nach Quorna bildete, dem kleinen Hauptort und tiefsten Punkt der gleichnamigen Provinz. Auch durchschnitt das Tal und die Schlucht fast den gesamten Landesteil Vezia. Milo war den Federn so nah. Er legte den Kopf in den Nacken. Trotzdem schien das dritte Insigne unerreichbar. Milo hätte schon fliegen müßen. Doch dieser Fähigkeit war ein Mensch bekanntlich nicht mächtig.

Milo vernahm soeben Schnalzgeräusche. Menschliche Laute. Milo schaute sich um. Er konnte jedoch keine Menschenseele in den hinteren und vorderen Ausläufern von Quor erkennen. Nur Plenum. Seine Stute konnte nicht sprechen. Dennoch glaubte Milo, einen kurzen Augenblick Bewegungen von Plenum's Schnauze wahrgenommen zu haben. Er schob diesen Gedanken aber schnell wieder von sich. Die Elster aber reagierte prompt. Sie schwang sich gekonnt in die Lüfte, legte sich in den Wind und schraubte sich dabei hoch. Schnell erreichte sie schließlich dieselbe Höhe wie der Raubvogel. Die Elster kreischte laut und durchdringend. Wohl ihre Art der Kommunikation, welche wirkte. Der Milan tappte an den Rand seines Nestes, verließ es jedoch nicht. Milo begriff die Absicht der Elster, nahm einen Pfeil aus seinem Köcher und visierte instinktiv eine Stelle unterhalb des Milan-Nestes an. Der junge Schütze traf meisterlich genau den richtigen Winkel, über dem der fulvine Milan stand. Der Treffer wirkte. Der stolze Raubvogel flog weg und zog in nächster Nähe seine Kreise. Milo glaubte nun drei Jungvögel im hochgelegenen Horst zu entdecken. Das Gefieder der drei Jungtiere war ebenfalls zu erkennen. Plenum wieherte dreimal. *Dies hört man vermutlich auch noch in Quorna und Umgebung,* dachte Milo beeindruckt. Der diebische Vogel tat indeßen unbeirrt seine Pflicht, indem er das Nest anvisierte und zum Sturzflug ansetzte. Zweimal pickte die Elster gezielt und entschloßen, bevor sie sich rasch vom Nest entfernte und ebenso schnell an Höhe verlor.

Wieder schnaubte Plenum. Diesmal zufrieden, wie es auf Milo wirkte. Die diebische Elster landete auf dem Hals der Stute, direkt hinter Plenum's Ohren. Sie hatte zwei Federn mit gelblicher Färbung im Schnabel. Keifend und mit den Flügeln schlagend, legte sie die beiden Federn direkt vor Milo auf den Rücken des Pferdes.

Überrascht beobachtete Milo den Vogel. Dieser machte nochmals einen unbändigen Lärm, bevor er sich erneut in den Himmel erhob, flink und schnell. Bald war die Elster Milo's Blicken entschwunden. Zaghaft griff er nach der ersten Feder. Sie fühlte sich weich, geschmeidig und elegant an. Stromlinienförmig ausgerichtet. Braun gefärbt und dennoch gab sie einen leichten gelblichen Schimmer preis. Bei näherem Hinsehen entdeckte Milo am Kiel der Feder drei kleine Pünktchen in der Farbe anthrazit. Kaum zu sehen. Hätte die Feder noch im Gefieder eines Vogels gesteckt, so hätte man die Punkte nicht entdeckt. Milo blickte vor sich auf Plenum's Rücken. Die zweite Feder schien sehr ähnlich. Halt ..., nein ...: Identisch! Genau dieselbe Zeichnung in den einzelnen Verästelungen. Daßelbe gelbliche Strahlen. Er nahm auch die zweite Feder auf.

Dieser Schrei war der Intensivste. Bei allen gefundenen Insignien vernahm er Schreie. Doch dieses Mal war der Schrei markdurchdringend. Milo's Muskelstränge zogen sich zusammen, seine Hände wurden klamm. Minutenlang dröhnte dem Jungen dieser Laut im Kopf, in allen Hirnwindungen und Nervenenden. Nur langsam erholte er sich von dieser Sinneslähmung. Wahrnehmung einer seelenlosen Kreatur.

Er hat sie gefunden! Ich kann es nicht sehen, nicht mehr. Oder eben noch nicht! Aber ganz deutlich spüren ... Die Stimme in seinem Kopf kam ihm bekannt vor. Er hatte sie schon einmal gehört. Beim Verbrennen der Nachricht, geschrieben auf vergiftetem Pergament.

Milo's Verstand war nun wieder klar. Er hielt die Federn hoch ins Sonnenlicht. Die Feder in seiner linken Hand hatte er schon betrachtet. Nun untersuchte er die zweite Dune: samtig weich, edel. Perfekt ausgerichtet, um dem Wind in idealem Winkel zu begegnen. Beim Segeln durch die Luft. Von brauner Färbung und mit gelblicher Aura umgeben. Am Federkiel anthrazitfarbene Punkte: eins ... zwei ... drei! Für Milo bestand kein Zweifel mehr: Er hielt tatsächlich und wahrhaftig die *Zwillingsfedern* eines fulvinen Milans in seinen Händen. *111* Jahre waren somit seit der letzten Entstehung dieser seltenen Schwingen vergangen. Die diebische Helferin hatte Plenum gegenüber ihre Schuldigkeit getan und zudem ein unfehlbares Auge bewiesen.

Ungläubig, doch dankbar ergriff Milo die Zügel. Er wendete die leise wiehernde Stute. *War das ein Lächeln, welches gerade von ihr ausging; wieder eher menschlich als tierisch ...? Ach nein!* Milo lachte seinen Gedanken weg. Mit einem sanften Tritt bewegte er Plenum zu einem schnellen Galopp und verließ die Schlucht und somit das Tal Quor so schnell er konnte.

Eine schnelle Rückkehr, flehte Milo den Wind an und flüstere diese Worte kaum hörbar in die Schlucht. Plenum eilte dahin.

Das Pferd änderte dabei jedoch leicht die Richtung. Milo bemerkte dies erst, als der Weg leicht abfiel. Eigentlich hätte er doch ansteigen sollen. Dies tat er dann wenige Sekunden später auch. Jedoch viel steiler, als der Weg es nun hätte sein sollen. Die

Strecke vor ihnen entpuppte sich als schmaler Grat. Stieg immer höher an. Bald sah der junge Reiter die Schlucht von oben. Das Tal lag unter ihm. Als der Grat noch schmaler wurde, beschlich Milo ein mulmiges Gefühl. Er hatte Angst, daß sie abzustürzen drohten, sollte der Grat noch schmaler werden. Doch Plenum glitt in unvergleichbarer Sicherheit dahin. Milo schien es, als ob das Pferd beinahe flöge (was auch der Fall war, doch das verschweigen wir Milo an dieser Stelle lieber, einverstanden, werte Mitreiterinnen und Mitreiter?). Was Milo zu diesem Zeitpunkt nicht wußte, war, daß die Zwillingsfedern, die er bei sich trug, dem Gespann unerschütterliche Stabilität verliehen. Die Eigenschaft des dritten Insignes.

Milo erreichte mit seiner getreuen, tapferen und klugen Stute das Ende des Tales. Der Grat fiel steil ab und bald schon ließ Milo den Eingang zur Schlucht ein zweites Mal hinter sich. Diesmal heimwärts in Richtung des Landesteils Zerra. In die Provinz Arion. Zurück in seine Heimat, nach Noodridge und Sapphire's Rest. Sein lederner Trinkbeutel war zu Milo's Erstaunen wieder prallgefüllt mit kühlem, wohlschmeckendem Quellwaßer. Dies während seines gesamten Rittes zurück in seine Heimat.

Auf diesem dreitägigen Heimritt und der Rückkehr in sein Zuhause, war sich Milo erstmals der vollen Macht aller drei Insignien bewusst: des *Bogens* mit unfehlbarer Zielgenauigkeit, des *blauen Edelsteins*, dem *Saphir* mit unerschöpflicher Leuchtkraft, sowie den *Zwillingsfedern*. Der Ursprung der Macht der letzt genannten Insigne entzog sich Milo's Kenntnis. Jedenfalls noch. Vielleicht wußte es Thileoray Pluck, der Stadtarchivar von Sapphire's Rest. Vielleicht aber auch nicht.

Doch dies ist eine andere Geschichte, deren Erzählung eines anderen Ortes und einer anderen Zeit bedarf. Nicht heute und nicht hier.

Seelenverwandt

Milo erwachte. Ein Schrei hatte ihn geweckt. Jedoch nicht der altbekannte, der ihn immer dann aufsuchte, wenn er ein Insigne von Monum Kataris berührte. Nein, dieser Schrei mußte von einem Vogel stammen. Eine Eule vielleicht? Milo reckte sich, wischte den letzten Schlaf aus seinen Augen und erhob sich von seinem Lager aus Stroh in der Scheune des Hofes Noodridge, seinem Zuhause. Der Morgen hatte noch nicht viele Stunden erreicht. Dunkel lagen die Felder vor ihm, als Milo die Scheune durch das hintere Tor verließ. Er sprang geschickt über den Zaun. Geübt und erfahren aufgrund der vielen Versuche, die er zuvor schon über das Hindernis unternommen hatte.

Ein leichter Wind wiegte die Ähren der zahllosen Felder hin und her. Grandful Everglory, deren Besitzer und auch Milo's Herr, hatte wirklich viele Ländereien, zu denen eben auch diese großzügigen Auen von Getreide gehörten.

Er durchstreifte die Weiten von Weizen, Gerste, Roggen und Hirse, ziellos und arglos. Lediglich intuitiv einem zufälligen Vogelschrei folgend. Als er vielleicht dreihundert Fuß durch die Nutzpflanzen zurückgelegt hatte, änderte sich die Umgebung. Zunächst gelblich, wechselte sie allmählich in ein wunderbares Rot.

Vor Milo lag auf einmal ein wundervoller Garten. Dutzende, ja gar hunderte von blühenden Rosensträuchern breiteten sich vor ihm aus. Die Luft war erfüllt von ihrem lieblichen Duft. Als Milo dieses herrliche Blumenparadies durchschritt, schien es, als ob ihm die dornigen Gewächse den Weg frei gaben. Immer an die Stelle, wohin er seine Schritte als nächstes lenken sollte. Dieser Garten war Milo noch nie zuvor aufgefallen. Als er das Ende des Rosenspaliers erreicht hatte, erblickte er ein grünes Türchen, umrankt von ebenfalls roten Kletterrosen. Auch dieses

Türchen öffnete sich wie durch Zauberhand und gab den Blick auf einen riesigen, alten Baum frei. Eine Eiche, deren Beschaffenheit mit seinen knorrigen Ästen Milo stark an den Baum im Tal von Quorna erinnerte. Und an den Geier, der auf einem der Äste geseßen hatte.

Auch auf diesem Baum saß ein Vogel. Ein Uhu. Der gefiederte Mäusejäger drehte den Kopf, plusterte sich auf und öffnete seinen Schnabel. Sein Schrei klang vertraut. Hatte Milo diesen doch zuvor noch durch das Fenster der Scheune neben seinem Schlaflager vernommen.

Der ansonsten eher nachtaktive Vogel blickte Milo nun direkt ins Gesicht. Die stechenden Augen fixierten ihn. Noch immer schrie der Vogel. Und Milo schien es, als ob sich die Schreie allmählich in ein liebliches Singen wandelten. Tatsächlich. Der Vogel sang, jedoch auf eine menschliche Art und Weise. Der Gesang wurde lauter. Die Eule breitete ihre Flügel aus, flog vom Ast und visierte den Boden direkt vor Milo's Füßen an. Seine Augen weiteten sich. Während sich der Vogel mit seinen grauen Schwingen näherte, geschah etwas Unglaubliches. Wie zuvor das Schreien wandelte sich auch die Gestalt des Vogels der Nacht. Als er landete, stand ein wunderschönes Mädchen vor Milo.

Er konnte die soeben erlebte Verwandlung nicht einordnen. Überfordert starrte er sein Gegenüber an. Unfähig zu sprechen.

„Gestatten, Staffalania von Schmatt, geborene Raxa."

Die Stille war gebrochen. Keck blickte die unerschrockene Gestaltwandlerin in Milo's Gesicht. „Schließe deinen Kiefer, mein junger Milo. Du bist doch kein Silberrohr-Schoppen."

„Nein, ein Fisch bin ich wahrlich nicht. Auch wenn er mein Lieblingsfisch ist." Milo's schlagfertige Antwort überraschte ihn selbst.

Staffalania lachte beeindruckt auf. „Oho! Touché, mein junger Freund. Großartig! Nenn' mich Staffa."

Staffa war Milo auf Anhieb sympathisch und auch seltsam vertraut.

Milo lauschte in der Folge den Ausführungen der jungen Meisterin der Metamorphose. Gespannt und aufmerksam.

Staffalania von Schmatt war die verzauberte Tochter von *Alexander Mortimer Raxa*, dem berühmten Architekten und Baumeister des 14. Jahrhunderts. Die Gestaltwandlerin konnte durch einen vor langer Zeit auferlegten Fluch nie mehr lange Mensch sein, erlangte durch ihn jedoch Unsterblichkeit. So war Gustav von Schmatt, Staffa's liebender Ehemann von einst, ebenso bereits verstorben wie all' ihre anderen Verwandten und Freunde. Milo empfand plötzlich ein starkes Mitgefühl für dieses bedauernswerte, ewig junge Mädchen. Sie schien kaum älter als er selbst. Und doch war sie es ganz offensichtlich doch. Ihre Schilderungen klangen immer trauriger. Sie schloß bedächtig und behutsam mit den Worten: „Gute Freunde nannten mich einst Staffa. Du darfst mich deshalb ebenso nennen, Milo Tengrain. Du bist doch ein guter Freund, nicht wahr? Haben wir doch gemeinsam schon so viele Abenteuer erlebt ..." Milo verstand ihre Worte nicht.

Die junge Schönheit fuhr wißend fort: „Ich war soeben noch ein Uhu, ein Eulenvogel. Aber wie du wohl bereits ahnst, kann ich viele Tiergestalten annehmen. Unter anderem auch das Wesen, die Eigenschaften und schließlich auch die Gestalt eines Pferdes. *Deines* Pferdes, Milo." Noch immer sah Milo Staffa fragend an. „*Plenum*", erwiderte diese schlußendlich.

Milo's Mund öffnete sich erneut. Er konnte nicht glauben, was er da gerade gehört hatte. Sein getreues Reitpferd, seine geliebte Stute Plenum, war in Tat und Wahrheit Staffalania von Schmatt, ursprüngliche Raxa, die Tochter des berühmtesten Baumeisters seiner Zeit. „Kein Fisch, Milo." Staffa lächelte den verdutzten Jungen müde und mit trüben Augen an. Milo schloß seinen Mund umgehend.

„Ich war an deiner Seite, Milo, als du zweieinhalb deiner drei Insignien fandest: *Pfeil*, *Edelstein* und *Zwillingsfedern*."

„Meiner Insignien, was meinst du damit?", wollte Milo von Staffa wißen. „Du bist der neue *Hüter*, Milo. Der vom Schicksal vorbestimmte Wächter der *drei Insignien von Monum Kataris*."

Dem Jungen stockte der Atem. Kein Wort brachte er in diesem Moment über die Lippen.

„Ich kann nicht nur Gestalt von Tieren annehmen, Milo, sondern auch mit ihnen kommunizieren. Mit Stinktieren, Waschbären, Rehen, Wiesel und auch diebischen Elstern, wenn du verstehst, worauf ich damit hinaus will ..." Staffa zwinkerte Milo zu. Er begriff. Noch immer war der Junge zu einer Äußerung unfähig.

„Ich werde dich beschützen und darüber hinaus auch auf dich achten, Milo. Als meinen treuen Freund ehren und als Zeichen von Zuneigung und Verbundenheit über dich wachen." Sie blickte dabei nachdenklich zu Boden. „Irgendwie spüre ich, daß meine Zeit des Abschieds trotz meines augenblicklich unsterblichen Zustandes bald kommen wird. Dann werde ich erlöst sein." Traurigkeit lag in ihren Worten und Augen.

Bevor Milo etwas erwidern konnte, fuhr Staffalania von Schmatt fort. „In Tat und Wahrheit bin ich eine Schicksalsweberin. Sehe das Kommende. Ich hielt mich jedoch lange verborgen. Die gesamte Provinz kannte mich vor meinem Verschwinden. Deshalb nennt mich das Volk seither und bis heute *die verschollene Seherin von Arion*. Wenn sie nur gewußt hätten, daß ich die ganze Zeit unter ihnen war. Wer weiß ...?" Staffa legte mit einer ausladenden Geste eine Pause ein und blickte gedankenverloren ins Leere.

Erst Minuten später sprach sie weiter. Sie hatte ihren traurigen Gedanken abgeschüttelt und schien plötzlich verändert. Unbeschwerter und kecker als noch kurz zuvor wirkte sie nun auf den überraschten Milo.

Genug von mir. Kommen wir zu Dir, junger Freund.

Das unscheinbare Sein, unbestimmt an der Seite des scheinbar Vorbestimmten. Das bedeutet, daß du schon bald deine große, wahre Liebe treffen wirst, Milo Tengrain. Wegbegleiterin auf deinen zukünftigen Pfaden der Vorsehung. Zeit deines Lebens. Eine liebliche Blume der Bestimmung. Immer da, wie auch diese Rosensträucher, diese grüne Tür und dieser knorrige, alte Baum immer da waren. Verdeckt, offenbart, seelenverwandt. Und nicht so, wie du dir deine zukünftige Lebensgefährtin vielleicht vorgestellt oder erwartet hättest. Weil du sie bis dahin noch nicht entdecken konntest."

Milo fand endlich seine Stimme wieder. „Ich höre, was du sagst, Staffa, aber ich verstehe noch immer nicht die Bedeutung deiner Worte."

„Du hast die Gabe der *Apperzeption*. Das bedeutet, die Wahrnehmung von Ereignißen zur Deutung deines Schicksals", erklärte Staffalania. „Nutze die Macht der Beobachtung. Dann, wenn du sie brauchst und der Moment dazu gekommen ist. Dies mein Ratschlag an dich, Milo Tengrain, Sohn des Walter Tengrain III., Stallbursche von Noodrige, Meisterschütze aus Arion. Nutze diese Begabung in Dingen der Liebe und des Alltags und du wirst meine Worte schon bald verstehen." Die juvenile Seherin lächelte nun wieder etwas freier. „Ein erster Hinweis als vorsehende Starthilfe, mein junger Bogenschütze: Ein Nest von schwarzen Raben wird dich finden und observieren wollen. Doch deine übersinnliche Beobachtungsgabe wird dich wißen laßen, wann diese Situation bevorsteht und eintreten wird. Bevor die Raben es wißen. Und dies wird dein entscheidender Vorteil sein. Bei Raben sowie auch als intuitiver Schutz vor der *Horde*."

Wieder war dies alles zu hoch für Milo. Zu viel der übersinnlichen Information, derer er noch so gar nicht mächtig war. Kein Gespür dafür besaß. Noch nicht. Diese Zeit sollte kommen, schon bald.

Doch dies, ihr ahnt es bereits – richtig –, ist eine andere Geschichte, deren Erzählung eines anderen Ortes und einer anderen Zeit bedarf. Nicht heute und nicht hier.

Staffalania von Schmatt nickte Milo verständnisvoll zu. „Ich denke, das ist genug der Botschaft an den neuen, jungen *Hüter des Mokatar-Bogens* für einen Tag."

„Laß uns zurück nach Noodridge reiten, Milo." Die Gestaltwandlerin hatte die Worte just zu Ende gesprochen, da hatte sie wieder eine andere Gestalt angenommen. Die von Plenum, dem getreuen Roß Milo's und somit seiner engsten Freundin.

Milo schwang sich mechanisch auf die so besondere Stute und ritt in gemäßigtem Trab die dreihundert Fuß zurück. Diesmal hoch zu Roß, dem Gutshof von Grandful Everglory entgegen. Gedankenverloren, hilfesuchend, verunsichert. Doch alleine war der junge Meisterschütze weder an diesem Morgen noch in Zukunft, ja von nun an sogar nie mehr – er war auch nie alleine gewesen. Die Begleitung und der Schutz Staffalania's war ihm jetzt zu hundert Prozent bewußt. Und deßen konnte er sich *todsicher* sein – sicher bis in den Tod und sogar darüber hinaus.

Rabennest

Heute war Milo mit Plenum in den Black Kite Forest geritten. Dem großen Wald nahe dem Fluß Gariganoru, in der Region Deluge gelegen. Milo wollte und mußte auf andere Gedanken kommen. Eben erst hatte er erfahren, daß sein ihm in den letzten fünfzehn Monaten so ans Herz gewachsene Pferd Plenum mehr als ein ihn täglich begleitendes Reittier und tapfere Stute war. Tatsächlich handelte es sich bei seiner treuen Freundin, um eine einst vor langer Zeit verschollene, junge Frau und Gestaltwandlerin. Mit Namen *Staffalania von Schmatt*, über Milo's Schicksal wachende Seherin von Arion, deren Schicksalsweberei ihren Ursprung an ihrem geheim gehaltenen Geburtsort Kismat nahm. Heimat aller Seherinnen dieser Ära sowie aller vergangenen. Und somit auch Geburtsstätte von Mechthild von Dontalga. Staffa's ursprüngliche Herkunft war deshalb nur wenigen Eingeweihten bekannt. Nicht einmal Staffa's späterer Gemahl, Gustav von Schmatt, wußte davon. Als Kleinkind wurde sie von *Alexander Mortimer Raxa* adoptiert. Dem größten Baumeister seiner Zeit. Liebevoll aufgezogen und behütet. Ihr Fluch kam denn auch für alle Mitglieder ihrer liebenden Pflegefamilie unerwartet. Warum Staffa die Gestalt eines Pferdes aufgezwungen wurde, ist bis heute ungeklärt. Sowie auch der Urheber dieser Verwandlung.

Der dichte Wald bot erlösenden Schatten und im Augenblick einen unerläßlichen Schutz vor der unerbittlich brennenden Mittagssonne Arions. Trotzdem ließ sich der Abschnitt durch das helle Sonnenlicht gut überblicken.

Jetzt, wo sich Staffalania Milo offenbart hatte, konnten die beiden in unbeobachteten Augenblicken, wie eben gerade diesem, auch zusammen sprechen.

„Wie geht es dir?", wollte die vierbeinige Staffa vom jungen Meisterschützen wißen.

„Noch immer etwas benommen, ungläubig und wohl auch noch schrecklich verwirrt, denke ich." Staffa schätzte Milo's unverblümt ehrlichen Worte. „Du wirst mit jedem Tag wißender und begreifst immer mehr die Zusammenhänge deiner Wahrnehmungen und Begabungen", beruhigte die Seherin ihren Schützling. „Hab' einfach Geduld, junger Freund. Das ist der Schlüßel zu Weisheit und Einsicht."

Die beiden genoßen ihre vertraute Unterhaltung sehr. Fernab von Trubel und Hektik, welche auf Gutshof Noodridge meist ständig herrschte. Ihr heimatliches Landleben war zwar beschaulich, aber eben auch anstrengend. Zudem war man kaum einen Moment ungestört. Reges Treiben stand auf dem ländlichen Anwesen stets an der Tagesordnung. Dafür sorgte geflißentlich der gestrenge Lungolf Fenryhr, Aufseher und erster Speichellecker des Hofeigners und Landvogts. Deshalb ließen sich Milo und Plenum (alias Staffa) heute besonders viel Zeit für ihre ausgiebigen Gespräche, begleitet vom fröhlichen Zwitschern zahlreicher Vogelarten, die in diesem Wald beheimatet waren. Deshalb war es schon später Nachmittag, als die beiden allmählich ihre Rückkehr in Betracht zogen.

Fast im selben Moment verdunkelte sich die Atmosphäre im Wald schlagartig. Die Helligkeit wich undurchdringbarer Dunkelheit. Eine nebelartige Schwärze zog augenblicklich zwischen die Stämme der Bäume und nahmen Pferd und Reiter die Weitsicht. Auch das Vogelgezwitscher hatte ausgesetzt, kein Laut war mehr zu hören.

Geistesgegenwärtig stieg Milo vom Pferd und sammelte schnell ein paar Äste. Er kramte eilig seinen Feuerstein aus seiner Rocktasche hervor, den er seit dem Erlebnis mit dem Pergament stets bei sich trug. Es gelang ihm, noch vor der kurz danach einsetzenden, durch den Nebel entstandenen Feuchtigkeit, ein kleines Feuer zu entfachen. Sein Schweißtuch sowie ein Fetzen Stoff seines Arbeitsrockes dienten als Starthilfe. Nach anfänglichem Rauch entwickelten sich daraus die rettenden, Licht und Sicht spendenden Flammen. Sie loderten hell und schnitten einen immer umfangreicheren Lichtkegel in den Nebel. Als die Sicht wieder gute zwanzig Fuß betrug, entdeckte Milo nur wenige Ellen von Plenum und ihm entfernt etwas Sonderbares. Ein Vogelnest. Am Boden. Ohne Inhalt. Doch aufgepaßt: Hockte da nicht doch etwas im Nest? Etwas Schwarzes? Die Flammen züngelten weiter, ließen aber keine klarere Sicht zu. Milo traute sich nicht näher an das Nest heran. Da fiel ihm sein Stoffsäckchen ein. Darin bewahrte er, bei seinen Ausritten stets an seiner Brust mitgeführt, den *Saphir*, Insigne und Symbol seines Landesteils Zerra, auf. Er holte den *Edelstein* sogleich hervor. Zunächst hatte er noch Angst. Doch verschwand dieses klamme Gefühl durch die blaue Leuchtkraft sofort. Diese war einfach atemberaubend. Von einzigartiger Schönheit begleitet. Das Insigne erhellte sogleich große Teile des Waldes.

Und nun sah Milo, wie sich die zuvor schemenhafte Figur im Nest deutlich abzeichnete, sich zu manifestieren begann. Es war ein finster dreinblickender Rabe, deßen starrer Blick genau auf Milo gerichtet zu sein schien und den jungen Meisterschützen erneut an das Ereignis mit dem Pergament zurückdenken ließ. Und Milo ahnte es. Es stand ihm ein ähnliches Ereignis bevor. *Die Macht der Beobachtung*, schoß es ihm sogleich durch den Kopf. Der schwarze Rabe verstärkte seinen fokußierten Blick auf Milo. Als würde der Vogel merken, daß Milo bereits Kenntnis von seiner Fähigkeit der Observation hatte. Und plötzlich saß da nicht nur ein Rabe. Nein, es waren nun zwei, nein, drei – vier – fünf …! Als der Junge seine immer stärker werdenden Emotionen zu kontrollieren versuchte und schließlich, nur mit großer Mühe, seine Nerven im Zaun halten konnte, zählte er am Ende sieben Raben. Böse und finster fixierten sie Milo, wie einst der Rabe auf dem Fenstersims vor der Scheune von Noodridge.

Staffalania's Vorsehung am knorrigen Baum vor dem Rosengarten hatte sich bewahrheitet. Doch erstaunlicherweise bewirkte diese Erkenntnis in Milo eine wachsende Sicherheit. Er schärfte instinktiv seine Sinne, konzentrierte sich auf die Wahrnehmung von Gerüchen, fokußierte sich auf Tast- und Hörsinn.

„Überlaße uns die Zwillingsfedern, Bogenschütze, lächerlicher und armseliger Gewinner eines Turniers, das du mit fremder Waffe bestritten hast", krächzten die dunklen Raben auf einmal unerbittlich im Chor, welcher eigentlich wie eine einzige Person klang. Die sich nun verändernde, sonore Stimme meldete sich erneut und wiederholte ihre Aufforderung, die einem Befehl gleichkam: „Reiche uns die Zwillingsfedern, Stallbursche!"

Als Milo noch immer nicht darauf ein ging, wurde die Stimme noch fordernder, dunkler, gieriger. „Gib mir, was mir zusteht, Milo Tengrain. Oder du bist des Todes!"

Die Stimme war Milo wohlbekannt. Und nun war klar. Es war tatsächlich stets nur ein und dieselbe gewesen, die er bis jetzt aus dem Nest vernommen hatte. Glasklar war ihm auch, wo er diese zum ersten Mal gehört hatte: Im Feuer hinter der Scheune von Noodridge, kurz bevor die knisternden Flammen die Stimme wieder hatten verstummen laßen.

Milo's Ruf hallte mutig durch den Wald: „Dem Bruder Tod steht auch immer seine Schwester, das Leben, gegenüber!" Gleichzeitig griff Milo mit seiner linken Hand rasch hinter sich. Auf dem Rücken trug er den Köcher, den er sich vor ein paar Tagen in Sapphire's Rest besorgt hatte. Ebenso wie die Pfeile, die ihn füllten. Er berührte den Köcher und entnahm ihm blitzschnell einen Pfeil. Geschickt entzündete Milo das Geschoß am Lagerfeuer und schoß auf das Rabennest. Dieses setzte sich umgehend in Brand. Der Magier schrie, genauso wie beim Verbrennen seiner Nachricht in Noodrigde. Plötzlich brach der Schrei ab. Das Nest und die sieben Raben waren verschwunden. Milo blickte hektisch um sich und bemerkte, daß nebst Krähennest und Schrei auch Plenum verschwunden war.

In diesem Augenblick löste sich auch der dunkle Nebel rasch auf. Die Sonne fand den Weg zurück in den Wald. Die Vögel zwitscherten, als ob sie nie weg gewesen wären.

Minutenlang verharrte Milo an Ort und Stelle am schützenden Lagerfeuer. Dann endlich wagte er es, sich wieder zu bewegen. Vorsichtig näherte er sich dem Fleckchen Walderde, auf dem sich vor Kurzem noch das Nest befunden hatte.

Anstelle eines Nistplatzes für Vögel war dort nur noch Grünspan zu finden. Er wuchs vor Milo's Augen. Bald war das gesamte Fleckchen überwuchert. Milo war gleichermaßen erschaudert wie fasziniert von diesem Anblick. Auch stieg seltsam grünlicher Nebel auf. Auch dieses Schauspiel war Milo (und mittlerweile auch uns Beobachtern und Lesern) bereits bekannt.

Milo's Blick folgte dem davonwehenden, grünen Schleier und entdeckte in einem nahegelegenen grünen Busch eine ebenfalls grüne dichte Verästelung, die wie ein Wollknäuel aussah. Der grüne Wollstoff begann sich zu verändern. Plötzlich erblickte Milo einen grünen Vogel vor sich. Zuerst in Salbeigrün, dann wechselte er seine Farbe hin zu Olivgrün, um schließlich in giftigem Mintgrün zu erstrahlen. Der nun deutlich als Vogel zu erkennende Haubentaucher plusterte sein Gefieder auf. Wieder veränderte sich die Farbe der Federn. Zu braun. Und plötzlich saß kein grüner Haubentaucher mehr im Gebüsch, sondern ein brauner Uhu.

„Er war es ...", murmelte die Eule, für Milo jedoch klar verständlich. Sein Gehörsinn war noch immer geschärft.

„Staffa!" Milo brüllte den Vogel schon fast an, vor fröhlicher Erleichterung. „Du bist es!"

„Keine Zeit für Freudenschreie und schon gar keine Tänze", beschwichtigte Staffalania von Schmatt den inzwischen auch vor Erleichterung hüpfenden Jungen. Und mahnte zur Vorsicht. „Es hat begonnen ..."

„Was hat begonnen?", wollte Milo wißen.

„Die Jagd. Die unfaßbar gierige Jagd nach den *drei Insignien von Monum Kataris*."

„Aber ich bin doch schon im Besitze aller drei Insignien. Warum sollte ich sie denn jagen?"

„Nicht du bist der *Jäger*, Milo. Du bist von nun an der *Gejagte*. Und du bist auch nicht gierig, mein Junge, sondern vom Schicksal vorbestimmt und auserwählt. Nur er ist von unstillbarer Gier zerfreßen."

Milo sah den Uhu im Gebüsch fragend an. „Wer ist dieser Jemand?"

„Vinegorous Rottan. Magier und Herr des Bösen unter dem Moor des Grauens. Einst dorthin verbannt, muß er einen Weg gefunden haben, dunkle Boten auszusenden, um durch die Insignien die Macht wieder zu erlangen und den dunklen Ort unter dem Oblivion Moore zu verlassen ... Vinegorous' zweiter Versuch, dich auszuhorchen, ist erneut fehlgeschlagen. Sein Ziel zu erreichen, nochmals verzögert worden. Doch der einzige Weg, seine Machtgelüste endgültig zu verhindern, besteht darin, diesen Ort der unerbittlichen Dunkelheit aufzusuchen und den Magier Rottan zu vernichten."

„Ist das denn überhaupt möglich?", fragte Milo.

„Es wird nicht einfach sein – aber möglich, mein junger Meisterschütze."

Der Vogel wandte sich langsam um. Er machte sich bereit, um zeitnah in die Luft zu steigen.

„Staffa, wo willst du hin ...? Bleibst du nicht hier?" flehte Milo fragend.

„Ich laße dir etwas Zeit, auf einem Fußmarsch zurück nach Noodridge, um über die heutigen Ereigniße nachzudenken. Hinter der Scheune, nahe von Sapphire's Rest, und nun hier, im Black Kite Forest von Deluge. Dein Rückweg wird dir guttun, um Kopf und Geist frei zu kriegen, junger Meisterschütze. Vortrefflicher Schuß, übrigens, Milo. Gratulation. Wir sehen uns in einer knappen Stunde auf dem Gutshof. Da werde ich, dann wieder in Pferdegestalt, auf dich warten."

Mit diesen Worten erhob sich seine treue Freundin als stolzer Uhu in den Himmel von Deluge und flog über die natürliche Grenze des Flußes Gariganoru. Zurück in die Gefilde der Provinz Arion.

Milo kehrte zum Lagerfeuer zurück, welches in der wiedergewonnenen Helligkeit eher zur Zierde als denn zur Beleuchtung diente.

Er hängte sich Bogen und Köcher um und verstaute den Edelstein wieder sicher in seiner Rocktasche. Dann setzte er sich also wohl oder übel zu Fuß in Bewegung. Heimwärts nach Noodridge.

Während des Rückweges in der freien Natur, welcher seinem Kopf in der Tat gut bekam und ihn die Dinge bei einer frischen

Abendbrise allmählich verarbeiten ließ, begriff der junge Meisterschütze. Staffalania von Schmatt würde auch in Zukunft, in welcher Gestalt auch immer, gut über Milo wachen. Und der junge Meisterschütze verstand noch etwas anderes: Er hatte seine Begabung der Beobachtung soeben ein erstes Mal so richtig gespürt und genutzt. Somit endgültig für sich entdeckt. Er würde dieses Talent von nun an weiter fördern und fordern und, wann immer notwendig, auch einsetzen.

Doch dies ist eine andere Geschichte, deren Erzählung eines anderen Ortes und einer anderen Zeit bedarf. Nicht heute und nicht hier.

Milo Tengrain lächelte entschloßen und erreichte schon bald die Brücke über den Gariganoru. Nun war es nicht mehr weit bis nach Noodridge. Zurück zu seiner gutherzigen Freundin und Beschützerin Staffa.

Federn des Friedens

Der Wind blies in die beiden Federn in Milo's Hand. Diese zwei Bestandteile eines der Insignien von Monum Kataris konnten identischer nicht sein. Ihr Flaum tanzte keck im von der Böe erzeugten Luftwirbel. Die jeweils drei Punkte in anthrazit auf ihren Kielen strahlten Eleganz und Erhabenheit aus, wie Milo feststellte. Nebst ihres ausbalancierten Schwerpunktes, waren die Federn auch kaum zu spüren, wenn der Junge sie auf seine flache Hand legte.

„Stabilität und Leichtigkeit", flüsterte er dem Wind zu. „Irgendwie friedlich." Kaum hatte Milo diese Worte ausgesprochen, befiel ihn ein Gefühl tiefer Ruhe. Nichts konnte den Frieden dieses Augenblicks stören. Da war es wieder: das Wort *Frieden*. Ein Zustand, den sich wohl jedes noch so kriegerische Volk nach unzähligen, geschlagenen Schlachten früher oder später herbeisehnte. Im Volke hielt sich hartnäckig die Vermutung, daß ein durch den Besitz der drei Insignien gesegneter Hüter Frieden für die gesamte Region seiner Heimatprovinz bringen soll. Sobald Monum Kataris seine Macht mit seinem gepriesenen Wächter teilte. Doch spürte dieser schon vor der Vollendung seines beschützenden Schicksals die Macht der Federn. So besagte es die Legende seit Urzeiten.

Man erzählte es sich jedenfalls an den Tischen und Bänken der Schenke *Zur Goldenen Eintracht*, dem Ort, so schien es, wo das Bier niemals schal wurde und die Gespräche zu keiner Zeit verstummten.

Milo schmunzelte bei dem Gedanken an das berühmte und einzige Wirtshaus in Sapphire's Rest. Er erhob sich von der kurzen Bank unmittelbar vor dem Pferdestall. Plenum wieherte zufrieden vor sich hin. Nur Milo erkannte in dem Wiehern das liebliche Singen seiner verzauberten Freundin. Friedlicher als sonst. Er hielt gedankenverloren die Federn ins Licht der Mittagssonne. Das Vogelgezwitscher im nahegelegenen Baum hörte sich heute noch fröhlicher an als sonst. So melodiös, so glockengleich klar und hell. Strahlte Verständnis und Einigkeit aus. Milo schaute bei den Schweinen vorbei. Seinen grunzenden Nachbarn, gleich neben seiner Schlafstelle im Stroh, nur getrennt durch ein dünnes Gatter. Auch die Schweine grunzten ihn arglos an, als er sich dem Stall näherte. Selbst die soeben an ihm vorbeiwatschelnde Gänseschar, fein säuberlich hintereinander aufgereiht und ungewohnt synchron im Schritt, schnatterte dem Jungen in trauter Einigkeit zu.

Ein Anblick, der irgendwie seltsam anmutete. Doch willkommene Gelaßenheit ausstrahlte. Milo kannte dieses Gefühl, seit er die Zwillingsfedern im Tal Quor übernommen hatte. Von einer diebischen Elster, auf dem Rücken von Staffa in Gestalt von Plenum, die dieses Ereignis erst möglich gemacht hatte.

Nun schritt Milo an den Ziegenstall heran. Entschloßen, sich ganz allmählich der Dinge bewußt, die nun folgen würden. Die kleine Hütte stand nur wenige Fuß vom hintersten der drei Schweineställe entfernt. Dieses winzige Gebäude bescherte Milo's Nachbarn, Klein-Will und seiner Mutter Styna, eine bescheidene Herberge.

Milo hörte schon von Weitem Wills Gezeter: „Nich' Bett, nich' Bett!" Offensichtlich stand Willrim's Mittagsschlaf an, wogegen sich der kleine Racker entschieden zu wehren schien.

„Keine Widerrede, mein kleiner Siebenschläfer. Sonst bist du ja kaum zu wecken und jetzt diese plötzliche Verweigerung deiner Mittagsruhe? Will, du legst dich jetzt schlafen. Ob du willst oder nicht!" Auch Styna's Stimme war nun deutlich lauter und ungeduldiger geworden.

Milo wollte kurz an der Tür horchen, als sich der Streit auf einmal gelegt zu haben schien. Nun hörte er lediglich ein vergnügtes Kichern. Offensichtlich die Laute einer glücklichen Mutter. Kurz darauf ein Quietschen von Klein-Will. Styna sang Willrim sein Lieblingsschlaflied vor. Kurz darauf andächtige Stille.

Der Kleine schien auf der Stelle eingeschlafen zu sein. *Frieden.* Da war er wieder. Dieser Anflug von Einigkeit und Harmonie.

Nun war Milo endgültig von seiner Vorahnung überzeugt. Er verließ seinen Horchposten vor der Tür des Ziegenstalles und machte sich auf, wahllos Orte auf dem Gutshof Noodridge und deßen näheren Umgebung aufzusuchen, um seine Vermutung vollends bestätigt zu wißen. Wo er auch hin ging, und später auf dem Rücken von Plenum auch hin ritt, überall verwandelte sich Argwohn und Streit in friedliche Eintracht: Auf den zahlreichen Getreidefeldern, gleich hinter Grandful Everglory's Landsitz, den Obstbaumplantagen im südlichen Einzugsgebiet, bei den Waschfrauen am Gariganoru, deren Geschwätz in trauten Chorgesang überging, als Milo sich mit seinem Roß näherte. Selbst der Landvogt und Besitzer von Noodridge fand nach einer Begegnung mit Milo für seinen Nichtsnutz von Aufseher, Lungolf Fenryhr, auch einmal lobende Worte.

Milo war sich nun ganz sicher: Er hatte soeben Sinn und Eigenschaften der *Federn des Friedens* entdeckt. Die dritte Fähigkeit dieses Insignes, nebst Stabilität und Leichtigkeit.

Pacem … Restrictus … Hatte ihm diese Erkenntnis soeben der Wind eingeflüstert? Oder war es Staffalania von Schmatt alias treue Stute Plenum, auf deren Flanken er sich befand? Fragen über Fragen.

Milo war zu diesem Zeitpunkt noch nicht klar, daß diese Worte nur von den beiden Federn selbst stammen konnten. Denn dies waren die Namen der Federn. *Pacem* und *Restrictus.* Sie ergaben zusammen *die Federn des Friedens.*

Doch dies ist eine andere friedvolle Geschichte, deren Erzählung eines anderen idyllischen Ortes und einer anderen sorglosen Zeit bedarf. Und darum nicht heute und nicht hier.

Die Horde

Milo saß auf seinem Lieblingsbaum, einer mächtigen alten Linde. Die in den vergangenen Wochen zur stillen Vertrauten geworden war, dem jungen Meisterschützen in ihren Kronen Raum für seine Gedanken bot. Er hatte diese Linde entdeckt, als er einst auf dem Nachhauseweg vom Wirtshaus *Zur Goldenen Eintracht* eine Abkürzung durch die Gegend rund um Rentas Castle nahm. Sein Sinnieren in den hohen Ästen wurde just unterbrochen, als er ein schwaches Miauen unter sich hörte. Seit Kurzem war auf Gutshof Noodridge ganz schön was los. Es hatte gleich doppelten Nachwuchs bei den Haustieren gegeben: im südlichen Teil des Hofes tapsige Welpen und im westlichen Teil, im Schutze des Heus in einem Kuhstall, süße Kätzchen. Und eben eine dieser jungen Katzen, kaum zehn Wochen alt, war Milo scheinbar gefolgt, als er zu Fuß den Weg vom ländlichen Anwesen zum altehrwürdigen Baum zurücklegte. Nun stand das Kätzchen vor dem dicken Stamm und wimmerte herzzerreißend. Milo konnte nicht anders. Er kletterte vom Baum und nahm, unten angekommen, das kleine Wollknäuel in Empfang und in seine rechte Hand. Mehr Platz brauchte das Kätzchen nicht, jedenfalls noch nicht. Behutsam kraulte der junge Meisterschütze das kleine Bündel Fell hinter den Ohren. Das leise Schnurren bedeutete wohl, daß dem Kätzchen Milo's Verwöhnprogramm sehr behagte. In diesem Moment der Idylle blickte Milo lächelnd durch die Blätter der untersten Äste des Baumes in den Himmel. Fast augenblicklich erstarb der zufriedene Ausdruck in seinem Gesicht.

Der Himmel hatte sich verdunkelt. Ein pechschwarzes Etwas hatte sich unbemerkt genähert. Dieses paßte so gar nicht zu der zuvor so strahlenden Sonne am blauen Himmel. Immer deutlicher, intensiver und größer baute sich die schwarze Fläche am

Firmament auf. Unmittelbar vor Milo. Das Kätzchen hatte sein Schnurren von eben plötzlich verlernt und zwängte sich aus Angst vor diesem unbekannten Schauspiel zwischen die verschränkten Arme Milo's. Dieser versteckte seinen tierischen Gefährten schnell im Beutel, den er sich spontan zuhause vor seinem geplanten Weg zur Linde umgehängt hatte. Etwas Stauraum konnte nie schaden. Und dieser Geistesblitz schien sich nun auszuzahlen.

Der Junge versuchte, sich auf einen einzelnen Punkt in der Schwärze zu fokußieren. Vergebens. Denn die dunkle Maße ergoß sich ganz plötzlich und unerwartet auf die Felder unter ihr. Kaum fünfzig Fuß von Milo, dem Kätzchen und dem Lindenbaum entfernt, erreichten die ersten Ausläufer des nun riesigen dunklen Ovals den Boden. Ein Summen war zu hören, wie von Tausenden von Insekten. Milo gelang es trotzdem, seinen Blick auf nur eine bestimmte Stelle im Schwarz vor ihm zu fixieren, um endlich seinen ersten konkreten Hinweis auf das fliegende Ungemach zu erhalten.

Milo begriff, was genau im wahrsten Sinne des Wortes vor seiner Nase schwebte: ein riesiger Schwarm von Heuschrecken. Die vielen Flügelpaare waren nun deutlich zu erkennen. Da, wo die ersten Heuschrecken den Boden berührten, wuchs schon bald weder Gras noch Weizen mehr. Unerbittlich und gnadenlos fraß sich die dunkle Horde durch die Landschaft.

„Steig' auf!"

Im mittlerweile tosenden Lärm der Heuschrecken hatte Milo nicht bemerkt, daß sich ihm von hinten eine andere tierische Gestalt genähert hatte. Erschrocken wirbelte Milo herum und starrte in Plenum's Gesicht. Mit einem Kopfnicken bedeutete ihm die Stute, rasch aufzusteigen. Milo reagierte blitzschnell und schwang sich auf den Rücken des Pferdes. Plenum galoppierte los, als ob der Leibhaftige hinter ihnen her wäre. Tatsächlich aber verharrte der Schwarm an Ort und Stelle. Zumindest für diesen schrecklichen Moment. Auf einen unsichtbaren Befehl hin. So schien es jedenfalls.

Die Situation vor der Milo, Plenum und die kleine Miezekatze gerade flüchteten, kam dem Schrecken von Luzifer beängstigend nahe. Denn diese teuflische Horde schickte kein Geringerer als Vinegorous Rottan. Der dunkle Magier harrte in seinen Höhlen unter Oblivion Moore aus. Bereit, den modrigen Ort gegen ein ganzes Reich einzutauschen. In der Verborgenheit des Heuschreckenschwarmes schaute er dem Jungen zu, als er sich, hoch zu Roß, wie ein feiger Wurm zu verstecken versuchte. Er höchst selbst hatte die Horde erschaffen und die alleinige Kontrolle über sie. Geleitet aus seinem unterirdischen Reich. Durch sie konnte er dem fernen Schauspiel zusehen. Nun bot er ihrer Bewegung für einen bestimmten Augenblick Einhalt. Nur, um bald schon gezielt zuzuschlagen. Und er wußte auch schon wo. Seine giftgetränkten Gedanken artikulierten sich zu einer stillen Botschaft, die nur er hören konnte:

Milo Tengrain, mein erklärter Todfeind. Weiche, weiche zurück ...! *In diesem Augenblick noch begrenzt, wird meine Macht schon bald unermeßlich sein!* Er lachte heiser. „*Diesmal wirst du Nichts durch Feuer verbrennen können, mein junger, verzweifelter Bogenschütze. Schon zweimal hast du dich meinem Einfluß, meiner Beobachtung durch Hitze entzogen. Hilflos und tatenlos wirst du diesmal zusehen müßen, wie dein geliebtes Arion ein Opfer meiner gefräßigen Horde wird. Du kannst nichts dagegen tun, gar nichts!*"

Sein Lachen schwoll an zu einem fanatischen, gellenden Gelächter, welches die Höhlenwände um ihn herum erzittern ließ.

❧ ☙

Die Heuschrecken hatten bereits eine Schneise der Verwüstung hinterlaßen. Überall dort, wo der Schwarm die Erde berührt hatte, waren binnen Sekunden ganze Landstriche kahl gefreßen. Schnell war klar, daß Arion eine Hungersnot drohte. Wenn die

Horde Sapphire's Rest und die vielen Felder von Noodrigde dahinter erreichen sollte. Die Situation schien ausweglos. Für Sapphire's Rest sowie die gesamte Provinz Arion.

Als Milo an das erste der vier Tore des Guts heranritt, bot sich dem jungen Meisterschützen und seiner Stute ein Bild des Aufruhrs. Sämtliche Mägde, Knechte, Stallburschen und Diener rannten wild durcheinander. Ihr Hab' und Gut sichtlich in Eile auf die Buckel gepackt. Durch das hintere Gatter der Scheune strömten die Feldarbeiter und Bediensteten Grandful Everglorys hinaus, dem südlichen Hügelgebiet entgegen. Sie flüchteten panisch vor dem drohenden Ungemach am fernen Himmel, welches zuvor weiter an Boden gewonnen und die Distanz zwischen sich und Noodridge besorgniserregend schnell verringert hatte. Jedoch war die Bedrohung hoch oben aus einem unerklärlichen Grund plötzlich in ihrer Bewegung stehen geblieben. Wer wußte schon, für wie lange ...?

Die Schweine hatten ein zweites Mal unbeschränkten Freigang erhalten. Diesmal jedoch absichtlich. Auch Pferde, Gänse, Enten, Schafe und Ziegen stürmten in alle Richtungen davon. Jedes Lebewesen auf Noodridge suchte momentan das Weite. Auch der Landvogt selbst, in seinem Schlepptau Lungolf Fenryhr, selbst ernannter Rockzipfel Everglorys. Die beiden boten trotz der ernsten Lage ein närrisches Bild.

Milo paßierte gerade das vierte und letzte Eingangstor des Anwesens, sprang vom Rücken von Plenum und rannte in die gegenüberliegende Scheune. Das Kätzchen war noch immer sicher in Milo's Beutel versteckt. Tapfer harrte das kleine Tier in der warmen Zuflucht aus. Hastig packte Milo seinen Bogen und einige Habseligkeiten zusammen, die er an seinem Schlafplatz im Stroh aufbewahrte, verstaute alles eilig in seinem Arbeitsrock und verließ die Scheune so schnell wieder, wie er sie kurz davor betreten hatte.

Als er wieder auf dem Vorplatz der Ställe stand, hörte er dicht neben seinem Kopf ein Sirren und kurz darauf einen Einschlag in den Sandstein der Scheunenwand. Ein Pfeil mit einem Fetzen Papier steckte im aufgeplatzten Mauerwerk. Milo eilte zum Geschoß, zog es heraus, entfernte die Nachricht und las:

Tapferer Freund, Milo Tengrain. Haben die dunkle Formation am Himmel von Weitem während der Jagd im Black Kite Forest gesehen. Sind euch zu Hilfe geeilt, teurer Weggefährte. Meine Bogenschützen stehen Euch, dem Auserwählten, zu Diensten. Treu und selbstlos. Sie warten am linken Flußlauf des Gariganoru, beim Waßerfall auf uns. Denn ich selbst erwarte euch am vierten Gatter als Eure Begleitung. In tiefster Hochachtung: R.H.

Milo blickte zum nahegelegenen vierten Tor. Da saß Robin Hood auf seinem schwarzen Hengst und bedeutete Milo sogleich, ihm zu folgen. Der Junge bestieg Plenum und ritt zu Robin. Die beiden Gefährten galoppierten mit ihren schnellen Pferden in Richtung des Flußes und deßen Ausläufer, zum Waßerfall und den Quellen des Gariganoru.

Als der legendäre Beschützer des Nottingham Forest mit Milo den Waßerfall erreichte, erwartete den Jungen ein zweites, unerwartetes Wiedersehen. Nebst den zahlreichen Getreuen Robin Hoods stand vor den tosenden Wassermaßen auch eine ihm wohl bekannte Schicksalsweberin: Die weise Mechthild von Dontalga, mit wehendem, schlohweißem Haar.

Nun ging alles schnell. Die Bogenschützen, zwölf Dutzend an der Zahl, verteilten sich gleichmäßig links und rechts vom Waßerfall, entlang des Flußes. Keine Sekunde zu spät, wie sich herausstellte. Die dunkle Horde hatte Milo's Weg nach Noodridge und zum Gariganoru geduldig mitverfolgt. Nun war der Moment gekommen, sich wieder in Bewegung zu setzen. Gelenkt von einer unsichtbaren Macht. Und so nahte der dichte Schwarm von gierigen Heuschrecken heran. Unaufhaltsam, so schien es. Hinter ihr nichts als leeres, lebloses Grasland, das durch den neuen Zustand auch keines mehr war, da unbewachsen und kahl.

Die Bogenschützen nahmen ihre Positionen ein. Ihre Köcher bis zum letzten Pfeil gefüllt. Den ersten jeweils im Anschlag, bereit auf der Sehne des Bogens. Als der Schwarm noch gute hundert Fuß von ihnen entfernt war, wurde er vom ersten Pfeilregen empfangen. Dutzende von Heuschrecken stürzten rechts und links des Flußufers zu Boden, von den schmalen

Geschoßen durchbohrt. Die restlichen Hundertschaften von ihnen formierten sich neu. Direkt über dem Flußlauf. Zu einer schwarzen, schwebenden Schlange.

Dies war ganz im Sinne Mechthilds, der alten Sehenden, wie sich gleich herausstellen sollte. Während Milo aus dem Sattel stieg und sich nahe dem Wasserfall zusammen mit Robin Hood der Horde entgegen stellte, preschte Plenum kurz darauf in die Gegenrichtung davon. Mechthild von Dontalga betrat das Waßer in unmittelbarer Nähe vor dem Waßerfall, ruhig und abwartend. Die Horde kam näher und näher. Langsam, aber stetig. Noch gute fünfzig Fuß von den Bogenschützen entfernt, die den Flußlauf säumten. Diese holten nun aus zur zweiten, sirrenden Schußwelle. Wiederum hagelte es Pfeile auf die Heuschrecken. Erneut fielen zahlreiche Insekten zu Boden. Diesmal jedoch direkt in die Ströme des Gariganoru. Dies war das Zeichen für die Schicksalsweberin von Kismat, ihre Kräfte ein erstes Mal einzusetzen. Sie hob ihre Hände langsam über das Waßer, welches widerstandslos gehorchte. Hoch und höher stiegen die Waßermaßen. Zuerst unmittelbar vor der Seherin, dann immer weiter dem Flußlauf entlang als liquider Vorhang. Sich wellenartig weiterbewegend. Schnell erreichten die ansteigenden Fluten die ersten Heuschrecken, die sich zappelnd gegen die Näße zur Wehr zu setzen versuchten, jedoch elendiglich ersoffen. Immer mehr der dunklen Horde verschwand in der naßen Gardine unmittelbar über dem Gariganoru. Die hintersten Insekten wollten zurückweichen und ausschwärmen. Die dritte gerade in diesem Moment herannahende Pfeiltirade der Bogenschützen verhinderte dieses Vorhaben, hielt sie so auf Höhe des schwebenden Waßers. Hinter der schwarzen, geflügelten Wolke zeichnete sich eine Gestalt ab. Eine weitere Seherin hatte geduldig auf ihren Auftritt gewartet: Die Schicksalsweberin Staffalania von Schmatt. Sie hatte sich auf halbem Wege an der Horde vorbei gestohlen. Von Pferdegestalt in eine Eule verwandelt und in schnellem Fluge das Ende des Schwarms erreicht. Auf Höhe des schwebenden Naß' erlangte die Seherin schließlich menschliche Züge. Angekommen und bestärkt, wußte sie, was zu tun war.

Staffalania fixierte den Vorhang aus Waßertropfen und beförderte diesen mit einer leichten Bewegung ihrer Hände in die Höhe. Schloß so die Horde unwiederbringlich in die Näße ein. Schließlich war die nun nur noch sehr kleine schwarze Wolke vollständig in kühles Naß gehüllt und ergoß sich nach und nach in den Flußlauf. Am Ende lagen alle Heuschrecken nach vergeblichem Kampf gegen die drohenden Waßermaßen tot im Flußbett des Gariganoru. Der natürlichen Grenze zwischen Deluge und Arion. Die beiden Seherinnen hatten eine unglaubliche Leistung vollbracht.

Die vierte Welle der Pfeile galt als Geleit von grenzenlosem Jubel sowie zur Ehrerbietung an Mechthild von Dontalga und Staffalania von Schmatt, die Schicksalsweberinnen aus der Wiege der Weisheit Kismat.

Auch Milo und Robin, die sich beide den Bogenschützen angeschloßen hatten, atmeten erleichtert auf. Diese Schlacht war gewonnen, die Horde besiegt und eine drohende Hungersnot abgewendet. Denn die Heuschrecken waren so zahlreich, daß diese in großen Netzen aus dem Fluß gefischt wurden. Sie konnten an das gesamte Volk von Arion verteilt werden und schmeckten, auf dem Feuer goldbraun geröstet, ganz wunderbar. Sogar das tapfere Kätzchen bekam einen Bißen ab. Als verdiente Belohnung für das erlebte Abenteuer – sicher überstanden in Milo's Beutel. Behutsam hatte der Junge das kleine Fellknäuel aus dem schützenden Stoff befreit, vor Noodridge abgesetzt und gefüttert. Pappsatt tapste das niedliche Kätzchen dann davon. Zufrieden schnurrend, in Richtung seiner neuen Heimat. Zum schattigen Lindenbaum in der Nähe von Rentas Castle.

Die Weissagung von Seherin Staffalania von Schmatt hatte sich soeben erfüllt. Ihre Hände sollten nebst diesem noch ein ganz anderes Wunder wirken. In nicht mehr allzu ferner Zukunft.

Doch dies ist eine andere, dunkle Geschichte, deren traurige Erzählung eines anderen Schauplatzes und einer anderen Leidenszeit bedarf. Nicht hier und nicht heute.

Vinegorous Rottan war außer sich. Wütend, zeternd, zornig. Blind vor Haß schleuderte er feuerrote Blitze in die Tiefen der Höhle. Dabei traf er die Krähe unvorbereitet, auf der Holzstange sitzend, mit voller Wucht. Nur ein Häufchen Asche zeugte noch von der einstigen Existenz des schwarzen Miduna-Vogels. Auch dieser Plan war fehlgeschlagen. Seine *Horde* besiegt. Sein magisches Geleit nutzlos. Noch eine weitere Schmach konnte und wollte er nicht nochmals zulaßen. Er würde sich nicht mehr länger im Verborgenen halten. Sollten sie doch kommen. Und wieder meldete sich sein von Wahnsinn zerfreßener Geist an ihn selbst:

Ich schwöre dir, Milo Tengrain, solltest du jemals mein Reich unter dem Moor des Grauens und somit diese Höhlen betreten, werde ich dich und jeden Gefolgsmann, der sich zusammen mit dir in den finalen Kampf um die machtvollen Insignien von Monum Kataris wagen und sich mir in den Weg stellen sollte, töten!

Weitere gleißende Schnuppen trafen die Höhlenfelsen. Er würde gewinnen. Er konnte nur gewinnen. *Ich muß gewinnen*, dachte er keuchend. Eine letzte Salve Licht schoß aus seinen zögernden, zitternden Händen, deutlich schwächer. Denn seine Gicht plagte ihn, stärker als jemals zuvor. Seine schwarze Aura war gestört, flackerte nur noch in seinem Unterbewußtsein, nicht mehr in seinem Geist.

Der purpurne Apfel

Grandful Everglory, Landvogt und Besitzer von Noodridge, dem ländlichen Anwesen gleich neben dem Städtchen Sapphire's Rest, hatte Zahnschmerzen. Und wie! Biß er sich doch beim gierigen Verschlingen einer der zahllosen gebratenen Heuschrecken beinahe einen Zahn aus. Und dieser saß nun lose in seinem Mund und schmerzte höllisch. Aufseher Lungolf Fenryhr eilte seinem wimmernden Herrn zu Hilfe, wie immer schleimend und säuselnd.

„Ogottogottogottogott …!" Theatralisch schlug Fenryhr seine Hände über seinem Strohkopf zusammen. „Laßt mich Euch helfen, Mylord. Eure Wange sieht ja schrecklich aus."

Hektisch um den Landvogt herumscharwenzelnd, war Lungolf wohl eher deßen nervige Plage als denn eine wirkliche Hilfe. Und so kam es, wie es eben kommen mußte. Maltus, eines der vielen Pferde Everglory's, erschreckte sich aufgrund des Tumultes. Irritiert durch das Gezeter des Landvogts und das aufreibende Getue Lungolf's, rannte Maltus näher an die beiden kuriosen Gestalten heran. Erneut durch den Lärm geängstigt, stoppte das Pferd abrupt, drehte sich um und schlug unvermittelt mit seinen Hinterhufen aus. Gezielt traf der Tritt Everglory's Wange. Ein gelber, angefaulter Zahn schoß aus deßen Mund und flog in hohem Bogen durch die Luft. Grandful Everglory schrie laut auf und sackte kurz darauf zu Boden. Lungolf Fenryhr stand lediglich dümmlich daneben, unfähig, auf die eben erlebte Situation auch nur im Ansatz zu reagieren. Weinerlich rappelte sich der ansonsten so stolze, gestrenge Gutsherr wieder auf. Sein Kiefer schmerzte und seine Haut verfärbte sich außen an der Wange allmählich von rosa ins violett-bläuliche. Doch seine Schmerzen rührten nicht mehr von einem abgebißenen und angebrochenen

Schneidezahn her, sondern von der Wucht und dem Hufabdruck Maltus'. Trotzdem sagte der für seine aufbrausenden Worte bekannte Gutsherr keinen Ton mehr. Es entstand der Eindruck, daß er sich mehr über das Ende der Zahnschmerzen freute, als sich später über sein gelb-grünlich schimmerndes Antlitz zu ärgern. Und für seine Mädge, Knechte und Feldarbeiter bot ihr Herr von diesem Augenblick ein Bild der Belustigung. Dieses mochten seine Bediensteten um keinen Preis der Welt mißen. Die Autorität des Landvogts war, mit grün-gelblicher Wange und einer tollen, mittigen Zahnlücke in der unteren Reihe seines Gebißes, zeitweise in Frage gestellt. Milo stimmte nicht in das schallende Gelächter der Menge mit ein, als der Landvogt humpelnd den Schauplatz dieses Trauerspiels verließ. Wollte der Stallbursche Noodridges doch sein Privileg nicht verlieren, beliebig oft mit seiner geliebten Stute Plenum ausreiten zu dürfen. Er wandte sich deshalb bald vom Geschehen ab und machte sich wieder an seine Arbeit, dem Schweineställe ausmisten. Ganze drei schweinische Gebäude bedurften denn auch seiner Schaufel und schwieligen Hände. Um die Umgebung der Sauen mühselig Ladung für Ladung von Dreck und Dung zu befreien.

Es war schon später Morgen, als Milo endlich mit der Schaufelei fertig war. Der Dunghaufen vor dem Stall war fast so groß wie sein Hunger, den sein Magen knurrend verkündete, als Milo vom Vordach der Scheune an die pralle Sonne trat.

Er bog um die Ecke. Gegenüber tauchte ein helles Gebäude auf, indem sich die Küche befand. Styna's Reich. Die Köchin war Milo's engste Vertraute auf Gutshof Noodridge. Wohnten sie doch Tür an Tür oder, beßer gesagt, Stall an Stall. Nur ein Lebewesen war Milo noch näher. Ebenfalls eine Stallbewohnerin.

Heute hatte Styna viel zu tun. Das wußte Milo. Deshalb wusch sich der junge Meisterschütze gründlich am Brunnen direkt vor dem Küchenfenster. Danach wollte er Plenum im Pferdestall einen Besuch abstatten. So hatte er es seiner treuen Stute versprochen. Dies sollte jedoch nicht ohne eine entsprechende Verpflegung geschehen. Denn Styna sah Milo durch das Küchenfenster. Sie öffnete es und warf ihm einen Laib Brot und eine gepökelte Wurst zu. Der Junge bedankte sich winkend und bediente nochmals den Handschwengel vor dem Brunnenbecken. Er pumpte und nahm einen kühlenden Schluck zur Stärkung für seinen bevorstehenden Ritt. Nun suchte der Junge endlich sein schon ungeduldig wartendes Pferd auf.

Milo schnalzte Plenum übermütig zu, als er die Stute erreicht hatte.

„Laß' den Unsinn", schnaubte Staffalania von Schmatt etwas beleidigt zurück. „Du weißt, daß ich das nicht mag."

Milo grinste der Stute neckisch zu und beschwichtigte diese schnell. Währenddeßen verschlang er schnell Styna's zugesteckte Pökelwurst und ein Stück vom Brotlaib, der herrlich duftete. „Ach, komm', du kennst mich", meinte der Junge mit vollem Mund kauend. „Ich zieh' dich noch nur auf. Was übrigens bestens funktioniert." Der Stallbursche schluckte mit verschmitztem Blick den letzten Bißen Brot hinunter.

„Halt' die Klappe, Milo, und steig' auf."

Milo verkniff sich schmunzelnd eine weitere Bemerkung und befolgte rasch des Pferdes Aufruf.

Magisch zog es ihn erneut zur alten Linde. Dem Schauplatz, an dem der Junge, das ihm damals nachgelaufene Kätzchen auf dem Arm, die Horde das erste Mal erblickt hatte. Doch das Unheil einer drohenden Hungersnot konnte abgewehrt werden. Nur dank den beiden Seherinnen Mechthild von Dontalga und Staffalania von Schmatt, ihres Zeichens auch Milo's treues Reittier. Durch die Zauber der beiden sowie die Hilfe des legendären Bogenschützens und großem Vorbild Milo's, Robin Hood, mit seinem Gefolge, war dies erst möglich gewesen. Der riesige Schwarm von Heuschrecken wurde schlußendlich besiegt. Eine magische Horde, geschickt von Vinegorous Rottan, dem verbannten, dunklen Magier in den Höhlen unterhalb von Oblivion Moore. Doch dieses Ereignis war glücklicherweise gut ausgegangen und somit Geschichte.

Bald schon erreichte der junge Reiter mit seiner Stute den prächtigen Lindenbaum. Milo schwang sich vom Rücken Plenum's direkt vor den mächtigen Stamm des Baumes. Plenum ließ ihn gewähren und begann, auf der nahegelegenen Wiese zu grasen. Der junge Meisterschütze setzte sich zwischen die hervortretenden Wurzeln und formte mit Kragen und Kapuze seines Mantels eine bequeme Kuhle für seinen Kopf. Milo schlief fast sofort ein.

Plötzlich fand sich Milo in einer Umgebung wieder, welche von lauter Apfelbäumen gesäumt war. Eine zahllose Vielfalt dieses Kernobstes strahlte dem jungen Meisterschützen in allen Farben entgegen. Der Lindenbaum hingegen war nicht mehr zu sehen. Milo schritt diesen fruchtbaren Hain entlang. Beeindruckt ob der vielen verschiedenen Apfelsorten. Als er schon eine geraume Weile durch die Obstbäume spazierte, fiel ihm einige Ellen weiter ein kleines Türchen auf. Ähnlich dem grünen, hölzernen Portal, welches ihn damals vom Rosengarten nahe des Hofes Noodridge zum knorrigen Baum führte. Dem Baum, auf welchem ein bestimmter Uhu saß. Doch auch dieses Ereignis war schon längst Geschichte.

Trotzdem oder gerade deswegen ergriff Milo die Klinke der kleinen Tür und drückte das Metall herunter. Die Pforte öffnete sich sofort. Ohne Notwendigkeit eines Schlüßels. Tatsächlich erblickte Milo auch hinter jener, diesmal zitronenfarbenen, Holztür einen Baum. Jedoch paßend zu den Bäumen zuvor war auch dieser ein Apfelbaum. Mit verlockenden Früchten. Purpurn leuchteten die Äpfel Milo an. Magisch angezogen, pflückte sich Milo zwei Äpfel vom nahegelegensten Ast. Sie erinnerten Milo an den jonglierenden Narren, deßen Äpfel jedoch rot, nicht purpurn gewesen waren. Milo steckte sich die beiden Äpfel des Baumes ein. Sein Stamm schien nun bronzen zu schimmern. Wann immer er den Narren wiedersehen sollte, würde er ihm einen dieser Äpfel schenken.

Milo erwachte. Er hatte geträumt. Aber es war ein herrlicher, friedlicher Moment. Schon fast schien es, als ob die Federn des Friedens diesen Augenblick heraufbeschworen hätten. Doch die *Zwillingsfedern* lagen sicher verwahrt in seinem Bündel unter dem Stroh im Stall seines Nachtlagers auf Noodridge, zusammen mit dem *Saphir. Zelorian* hatte er stets bei sich.

Milo rieb sich den letzten Rest des kurzen Mittagsschlafes aus seinen Augen.

„Bist du endlich wach, du Schlafmütze", begrüßte ihn Plenum schon ungeduldig.

„Ach, Staffa, ich hatte einen wunderbaren Traum. Da war dieser prächtige Baum mit bronzenem Stamm und purpurnen Äpfeln. Ich habe mir zwei davon gepflückt und in meine Hosentasche gesteckt. Und ..." Milo's Redeschwall verebbte. Unbewußt hatte er beim Erzählen gleichzeitig in beide Hosentaschen gegriffen. Und jeweils etwas Rundes, Festes ertastet. Ungläubig umschloß er jeweils mit einer Hand in den beiden Taschen das runde Etwas darin und holte die Gegenstände hervor. Er staunte nicht schlecht, was er nun in seinen beiden Händen hielt: Es waren die beiden Äpfel, purpurn strahlend auf seinen Handflächen. Milo's Kiefer fiel runter.

„Fisch ...!" rief Staffa sogleich.

„Ja, ich weiß ...", ergänzte Milo. „Ich bin KEIN Silberrohr-Schoppen."

Die Stute wieherte vergnügt und schüttelte dabei den Kopf hin und her. Milo sackte die purpurnen Äpfel wieder ein und lenkte ab. „Laß' uns lieber noch etwas ausreiten, du Mähre", schlug er vor. „Zur Brücke am Gariganoru vor Sapphire's Rest. Dann auf die andere Seite auf Grund und Boden von Deluge."

„Einverstanden", entgegnete Staffalania, etwas verstimmt aufgrund Milo's Bemerkung. Trotzdem ließ sie ihren Reiter aufsitzen.

Als sie die kleine Brücke vor dem Städtchen zum anderen Flußufer überquerten, hörte das Gespann eine Hirtenflöte. Das Instrument begleitete scheinbar einen mehrstimmigen Gesang. Milo's Neugier war geweckt. Im Trab lenkte er sein Pferd in Richtung der Musik. Ein kleiner Jahrmarkt. Es gab eine Gesangsgruppe mit Flötenspieler, einen Feuerschlucker, einen Artisten, der einarmige Handstände vollbrachte und rückwärts Purzelbäume schlug. Und ganz hinten, beim aufgebauten Gauklerzelt, jonglierte ein Narr mit fünf roten Äpfeln. Mit einer Narrenkappe auf dem Kopf. Ebenfalls in karmesinrotem Farbton.

An jedem der drei Zipfelenden der Kappe baumelte jeweils ein goldenes Glöckchen. Milo war sich sicher: Das war *Somsok aus Tixe*. Er hatte ihn tatsächlich wiedergetroffen. Oder beßer gesagt wiedergefunden. Milo erinnerte sich unvermittelt an seinen Traum. Hatte er nicht in seinem Schlaf ein Versprechen abgegeben? Wann immer er den Narren wiederträfe, ihm einen der beiden Äpfel in Purpur zu überreichen? *Versprechen soll man einhalten*, erinnerte sich Milo an den weisen Rat seines verstorbenen Großvaters, Walter Tengrain II. *Ja, du hast Recht, Oheim des Weisen*, dachte Milo. Schließlich handelte es sich bei diesem jonglierenden Spaßmacher um einen unverschuldeten Pechvogel. Dieser verlor einst seine Stellung als Hofnarr in der königlichen Burg Corbie Meadow. Und dies nur, weil sein Nachfolger einen verwandten Vasallen im Hofstaate der Burg hatte. In der Folge verfiel der gefallene Narr immer mehr der Verlockung des Biergenußes. Des regelmäßigen und maßlosen Biergenußes, versteht sich. Nur mit viel Mühe konnte er seinen Lebensunterhalt fortan als Jongleur bestreiten. Als Teilattraktion eines kleinen Jahrmarktes, der eher schlecht als recht von den Bewohnern der jeweils umliegenden Einzugsgebiete besucht wurde.

Entschloßen trat Milo nun an den Narren heran und streckte ihm den purpurnen Apfel entgegen. Mißtrauisch beäugte ihn der Kappenträger und beendete seine Jonglierkünste abrupt.

„Was soll das, Junge?", raunte er Milo entgegen. Grob und unfreundlich. „Was hältst du hier Maulaffen feil? Und übrigens, kenne ich dich Burschen nicht von irgendwoher?"

„Aus Sapphire's Rest", entgegnete Milo selbstsicher. „Ich habe Eure Kappe wieder gefunden. Erinnert Ihr Euch an unsere Begegnung vor dem Wirtshaus *Zur Goldenen Eintracht*, Sire?"

„Ach, richtig, ja. Red Anne hatte mich gerade raus... ähm ... verabschiedet, stimmt." Der Narr schien für einen Augenblick verlegen. „Na, wie dem auch sei, ich schätze, ich sollte mich für das Wiederbringen der Kappe bei dir bedanken, Junge. Also, vielen Dank. Und eins noch: Nenn' mich nicht Sire ..."

Der Mann wirkte nun milde. Dies überraschte Milo.

„Und den Apfel nehme ich auch gerne an, mein junger Freund. Ich habe nämlich einen Bärenhunger." Scheinbar schien sich Somsok's frühere Anstellung am Hofe von Corbie Meadow doch allmählich wieder durchzusetzen. Jedenfalls zeugten diese Sätze von Manieren und strahlten somit durchaus wieder eine gewiße Würde aus. Diese war bei ihrem letzten Aufeinandertreffen nicht mehr spürbar gewesen. Hungrig biß Somsok in den Apfel und ließ dem ersten hastig drei weitere, gierig schmatzende Bißen folgen.

Als er die Bißen doch noch im Ansatz zerkaut, mit seinen Zähnen zerkleinert und schließlich runtergeschluckt hatte, geschah etwas Seltsames. Ein Bediensteter näherte sich ihnen und steuerte zielstrebig auf den Narren zu. „Seid gegrüßt, Hofnarr", entgegnete der offensichtliche Diener eines Königs mit edler Stimme. Dies unterstrich deßen typische Kleidung aus feinstem Gruffin-Stoff, wie sie Bedienstete am Hofe für gewöhnlich trugen.

„Das bin ich schon lange nicht mehr." Bitterkeit lag in den Worten Somsok's von Tixe.

„Aber schon bald wieder", antwortete der Lakai prompt und fügte hinzu: „Wenn Ihr wollt, Hofnarr."

„Warum sollte ich?", fragte Somsok trotzig zurück.

„Weil ...", begann der Würdenträger bedeutungsvoll. „Weil der König von Burg Corbie Meadow just einen eben solchen Hofnarren sucht", schloß er.

„Der König von Burg Corbie Meadow ...?", wiederholte der jonglierende Spaßmacher sowohl verwundert als auch ungläubig die Worte des königlichen Dieners.

„Gewiß, Hofnarr, eben dieser König." Der souveräne Diener schien eine Vorliebe für geschwungene Sätze zu haben, welche meist das Gesagte nochmals elegant wiederholten. „Nun, entscheidet Euch. Einstiger, zur Rückkehr gebetener und wiedererkorener Hofnarr. Auf und zu Burg Corbie Meadow."

„Was ist mit meinem Vorgänger?" wandte Somsok mißtrauisch ein.

„Euer Vorgänger hat vor Wochen schon ganz plötzlich sein Augenlicht verloren. Er wurde geblendet, als er am Eingang zur

Hofschmiede ins Stolpern geriet und mit dem Gesicht auf eine glühende Klinge fiel, die eigentlich Augenblicke später vom Burgschmied zur Abkühlung im Steintrog vorgesehen war. Nun, sei es, wie es sei. Das Pech des einen ist das Glück des anderen." Die Miene des Dieners blieb nach seinen eben ausgesprochenen Worten ungerührt.

„Und was ist mit dem armen Manne geschehen?" Somsok zeigte Mitgefühl. Eine Regung, die Milo bei seiner letzten Begegnung mit dem Narren ebenfalls nicht wahrnehmen konnte.

„Der einstige Hofnarr ist heute erster Vorkoster aufgrund seines durch den Verlust des Sehsinnes nun hoch entwickelten Geruchsinns. Auch darf der gute Mann ohne Augenlicht, seines ausgeprägten Tastsinns wegen, auf den Märkten die feinsten Seidenstoffe auf ihre Echtheit erfühlen. Und als Jagdbegleiter des Königs macht er aufgrund des geschulten Gehörs jede Hirschjagd zum reinen Vergnügen. Ihr braucht also keine Sorge um euern Vorgänger zu haben, Sire." Die Stimme des Bediensteten schien nun schon fast den Klang eines Minnesängers angenommen zu haben. Jedoch kaum so glockenklar wie diejenige des Meisterbarden Ferdinand Dense.

„Nun gut, wenn das so ist ...", Somsok's Stimme zitterte beim Sprechen, „... nehme ich somit gerne an." Er war sichtlich gerührt.

„Großartig", spielte der elegante Lakai gekünstelte Begeisterung vor. „Eure Ankunft auf dem Hofe Corbie Meadow wird vor dem Abendmahle des Königs erwartet. Ihre Majestät dürstet nach Späßen und Narreteien."

„Gewiß." Somsok von Tixe hatte nun endgültig seine würdevolle Aussprache wiedergefunden. Die beiden Herren verbeugten sich ehrfürchtig voreinander, bevor der Lakai von dannen schritt.

Ein Strahlen erfüllte nun das ansonsten so griesgrämige Gesicht des wiederernannten Hofnarren des Königs von und zu Burg Corbie Meadow. Schnell verabschiedete sich Somsok von seinen Kumpanen des Jahrmarktes. Vor allem vom hünenhaften Feuerschlucker, welcher ihm zu Ehren noch eine flammende Salve gen' Himmel schickte.

„Habt Dank, junger Herr."

Milo fand Gefallen an der wiedererlangten, eleganten Aussprache Somsok's. „Wofür?", fragte Milo.

„Ich hege eine schwere Vermutung, daß das Ende meiner Pechsträhne und die plötzliche Wende des Glücks nur mit deinem Erscheinen und vielleicht ja sogar mit dem Apfel in Zusammenhang stehen dürfte." Wie um diese Vorahnung endgültig zu bestätigen, zog Somsok den jungen Meisterschützen lächelnd hinüber zu einem zwielichtigen jungen Taschenspieler. Auf einem behelfsmäßig aus einer alten Holzkiste gezimmerten Tischchen hatte der dünnbärtige Jüngling drei Becher aufgebaut. Unter den rechten Becher ließ er eine Walnuß verschwinden und alle Becher in der Folge mit geschickten Handbewegungen hin und her wandern. Standen die Becher still, wurde man aufgefordert, auf den Becher zu zeigen, unter dem man die Walnuß vermutete. Lag der Spieler richtig, gewann er seinen Einsatz doppelt zurück. Ging man falsch in der Annahme, verlor man sein gesetztes Geld. So galt die Spielregel. Somsok versuchte sein Glück dreimal. Und dreimal gewann er. Die vorhin zahlreichen Gulden, die in die Tasche des Glücksspielers gewandert waren, wechselten Runde für Runde die Richtung und somit ihren Besitzer. Grinsend entfernte sich Somsok mit Milo vom fluchenden Taschenspieler, der sich natürlich nicht von Somsok verabschiedete.

„Siehst du, Milo?" Somsok zwinkerte dem Stallburschen zu. „Der purpurne Apfel bringt Glück. Bewahre den deinen gut auf. Sofern du noch einen übrig hast. Er ist im wahrsten Sinne des Wortes bare Münze wert." Mit diesen Worten teilte der wieder ernannte Hofnarr die gewonnenen Gulden mit Milo, verabschiedete sich vom verdutzten Jungen und ging lächelnd seines Weges. Dieser führte ihn zurück auf die Burg, wo er den Rest seines närrischen Lebens glücklich und gesund am Hofe des Königs in Corbie Meadow verbringen sollte.

Doch dies ist eine Geschichte, deren Erzählung wohl nicht stattfinden wird. Nicht heute, auch nicht morgen und schon gar nicht übermorgen. Deshalb bedarf es keiner weiteren Erwähnung mehr.

Was Milo anbelangte, so merkte er sich Somsok's Worte auf dem Heimritt nach Noodridge gut. Denn er sollte den Apfel von nun an behüten und bewahren. Er sollte ihn auch bald schon einsetzen. Mit dem Wißen für den Nutzen. Mit Bedacht, in Begleitung des Glücks und der Heilkraft. Genau in jenem Moment an genau der Stelle, wo und wie das Schicksal es von ihm verlangen sollte.

Doch dies ist nun wirklich eine andere Geschichte, deren Erzählung eines anderen Ortes und einer anderen Zeit bedarf. Ruhet Euch nun aus für die letzten Abschnitte dieser Erzählung. Ob Ihr das Buch weglegt, um zu speisen oder Eure dringende und stets aufs Neue verschobene Notdurft verrichtet oder Euch des Nachts zur Ruhe bettet. Was auch immer Ihr nach diesem Augenblicke auch tut, nutzet diesen nachfolgenden Moment mit Bedacht. Gehabet Euch wohl, Mylady, gehabet Euch wohl, Mylord. Bis zu Eurer Rückkehr in der nächsten Episode. Möge das Glück und die Gesundheit von Zerra Solus Vezia mit seinen Städten und Dörfern und den Provinzen, ganz besonders der von Arion, mit Euch sein.

KAPITEL V

Milos Erkenntnis

Die Seherin von Kismat

In den Höhlen der Grotte Ammoniaris, am Waßerfall des Flußes Gariganoru und nun in Kismat. Es war somit genau das dritte Mal, daß Milo auf die weise, alte Schicksalsweberin, Mechthild von Dontalga, treffen sollte.

Kismat, Geburtsstätte und deshalb Wiege sämtlicher Seherinnen und Schicksalsweberinnen seit Anbeginn der Zeit, war die belebte Hauptstadt am äußeren Bezirk der Provinz Elayzerg, im südlichen Teil von Solus gelegen. Dieser zentrale Ort der Weissagung hatte im Laufe seiner bewegten Geschichte viele berühmte Seherinnen hervorgebracht: Kranhulda Wengis, Beatril Magour, Lursina Pactua, Nasri Tarantola sowie Jaloraya Ogulbi, um nur einige zu nennen. Ihr habt bestimmt schon von ihnen gehört.

Doch ahne ich, daß es euch Zeile um Zeile verschlingende Leserinnen und Leser dieser Episode wohl eher nach ganz anderem Wißen dürstet. Nun, ich will eure Frage beantworten, warum es Milo gerade in jenen fernen Teil des Landes und in diese Stadt verschlagen hatte. Diesmal ganz ohne seine treue Stute Plenum, welche in Tat und Wahrheit ebenfalls eine Seherin war. Aber ich bin mir im Klaren, daß ihr auch dies bereits wißt.

Nun denn, eure Neugier soll gestillt und die Geschichte schnell erzählt werden: Milo schlief des Nachts in seiner Kuhle aus Stroh ein. In seiner Heimat. Nahe der Stadt Sapphire's Rest in der malerischen Provinz Arion. In der Scheune von Gutshof Noodridge. Auf deßen Gelände er üblicherweise seinen Stalldienst bei den Schweinen verrichtete, wenn er nicht gerade mit seiner Stute Plenum ausgeritten war. Zu einem seiner regelmäßigen Streifzüge. In der Nacht nach dem Erlebnis mit dem besonderen Apfel und dem Narren Somsok von Tixe also, schlief Milo im Stalle von Noodridge ahnungslos ein.

Friedlich und traumlos, um am nächsten Morgen sanft und entspannt in einem großen Bett in Kismat aufzuwachen. Der Junge schälte sich schlaftrunken aus dem Schaffell, welches ihm als Decke gedient hatte. Als er sich den letzten Schlummer aus den Augen rieb, begriff Milo allmählich, daß er sich nicht mehr in der Scheune von Noodridge befand. Plötzlich hellwach, schaute er um sich. Wie fern er seiner Heimat war, wußte Milo zu diesem Zeitpunkt noch nicht.

Über der Feuerstelle, keine fünf Ellen von dem jungen Bogenschützen entfernt, brodelte ein großer Keßel mit einer dampfenden Flüßigkeit. Ein angenehm fruchtiger Geruch kitzelte Milo's Nase.

„Ach, bist du endlich aufgewacht? Willkommen, mein junger Hüter."

Milo kannte die kieksende, alte Stimme des Orakels von Ammoniaris. Mechthild von Dontalga. Ebenfalls mächtige Seherin ihrer Zeit und vor vielen Dekaden in Kismat geboren. Sie trat ans Feuer. Die weise Frau schöpfte Milo einen Teller der wohlriechenden Brühe.

„Wo bin ich ...?", wollte Milo umgehend von der Schicksalsweberin wißen.

„In Kismat, Milo Tengrain, dem Quell der Weisheit und der Vorsehung. Weitab von deiner Heimat Arion", antwortete Mechtild bedächtig. „Da, iß', mein Jungchen. Das wird dir gut tun."

Milo verspürte tatsächlich einen Bärenhunger. Seine Magengrube schmerzte und Milo verkrampfte dabei leicht. Die vermeintliche Suppe duftete nun noch herrlicher. Milo ergriff dankbar die hölzerne Schale und erhielt von der Seherin einen paßenden Löffel gereicht, ebenfalls aus hellem Holz gefertigt. Gierig schlang unser junger Meisterschütze den dickflüßigen Brei hinunter, als ob es morgen nichts mehr zu eßen gäbe. Nur wenige Sekunden später war Milo's Teller leergelöffelt. Er fühlte sich satt. Und auch etwas träge. Gelinde gesagt, sah er den Raum kurze Zeit später nur noch durch einen Schleier. Ein Schatten seiner selbst schien er zu sein. Unfähig, sich zu bewegen. Die Suppe war wohl dann doch eher ein Zaubertrank. Einer, der besonders hypnotischen Sorte.

Mechthild's Sprachfluß schien nun anders. Das Kieksen und die Heiserkeit hatten aufgehört. Milo lauschte im Zustand seiner Trance dem Klang von Mechthild's Stimme. Rhythmisch und monoton.

„*Raxa VII X IV* – Symbole und Kennzeichen. Anfang und Ursprung der Bestimmung. Ein Irrlicht wird dir den Weg zum Schrein des Lebens weisen, junger Hüter. Geradewegs zum *Thymos*, mein Jungchen, zur Lebensenergie allen Seins.

Raxa VII X IV – drei kleine Steintafeln wirst du erblicken – an einer steinernen Wand, gegenüber einem geheimnisvollen Steinaltar, dem *Thymos-Schrein*, angebracht. Bewachend und zunächst verborgen. Nur die vierte Steintafel ist sichtbar, wartet darauf, in die richtige Reihenfolge gebracht zu werden. Löst du dieses Rätsel, Milo Tengrain, dann liegt für dich unter dem Altar die Wahrheit und die Ergründung der Bedeutung aller *drei Insignien von Monum Kataris* bereit:

Der heilige Pfeil *Lightness*, gefertigt aus seltenem Argentium, Symbol der Hoffnung, des Glücks sowie der Unendlichkeit, vereint mit dem legendären Bogen *Lacing Stream*. Dadurch wird der mächtige *Zelorian* erschaffen, herrschender Bogen über die Zeit."

„Der sagenumwobene blaue Edelstein: Ein *Saphir*, welcher unendliche Leuchtkraft besitzt, die seinen Besitzer mit magischer Energie durchflutet. Und den du nun endlich gefunden hast, Jungchen, wie dir unbewußt bei deinem vorletzten Abschied verheißen.

Die *Zwillingsfedern* von Quorna: Die berühmten *Federn des Friedens* eines ganz besonderen, fulvinen Milans entstammend. Deren gelblicher Schimmer unvergleichliche Stabilität und endloses Gleichgewicht verleiht und in der Nähe jeden Streites, diesen schlichten wird. Immer."

Die Seherin schloß mit den Worten: „Gehe nun hin, mein junger Suchender. Finde die Katakomben der Klugheit und des Glaubens. Glaube jede Minute eines jeden Atemzugs an den Sieg über das Dunkle und Böse. Auch wenn die Lage ausweglos erscheinen mag. Das Schicksal wird über dich wachen und dich leiten, Milo Tengrain. Denn der *Mokatar-Bogen* erwartet schon bald seinen neuen Eigner."

Milo sah in seiner verschwommenen Wahrnehmung diesen unermeßlich mächtigen Bogen vor sich. Das Wahrzeichen von Monum Kataris. Dem gesegneten Ort. Dort und nur dort konnte der neue Hüter die Worte des Segens empfangen, ausgesprochen durch die Stimme eines Priesters.

Auch war Milo trotz seines noch immer anhaltenden Deliriums in seinem Unterbewußtsein einmal mehr vom Wißen Thileoray Pluck's beeindruckt. Denn der junge Meisterschütze hatte in der Bibliothek von Sapphire's Rest vom belesenen Stadtarchivaren bereits sehr vieles erfahren, was nun auch Mechthild von Dontalga in ihren Prophezeiungen wiedergab. Und diese Tatsache bescherte Milo's Geist auch in Trance eine klare Erinnerung an die Ausführungen des Meisters der Akribie.

Die Seherin wirkte einen magischen Zauber. Die Luft im Raum begann schwach zu flimmern, bildete einen einzigartigen, flackernden Spiegel, der das Licht gleichmäßig reflektierte und Milo weitere Einblicke in Vergangenheit und Zukunft ermöglichte.

Milo sah nun unmittelbar vor seinen Augen sein Erlebnis mit dem Apfelbaum noch einmal vorbeiziehen. Die purpurnen Äpfel des Baumes besaßen Heilkräfte und brachten Glück. Je nach dem, was man gerade wann davon benötigte. Dies war Milo nun durch diese Spiegelung klar geworden.

Der junge Stallbursche sah sich auch nochmals an den Quellen des Gariganoru, gezeichnet vom Biß einer violetten Schlange. Es war dies ein Reptil der Wegweisung, welches immer dann Milo's Lebensweg kreuzte, wenn es notwendig war. Dann, wenn die Wege seines Schicksals eine Führung, eine Wende oder einen Anstoß benötigten. Auch dies zeigte sich dem Jungen in nur diesem kurzen Augenblick. Eine traumähnliche Offenbarung.

„Sieh' die Dinge aus einem anderen Blickwinkel", riet ihm die Seherin in ihrer letzten Verheißung. Denn das war es, was der Junge eben erfahren hatte. Eine allgewaltige Weissagung, der Schicksalsweberin der Höhlengrotte, dem *Orakel von Ammoniaris*, der Seherin von Kismat.

Der Thymos-Schrein

Noch immer etwas schlaftrunken versuchte Milo sich zu orientieren. Die Weissagungen der Seherin waren, so wie auch Mechthild's Stimme, eben erst verklungen. Die Bilder der vergangenen Ereigniße von purpurnem Apfel und violetter Schlange langsam in der vor ihm flimmernden Luft verblaßt. Milo blinzelte. Die Umgebung hatte sich wieder verändert. Wie zuvor vom Stall von Noodridge hin zur Hütte von Mechthild von Dontalga in Kismat.

Diesmal befand er sich mitten in den Tiefen des Black Kite Forest, deßen dicht aneinandergereihte Baumkronen keinen Blick in den Himmel zuließen. Dies war mit dem Rabennest im Wald noch anders. Milo ließ den nun klaren Blick umher schweifen. Es schien, als ob der Wald jedes Mal eine neue Entdeckung für den Jungen bereithielt. Sei es ein *Edelstein*, deßen Leuchten alles andere überstrahlt. Oder ein *Rabennest*, daß sich bei Berührung mit Feuer entmaterialisiert. Keine zehn Schritte weiter manifestierte sich ein zunächst grüner Vogel in einen *braunen Uhu*. Was würde der Black Kite Forest dem Meisterschützen wohl diesmal enthüllen? Plötzlich dämmerte es und das Tageslicht verging schnell. Bald war es fast stockdunkel. Nur eine Lichtquelle in der Ferne bot noch etwas Helligkeit. Milo spähte vom Dunkel in Richtung des Lichtes. Ein kleiner heller Punkt. Halt, was war das …? Der Punkt bewegte sich plötzlich und leuchtete nun in unnatürlichem Neongrün. Der kleine Lichtpunkt bewegte sich langsam auf Milo zu. Die Umgebung des Waldes war ebenfalls in den selben Farbton getaucht. Als Milo genauer hinsah, hatte sich der Wald zum Dschungel gewandelt. Er kannte diese Urform der Natur nur aus den Erzählungen seines Großvaters. Es setzten auch Geräusche ein, die Milo noch nie zuvor gehört hatte. Das Gebiet vor ihm schien unbekannt und unerforscht zu sein. Auf keiner ihm bekannten Landkarte verzeichnet.

Stunden, so schien es Milo, irrte er in dem Dickicht von Blättern, Lianen und Wurzelwerk umher. Die Dunkelheit war ewig und unerbittlich. Tapfer stapfte der junge Bogenschütze weiter. Unbeirrt und doch verirrt. In die Irre geführt durch ein Irrlicht. *Da war es wieder, das Wortspiel in einem einzigen Satz. Unangebracht, meine soeben formulierte Bemerkung. Ausgerechnet in diesem spannenden Augenblick der Suche. Ich weiß. Verzeiht.*

Als die Verzweiflung Milo schon beinahe übermannt hatte, sah er plötzlich einen Lichtstreif durch das Dunkelgrün der Pflanzenvielfalt vor ihm. Diesmal schien es kein Irrlicht zu sein, nein. Fahl schien das Mondlicht und enthüllte eine Lichtung. In der Ferne machte Milo eine Entdeckung, direkt vom Licht des Mondes angestrahlt. Kleiner als ein Felsen, umfangreicher als ein großer Stein. Milo faßte sich ein Herz und schritt unerschrocken auf das Gebilde zu.

Als er die beschienene Stelle erreichte, offenbarte sich Milo ein steinerner Altar. Und Milo begriff. Das grüne Irrlicht hatte Milo Tengrain direkt zum *Thymos-Schrein* geführt. Die Prophezeiung der Seherin erfüllte sich in diesem schicksalhaften Moment. Es sollte nicht die einzige Fügung im Werdegang des auserkorenen Hüters bleiben. Es sollten noch einige andere mystische Begebenheiten folgen.

Doch dies ist eine andere Geschichte, deren Erzählung eines anderen Ortes und einer anderen Zeit bedarf. Nicht heute und nicht hier.

Milo stellte sich vor den Altar. Nahe der heiligen Stätte hatte sich eine große Waßerlache gebildet, spiegelglatt und unbewegt. An der vorderen Seite der Steinplatte las Milo eine Inschrift: *IV X VII AXAR.* Milo konnte sich sofort einen Reim aus dieser Darstellung von Buchstaben und römischer Ziffernfolge machen.

Unvermittelt dröhnten die Worte der Schicksalsweberin aus Kismat in Milo's Schädel, schlichen sich in seinen Kopf: *Sieh' die Dinge aus einem anderen Blickwinkel ...* Unweigerlich fiel Milo's Blick vor den steinernen Altar. Die Waßerpfütze nahm den

Schriftzug der Tafel in sich auf und spiegelte diesen nun klar und deutlich wider. Milo entzifferte nur langsam im leicht vibrierenden Waßer die Buchstaben in rückwärtiger Reihenfolge, spiegelverkehrt. *RAXA – VII – X – IV ...*

Milo's Konzentration wurde jäh gestört durch den Flug eines Vogels. Pfeilschnell schoß dieser an Milo's rechter Schulter vorbei, flog an die von Efeu überwucherte Granitwand hinter dem Altar und klammerte sich mit seinen Krallen an die Blätterranken. Diese wurden durch das Gewicht des Vogels etwas nach unten verschoben und gaben den Blick auf ein hervorstehendes, steinernes Plättchen frei. Auf der kleinen rechteckigen Gesteinskachel war nun deutlich die römische Ziffer *X* zu lesen. In etwa drei Metern Höhe. Eine der Zahlen, wie sie auf dem Altar zu sehen waren. Milo konzentrierte sich, schärfte sein Erinnerungsvermögen. Die Lösung und damit die Entschlüßelung dieser Inschrift schien ihren Ursprung in Milo's Besuch in der Bibliothek von Sapphire's Rest zu haben.

Milo erinnerte sich so unmittelbar und klar an die Informationen von Thileoray Pluck, als wäre die Schilderung des Stadtarchivars erst gestern gewesen: Wie lautete der Name des berühmten architektonischen Beraters Sapphire's Rest und größtem Baumeister seiner Zeit? Und gleichzeitig von Staffa's Vater? Alexander Mortimer Raxa ... *R ... A ... X ... A ...!* Die ersten vier Buchstaben der Inschrift. Offensichtlich war der Architekt auch der Erbauer dieses Steinaltars ... Vor mehr als hundert Jahren. Wahnsinn. Aber was bedeuteten die römischen Zahlen? Allenfalls sogar eine Zahlenfolge. Raxa war ein Verehrer der römischen Baukunst. Auch dies hatte Milo vom leidenschaftlichen Stadtarchivaren erfahren. War Alexander nicht genau vor zweihundert Jahren geboren worden? Wann hatte der Baumeister Geburtstag? Milo meinte sich zu erinnern. *Am 7. Oktober. VII X ...* Der Junge war auf der richtigen Fährte, das spürte er. Wenn er recht hatte, waren die Buchstaben und die ersten beiden römischen Zahlen erraten. Aber was sollte die dritte Zahl: IV ... ? Raxa hatte Kinder, mindestens eine Tochter, Staffalania. Er kannte sie gut. Milo lächelte kurz, um sich gleich danach wieder auf die Lösung des Rätsels zu fokußieren. Anders gedacht: Der wievielte Sohn seiner Familie war Alexander noch gleich? Auch das hatte ihm Archivar Pluck begeistert erzählt. Genau! Der *vierte* Sohn! *IV!* Heureka! Er hatte es herausgefunden! Das Vertrauen in den Stadtarchivar Thileoray Pluck war von diesem Moment an gegeben. Milo vertraute dem schnurrbärtigen, leidenschaftlichen Bücherwurm mit seinem neuzeitlichen Augenglas von nun an voll und ganz.

„Alexander Mortimer Raxa hatte am *07.10.* das Licht der Welt erblickt, als *vierter* Sohn der Familie Raxa", murmelte er stolz vor sich hin. Kurz nachdem Milo zu Ende gesprochen hatte, hörte er ein scharrendes Geräusch. Seine Ohren spitzten sich und er sah unvermittelt an die hintere Wand aus Granit. Langsam wurde das Efeu an drei Stellen durchbrochen und drei steinerne Kacheln erschienen an der Wand. Auf gleicher Höhe angeordnet. Links, rechts und in der Mitte des Granitwalls. Eine dieser drei Kacheln mit der Aufschrift *X* hatte Milo mit Hilfe des Vogels bereits entdeckt. Die anderen Plättchen zeigten die römischen Ziffern *IV* sowie *VII.* Deutete die Anordnung der Zahlen in der Inschrift auf der Vorderseite des Altars auf die richtige Reihenfolge hin, in der vielleicht die Plättchen betätigt werden mußten? Einen Versuch war es wert. Milo umschritt den Altar und stand nun unmittelbar vor der Mauer, über ihm die drei vorstehenden, steinernen Plättchen. Der Meisterschütze griff hinter sich an seinen Rücken, nahm einen Pfeil aus dem Köcher, spannte den Bogen *Arrow Spin*, oder eben auch *Lacing Stream*, wie er gelernt hatte, zielte auf das Plättchen mit der Zahl *VII* ... und ... traf. Der Pfeil zersplitterte sofort. Das Steinplättchen hatte sich keinen Zentimeter bewegt. Plötzlich hörte Milo ein hohes, sirrendes Geräusch und sein Rücken schien sich zu erwärmen. Als er den Köcher von der Schulter streifte, leuchtete ihm hell der Silberpfeil entgegen und stach so unter den anderen Pfeilen heraus. Seltsam. Er hatte *Lightness* doch im Stroh zuhause in Noodridge versteckt. Er war sich sicher, das silberne Geschoß nicht mitgenommen zu haben. Verwundert ergriff er diesmal den besonderen Pfeil, setzte ihn an die Sehne. Der Bogen wurde unvermittelt von *Arrow Spin/Lacing Stream* zu *Zelorian* und änderte leicht sein Aussehen sowie seine Färbung. Milo zielte erneut, schoß und traf. (Bravo, Marty ... ähm ..., Verzeihung, Milo!) Die Platte wurde in die Wand zurückgedrückt. Der Pfeil verschwand, um sich nur einen kurzen Augenblick später wieder in Milo's Hand zu manifestieren. Der Junge erschrak zunächst, setzte jedoch wenig später zum nächsten Schuß an. Die *X* glitt zurück an die vorherige Position in der Wand. Kurz darauf tat ihr dies die ebenfalls getroffene *IV* nach. Doch es paßierte nichts. Irgendetwas mußte Milo übersehen haben.

Lange und intensiv studierte Milo nochmals die steinerne Inschrift am Altar. Erst viele Momente später fiel ihm an der Inschrift etwas auf. Das Wort *RAXA* war umgeben von einer viereckigen Einkerbung. Und bei näherer Betrachtung war auch dies eine separate Steintafel. Abgegrenzt von den römischen Zahlen. Milo drückte auf die Fläche mit den Buchstaben. Die Platte rutschte vor.

Nun versuchte es Milo nochmals. Diesmal mit der hervorstehenden Platte am Altar. Er drückte sie in den Rand des Altars zurück. Und schoß dann mit *Lightness* in der Anordnung der Inschrift nochmals auf die Plättchen an der Granitwand. *VII – X – IV*. Die kleinen Platten verschwanden wieder im Granit. Und diesmal erfolgte tatsächlich eine Reaktion. Ein schleifendes Geräusch ertönte. Einige Sekunden zuvor hörte der Meisterschütze aber noch, wie nach dem Schuß auf das letzte Steinplättchen mit der Ziffer *IV* etwas Metallenes auf den Boden vor der Wand gefallen war. Als der Junge nachschaute, entdeckte er einen kleinen, goldenen Schlüßel.

Der Altar hinter Milo war in der Zwischenzeit zur Seite gewichen. Just an der Stelle, an welcher zuvor noch der Thymos-Schrein thronte, riß der Boden in einer zick-zackigen Linie auf und spaltete sich, bis eine große Öffnung zu sehen war. Diese legte eine steinerne Treppe frei, die ins unbekannte Erdreich führte und hell im Mondlicht schimmerte. Milo war gleichermaßen überrascht wie fasziniert vom geheimen Mechanismus.

Der junge Bogenschütze fand kurz darauf seine Faßung wieder, schritt an die Vertiefung heran und stieg die Treppe hinunter, deren weiße, schillernde Oberfläche sich als reiner Marmor entpuppte. Und Milo glaubte auch kurz wahrzunehmen, wie eine violette Silhouette vor ihm die Treppenstufen hinunterglitt. Vielleicht eine sich langsam vorwärts schlängelnde Veränderung seines Schicksals ...

Unvermittelt hörte Milo die Verkündung einer Botschaft in einem ihm bekannten Tonfall, als er den unterirdischen Eingang am Fuße der Treppe durchschritt: „Herzlichen Glückwunsch, Milo Tengrain: Du hast die Katakomben der Klugheit und des Glaubens gefunden. Die Prophezeiung richtig gedeutet, den Blickwinkel geändert und die vierte steinerne Platte gesehen und in ihrer richtigen Reihenfolge angeordnet.“

Milo betrat die altehrwürdigen Mauern der Katakomben. Wann immer er einen weiteren Bereich oder Raum paßierte, erklang die vom jungen Meisterschützen erkannte Stimme von *Mechthild von Dontalga, der weisen Seherin von Kismat*, erneut. Erklärend und unterstützend.

Milo erreichte eine schmale Öffnung, die in einen dunklen Gang führte. Links und rechts des Ganges waren insgesamt vier runde, offene Steinportale angeordnet, die jeweils einen Raum dahinter freigaben. Die Räume waren leer.

Deßen ungeachtet betrat Milo den ersten links gelegenen Raum.

„Willkommen mein junger Hüter. Im Raum von *Zelorian*, dem mächtigen Insigne von Monum Kataris, ein legendärer Bogen aus Ebenholz, der niemals sein Ziel verfehlt. Bestehend aus dem silbernen, aus Argentium geschmiedeten Pfeil der Hoffnung und unermeßlichen Unendlichkeit, *Lightness*, und *Arrow Spin*, dem Ahornbogen, erschaffen vom ersten Rentingham der altehrwürdigen Familie des Schmiedehandwerks und auch bekannt unter dem Namen *Lacing Stream*. Entsprungen aus Solus, dem ersten Landesteil unseres dreiteiligen Reiches.“

Als die Stimme Mechthild's geendet hatte, begann direkt über Milo die Luft im Raum zu flimmern. Dieselbe Art von Spiegelung der Atmosphäre, die ihm bereits bei der Vision in Kismat widerfahren war. Die Informationen sollten Milo endgültige Klarheit bringen:

- *Bogen (Arrow Spin/Lacing Stream/Lightness; Landesteil Solus):* Wurde von Walter Tengrain I. in den Familienbesitz übernommen, durch Weitergabe des vorgängigen Hüters des Bogens. Walter übergab dem Schmied und Vorfahren vom heutigen Hofschmied von Schloß Peruvian, Marilion Renthingham, den Bogen. Dieser soll solange an den nächsten Schmid der Familie Renthingham zur Verwahrung weitergegeben werden, bis ein Nachfahre aus der Familie der Tengrains den Bogen bei einem Turnier im Wettkampf gewinnen sollte. Daß die Wahl des Schicksals ausgerechnet Milo's Familie treffen sollte, brachte eine frühe Weißsagung zu Tage. Andernfalls würde eine Replik des Bogens vergeben, welche der Schmied für jedes Turnier neu fertigt. Marilion steuerte also die Übergabe an den neuen, vorbestimmten Hüter gezielt und ließ ihm den echten Bogen überreichen durch den rotbärtigen Preisrichter.
Der Bogen selbst verleiht seinem Schützen einzigartige Ruhe und Gelaßenheit im Umgang mit dieser legendären Waffe. Der Schmied, der ihn vor vielen Jahrhunderten gefertigt haben soll, ist unbekannt, stammte jedoch vermutlich aus dem Landesteil Solus, da der geheimnisvolle Bogen dort erstmals geschichtlich erwähnt wurde. Randnotiz: Es hielt sich lange das Gerücht, dass Robin Hood's Bogen einen Splitter der Urwaffe *Arrow Spin* enthalten soll. Dies wurde nie nachweislich bestätigt jedoch auch nie abgestritten.
Schmied Renthingham fertigte den Bogen jedes Jahr neu (Kopie). Echter *Arrow Spin* wird als Insigne zum Mokatar-Bogen. Heißt in Wahrheit *Lacing Stream*, mit Pfeil *Lightness* zusammen vollständiges Insigne: *Zelorian*.

Milo erstarrte aufgrund dieser neuen Informationen. Hatte sein Großvater, Walter Tengrain II., bei seinen Erzählungen Milo stets wißentlich verschwiegen, daß der Bogen Milo am Turnier vorbestimmt war? Vorhergesagt durch die Prophezeiung der Seherin, Mechthild von Dontalga?

Verwirrt von seiner akustischen und visuellen Entdeckung im ersten Raum, trat Milo zurück in den schmalen Gang.

Milo schritt nun entschloßener auf den zweiten Raum auf der rechten Seite zu und betrat ihn ebenso wie zuvor den ersten.

„Dies, mein junger Meisterschütze, ist der Raum des *blauen Leuchtens*. Verursacht durch einen unvergleichlich wertvollen *Saphir*. Einmal zerstört, entsteht nur alle einhundert Jahre in einem Felsblock ein neuer Edelstein. Zu seiner vollen Pracht und Macht herangewachsen. Erstmals entdeckt und entnommen in einem Gebirge in Zerra, dem zweiten Landesteil unseres dreiteiligen Reiches."

Wieder erschien eine Luftspiegelung vor Milo:

- *Saphirstein (Landesteil Zerra):*
  Wurde zerstört bei der Trennung der drei Insignien im letzten Jahrhundert, wächst alle einhundert Jahre nur einmal in einem Findling (Felsbrocken) nach und kann nur von Auserwählten *geerntet* werden. Sapphire's Rest erhielt durch dieses Jahrhundertereignis vor eintausend Jahren seinen Dorfnamen und wurde später zum Städtchen ernannt.
  In ausgewachsenem Zustand hat der Edelstein ewige Leuchtkraft, welche seinem Besitzer stets Helligkeit und uneingeschränkte Sicht über viele Ellen und Fuß gewährt. Der erste Saphir als Insigne wurde im Landesteil Zerra gesichtet.

Diese Information erfuhr Milo bereits von Thileoray Pluck, dem Stadtarchivar in der Bibliothek von Sapphire's Rest, während des großen Regens. Dem Jungen wurde immer mehr bewußt, wie umfangreich die Sammlung des Stadtarchivars in den letzten Jahrhunderten geworden sein mußte.

Berauscht von den Informationen, der Stimme Mechthild's und den visualisierten Erläuterungen verließ Milo den zweiten Raum.

Milo schritt weiter und bog wiederum links in den dritten Raum ab.

„Sei gegrüßt, junger Milo Tengrain, im Raum der *Zwillingsfedern* von Quorna. Diese außergewöhnlichen zwei Federn des seltenen Fulvin-Milans werden nur alle 111 Jahre durch ein einziges Exemplar dieses Raubvogels hervorgebracht. Erkennbar nur nach der Mauser des Gefieders durch jeweils drei kleine Punkte am Federkiel. Dieses Insigne hat seinen Ursprung stets in der Schlucht *Quor*, dem Brutplatz des fulvinen Milans. Im Landesteil Vezia, dem dritten und letzten Landesteil unseres dreiteiligen Reiches."

Das Orakel von Ammoniaris hatte geendet. Kurz darauf erschien wiederum eine Botschaft hoch oben im Raum:

* *Federn (Zwillingsfedern des fulvinen Milans; Landesteil Vezia):*
  Die besonderen Zwillingsfedern des Gefieders von nur einem heranwachsenden, fulvinen Milans, werden alle 111 Jahre durch die Evolution der Natur an lediglich eine Generation des Greifvogels weitergegeben: zwei Federn, welche sich bis aufs Haar gleichen und sich lediglich durch drei anthrazitfarbene Punkte an der Oberseite des Federkiels von allen anderen Federn des Federkleids des Raubvogels unterscheiden, sichtbar nur bei Mauser des Vogels. Die Brutstätte des fulvinen Milans liegt ausschließlich in der Provinz Quorna, in der Schlucht *Quor*, im Landesteil Vezia.
  Diese beiden Federn, an jeder Spitze des Ahornbogens eingesetzt, geben der Waffe ein unvergleichliches Gleichgewicht und dadurch unendliche Stabilität beim Anvisieren eines Zieles. Sie werden auch *Federn des Friedens* genannt, da sie ihre nähere Umgebung stets in ein harmonisches und friedliches Umfeld verwandeln.

Milo wandte sich wißenstrunken um und verließ diese magische Umgebung. Er hatte soeben die akustischen und visuellen Informationen des dritten Raums hinter sich.

Bevor Milo weitergehen konnte, meldete sich erneut die Stimme der Seherin von Kismat. Ihr Echo hallte dabei mehrfach durch die Gänge der Katakomben:

„Das Schicksal wählt alle zweihundert Jahre nach der Geburt des letzten Hüters einen neuen. Betritt nun den vierten und letzten Raum, tapferer Milo Tengrain. Denn der letzte Hüter erwartet seinen Nachfolger."

Milo trat vor den vierten Raum, zögerte kurz und trat dann doch gespannt, aber auch ungläubig ein. *Gespannt* auf seinen offensichtlichen Vorgänger. *Ungläubig* aufgrund seines auserwählten Daseins.

Diesmal empfing ihn nach Eintritt eine violett flimmernde Luftspiegelung, die soeben vor ihm auf Augenhöhe erschienen war. Aus dem spiegelnden Lichtbild formte sich eine Schrift, die Milo folgenden Text offenbarte:

- *Komplettes Heiligtum von Monum Kataris (Mokatar-Bogen von Zerra Solus Vezia; aus allen drei Insignien des Landes bestehend):*
  Jedes Insigne beinhaltet seine individuelle Macht und Fähigkeit. Zur vollen Entfaltung des Mokatar-Bogens müßen jedoch sämtliche drei Insignien am Fuße des heiligen Vulkankraters im Südosten von Monum Kataris (unweit Oblivion Moores, dem *Moor des Grauens*) entsprechend durch einen Priester gesegnet und ebenso auf diesem besonderen vulkanischen Grund auf deßen Asche zusammengeführt werden. Geschieht dies, wird auf mystisch anmutende Art und Weise der Name des Trägers und Hüters des kompletten magischen Bogens in den Griff eingebrannt. Verliert der Besitzer die Macht über den Bogen oder werden die Insignien

getrennt, verschwindet die *Mantoura* (Schriftbrand) wieder und wartet auf ihr nächstes Schriftbild.

Die einzelnen Insignien wurden als Komponenten im Laufe der Zeit immer mehr durch Monum Kataris angezogen und deren Fundorte rückten näher an diese Stätte heran. Monum Kataris als Kraftort der Macht wird stärker.

Als die Spiegelung dieser Informationen langsam verblaßte, erblickte Milo unmittelbar dahinter eine Gestalt.

Milo brauchte einen Moment, um seine Eindrücke einzuordnen. Einerseits flößte ihm diese Begegnung Angst ein. Andererseits war er aber auch voller Ehrfurcht erstarrt. Aus Respekt vor seinem Gegenüber. Aufgrund von vielen Überlieferungen, die er Zeit seines Lebens über diesen Mann gehört hatte. Trotz offensichtlicher edler Maskierung begriff Milo, wer da vor ihm stehen musste. *Alexander Mortimer Raxa.* Der *vergangene Hüter der drei Insignien von Monum Kataris.*

Er stand wahrhaftig in diesem letzten Raum. Seine einfache Kleidung bedeckte ein wallender Umhang. Deßen höhere Bedeutung sollte Milo gleich noch deutlich vor Augen geführt werden. Raxa entfernte nun seine bronzene Maske von seinem Antlitz. Diese schützte seine Gesichtshaut vor dem Zerfall der Zeit. Bis er sie abnehmen und ihn der neue Hüter so erkennen konnte. Raxa war sich denn auch gewiß, daß die Suche zu Ende gegangen war. Er hatte soeben seinen vom Schicksal auserwählten Nachfolger gefunden. Raxa deutete links neben sich. Da stand eine schmiedeeiserne Truhe. Sie hatte ein goldenes Schlüßelloch. Milo begriff und schaute in seine rechte Hand. Auf ihr lag der Schlüßel, den er oben an der Wand aufgehoben hatte. Er bückte sich und steckte ihn ins Schloß der Truhe. Der Schlüßel paßte und offenbarte Milo das Relikt, das mehr als hundert Jahre lang sicher unterhalb des Schreines von Thymos verborgen war. Gehütet all' die Dekaden von Alexander Mortimer Raxa, dem Wächter der Katakomben der Klugheit und des Glaubens. *Letzter Hüter der drei Insignien von Monum Kataris.* Auf dem hölzernen Boden der Truhe lag ein rötlich schimmerndes Blatt eines

Baumes. Ein Eichenlaub. Milo nahm das Eichenblatt auf Geheiß und Geste Raxa's an sich. Es würde seine Bestimmung finden und erfüllen. Dies sollte der junge Auserwählte noch früh genug und umso schmerzlicher erfahren.

Doch auch dies ist eine andere Geschichte, deren Erzählung nicht an diesen Ort und schon gar nicht in diese Zeit paßt. Unmöglich heute und keinesfalls hier.

Milo verabschiedete sich ehrfürchtig vom großen Baumeister und einstigen architektonischen Berater von Sapphire's Rest. Raxa verbeugte sich und entbot Milo mit dieser Geste seinen gebührenden Respekt. Die Ehrerbietung an seinen vom Schicksal auserwählten Nachfolger.

„Bereite dich vor, junger Hüter Milo Tengrain. Auf deinen schicksalhaften Kampf, deine Bestimmung und dein Eigentum. Den *Mokatar-Bogen*. Symbol und Zeichen der Hoffnung und des Friedens. Für den vorbestimmten Hüter der drei heiligen Insignien, gesegnet auf dem Boden von Monum Kataris. Seit Anbeginn der Zeit."

Als seine Worte verklungen waren, zerfiel Alexander Mortimer Raxa samt Umhang langsam zu Staub. Er machte Platz für den neuen Hüter.

Milo erwiderte die Verbeugung seines Vorgängers und verließ voller Ehrfurcht und Demut den letzten Raum. Dieser schien nun leer zu sein. Tatsächlich war er aber erfüllt durch die Aura des altehrwürdigen Baumeisters. In Ewigkeit umschloßen durch seinen nun unsichtbaren Umhang von Zeit und Geist.

Noch immer tief bewegt schritt der junge, vorbestimmte Hüter den Gang zurück und stieg die Marmortreppe der Katakomben der Klugheit und des Glaubens wieder empor. Er war klüger als zuvor und glaubte.

Zweifellos hatten der Thymos-Schrein, Thileoray Pluck und die Stimme der weisen Seherin von Kismat Milo den richtigen Weg gewiesen. Er spürte es. Auch wurde ihm im Verborgenen des Erdreichs viel Wißen vermittelt. Und er war sich sicher. Sein Glaube an die Menschen hatte sich ihm offenbart und ihm sein Vertrauen an das Gute ganz und gar zurückgegeben.

Wondus, der Pretiose

Die letzte Teleportation war abgeschloßen. Milo fand sich nach seiner Odyßee im Dschungel des verwandelten Black Kite Forest unmittelbar am Ursprung seiner Reise wieder. Auf seiner Schlafstätte in der Scheune von Gutshof Noodridge. Müde und ausgelaugt, verfiel Milo in einen längeren, traumlosen Schlaf, welcher ihn erst nach Stunden wieder erwachen ließ.

Der Junge fühlte sich nun erholt und ausgeruht. Bereit, seinem endgültigen Schicksal zu folgen. Die Transformation hatte begonnen. Dies wußte der junge Meisterschütze nun sicher. Wahrhaftig fühlte er sich nun selbst berufen, den Weg vom jungen Stallburschen zum Hüter der drei Insignien von Monum Kataris zu Ende zu gehen und diese hohe Ehre und Bestimmung tatsächlich auch anzunehmen. Entschloßen erhob sich Milo, verließ die Scheune und begab sich zu den gegenüberliegenden Pferdestallungen.

Als Milo Plenum die Zügel anlegte und sattelte, überkam den Jungen ein Gefühl des Respekts. Die Ehrfurcht vor diesem Reich, die Verantwortung dafür und die Demut vor der Schönheit von Zerra Solus Vezia. Milo saß auf und ritt vom riesigen Gelände von Noodridge. Der Abendsonne am Horizont entgegen.

Sein Ritt führte ihn durch die gesamte Provinz Arion. Er durchquerte das Städtchen Sapphire's Rest, ließ dieses schnell hinter sich und setzte seinen Weg fort. Diesmal gen' Osten. Die Zeit schien nur langsam an dem Gespann vorbeizuziehen. Nur schwer zu glauben war es denn auch für Milo, als er bemerkte, daß es inzwischen doch schon bereits zweimal Abend und auch zweimal Morgen geworden war. Das Zeitgefühl hatte der junge Reiter gänzlich verloren. Weder Hunger noch Durst verspürte er. Die Müdigkeit erreichte ihn zögerlich, legte sich nur langsam auf ihn. Behutsam, wie ein achtsamer Freund. Damit ihm genug Zeit blieb, seine Schläfrigkeit zu bemerken und einzustufen. Schlußendlich rechtzeitig darauf reagieren zu können. Allmählich wurde sein Blick trüber. Milo blinzelte oft. Es war Zeit für eine Rast. Der junge Meisterschütze erkannte langsam aber sicher, wo er war. Zielgerichtet war er direkt ins Oblivion Moore geritten – auch *Moor des Grauens* genannt. Das Schicksal hatte ihn gelenkt. Doch wieso gerade in diese abgelegene Gegend?

Bald wurde Milo's Frage durch ein leises Rufen beantwortet. Er hielt Ausschau, konnte aber im Lichte der noch jungen, schwachen Morgensonne niemanden ausmachen. Er ritt langsam weiter. Das Rufen wurde nun lauter, die Distanz zum Hilfesuchenden hatte sich offensichtlich verringert. Wenige Meter weiter begleitete ein deutliches Knurren die nun verzweifelt klingenden Schreie.

„Hau' ab, du verdammtes Vieh! Hätte ich mein Schwert nicht in diesem gottverfluchten Sumpf verloren, würde dich der Zorn Odipars treffen! Du zu kalt gebadete Rieseneidechse!"

Der Schwall von Flüchen wollte kaum enden. Endlich erblickte Milo, keine zwanzig Fuß von ihm entfernt, ein Moorloch. Darin steckte eine hünenhafte Erscheinung. Der muskelbepackte Kämpfer wehrte sich heftig, um nicht noch tiefer in den Sumpf zu geraten. Vergeblich. Immer mehr sank der Hüne ein. Milo sah nun auch, woher das Knurren stammte. Ein riesiger Lugos-Waran von mindestens zehn Ellen Länge fauchte und knurrte abwechselnd den Krieger in Not an. Das Reptil versuchte unentwegt, nach seiner, scheinbar leichten, Beute zu schnappen.

Milo nahm *Lightness* aus seinem Köcher. Der einzigartige Pfeil vibrierte, als Milo ihn an die Sehne setzte. Geübt und mit unvergleichlicher Schnelligkeit spannte der Meisterschütze den Bogen gekonnt und traf mit einem gezielten Schuß genau die Mitte des Kopfes des riesenhaften Echsentieres. Der Lugos-Waran brach augenblicklich zusammen. Das Tier war tot.

„Bei Odipars Bart. Das war der verdammt beste Schuß, den ich Zeit meines gefährlichen Kriegerlebens gesehen habe. Wenn ich's nicht gesehen hätte, täte ich es jetzt nich' glauben."

Milo näherte sich dem großen, muskulösen Kerl, der noch immer, nun schon beinahe bis zu seinen Schultern, im Morast feststeckte. Milo entdeckte unmittelbar am Rande des Schlammlochs einen dicken, langen und stabil wirkenden Ast. Der junge Meisterschütze nahm den Holzprügel und streckte ihn dem Kämpfer mit beiden Händen entgegen. Der Hüne, welcher gerade noch seine Arme über dem Sumpf ausstrecken konnte, ergriff mit dankbarem Blick den Ast. Der Junge stampfte kurz beide Füße in den feuchten Boden und zog dann mit aller Kraft. Fast unmenschlich erschien es, als Milo es mühelos schaffte, den Riesen ganz alleine aus dem Morast zu ziehen. Was Milo und auch der in Not geratene Kämpfer nicht wußten: Die Federn in Milo's Taschen ließen die Gegenstände, welche Milo anfaßte, leichter werden. *Eine Eigenschaft, welche die Informationen in den Katakomben offensichtlich ausgelaßen hatten. Das Leben lehrt ständig. Ist uns dies nicht allen bewußt?* Diese Leichtigkeit übertrug sich auf alle daran hängenden Dinge oder eben, wie in diesem Falle, auch auf alle sich daran festhaltenden Lebewesen.

Deshalb stand schon nach wenigen Sekunden ein jubelnder Geretteter vor Milo. „Habt Dank, edler Retter und fortan *Held von Oblivion Moore*. Ich darf Euch doch so nennen, Mylord? Ihr habt soeben *Wondus, dem Pretiosen*, das Leben gerettet. Ich konnte mich nicht mehr aus eigener Kraft aus dieser mißlichen Lage befreien. Deshalb stehe ich für immer in Eurer Schuld, Sire."

„Ich bin Milo Tengrain aus Noodridge", entgegnete Milo verlegen. „Nennt mich einfach Milo, nicht Sire und auch nicht Mylord. Wir können uns auch gerne duzen."

„Oh, da bin ich aber froh! Trotzdem, verdammt nobel von dir, mich zu retten!", rief der riesige Mann sogleich erleichtert in die Morgenluft und lachte auf. „Ich hab's nämlich normalerweise nich' so mit Höflichkeitsfloskeln und so."

Milo grinste ebenfalls.

„Erlaube mir trotzdem, daß ich mich nochmals vorstelle, Milo. Ich bin Wondus. Auch einfach Wondus, stolzer Kämpfer vom Volke der Pretiosen. Einem exotischen Stamm, beheimatet gleich hinter Oblivion Moore. In Pretosia, Hauptstadt der Provinz Nogurien und Stätte der Mutigen."

„Freut mich sehr, Wondus. Ich bin Stallbursche und Herr über die Schweineställe des Gutshofes, auf dem ich geboren und aufgewachsen bin."

„Freut mich ebenfalls, mein junger *Held von Oblivion Moore*." Wondus grinste fröhlich. „Diesen Titel kriegst du nich' mehr von der Backe, Milo. Dafür sorg' ich schon. Und in der ewigen Schuld stehe ich auch gegenüber einem Stallburschen." Der hünenhafte Kämpfer zwinkerte Milo heiter zu. Milo verzog das Gesicht, entgegnete aber nichts. Er schätzte Wondus' offene Art und Weise vom ersten Augenblick an.

Diese schicksalshafte Begegnung sollte Milo nie mehr vergeßen. Und er fand in diesem Krieger aus Pretosia einen treuen Begleiter. Mit ihm würde Milo zurückkehren. An diesen so hoffnungslosen, dunklen Ort. Schon bald. Zur Erfüllung seines Schicksals. Doch dies war eine andere Geschichte.

„Was gibt es noch über Wondus, den Pretiosen, zu erzählen?", fragte Milo nach längerer Pause und um hauptsächlich von der heldenhaften Rede Wondus' abzulenken.

„Nun ja, ich bin Meister der Schmetterlingskunde, eße kein Fleisch, nur Fisch. Ich liebe Silberrohr-Schoppen, ihr Geschmack ist einfach unvergleichlich zart. Auch verehre ich aus tiefster Seele unseren allmächtigen Gott des Krieges: Odipar."

Milo schmunzelte. Daß Wondus kein Fleisch aß, paßte so gar nicht zu seiner riesenhaften, muskulösen Natur. Aber daß sein Lieblingsfisch ein Silberrohr-Schoppen war, bestätigte Milo, wie sehr er diesem Kerl schon verbunden war und ihn aufrichtig mochte.

„Lass' uns gemeinsam in deine Heimatprovinz Arion ziehen. Ich lade dich zu einem Festschmaus nach Sapphire's Rest und somit in die Schenke *Zur Goldenen Eintracht* ein. Der besten Gaststätte in der ganzen Provinz, ja was sag' ich, des gesamten Landesteiles Zerra. Nun, in Pretosia gibt's den *Schlurfigen Lümmel*, wohl unser bestes Wirtshaus. Aber da bin ich oft. Die Speisen kenn ich da in- und auswendig. Und *Die Goldene Eintracht* in

Sapphire's Rest ist ja schließlich berühmt für seine edlen Biere. Gebraut von eurem hiesigen Braukünstler Cylax Perfidium. Ein Meister seines Faches."

Milo, der noch nie ein Bier versucht hatte, aber vor allem die Eintöpfe bei Red Anne liebte, nahm Wondus' Angebot an und willigte sogleich auf deßen Vorschlag ein. Milo und Wondus bestiegen gemeinsam Plenum, die die beiden mühelos auf ihrem Rücken die zwei Tagesreisen zurück nach Arion trug (ebenfalls aufgrund der *Zwillingsfedern*), direkt bis vor das östliche Stadttor von Sapphire's Rest. Nun war es nicht mehr weit bis *Zur Goldenen Eintracht*.

„Hallo, Red Anne!", begrüßte Wondus die schöne Wirtin, als er die einzige Schenke des Städtchens betrat.

„Wondus, sei willkommen! Schön, daß es dich wieder einmal in unsere Provinz verschlägt. Was führt dich denn diesmal her? Unser einmaliger Linseneintopf oder unser feines Dunkelbier?"

„Nun, beides", entgegnete Wondus und errötete. Scheinbar hatte er auch ein wenig ein Auge auf die attraktive Wirtin geworfen. „Aber wahrer Grund ist meine Dankbarkeit gegenüber meinem *Retter* hier, *Milo Tengrain*." Wondus hatte die Worte feierlich und wohl etwas zu laut für Milo's Empfinden ausgesprochen. Jedenfalls traf Wondus' Ansprache auf zahlreiche zusätzliche Ohren. Ein Gemurmel bestätigte, daß die Worte ihre Wirkung nicht verfehlt hatten.

„Oh, dann kriegt ihr heute meinen besten Tisch, ihr tapferen Herren!" Red Anne zwinkerte Wondus und Milo vielsagend zu und wies sie an, am Rund in der Mitte der Halle Platz zu nehmen.

Wondus setzte sich sogleich an die runde Tafel. „Zwei große Krüge Eures besten Dunkelbieres, Wirtin!", rief der Hüne Red Anne zu.

„Kommt sofort! Und dazu für dich, Wondus, den Linseneintopf und für Milo einen Teller *Red Annes Stew*?"

Ein Nicken der beiden bestätigte der engagierten Wirtin deren Einwilligung. Das Waßer lief ihnen bereits im Mund zusammen. Ein Abenteuer und ein Zweitageritt machten schließlich hungrig. Kurze Zeit später kehrte die Wirtin mit zwei großen, schäumenden Holzkrügen zurück. „So, zwei Krüge *Brauner Gaumen-Samt*. Wohl bekomm's. Das Eßen kommt sofort."

„Prosit, Milo Tengrain, auf meinen Retter und meine Rettung aus dem Oblivion Moore!"

Milo stieß an und nippte kurz an dem dunklen Gebräu. Es schmeckte bitter und eklig. Selbstverständlich würde er dies Wondus gegenüber jedoch nie erwähnen. Er wollte seinen Gastgeber nicht beleidigen. Dieser hatte seinen Krug bereits in einem Zug geleert. Genüßlich leckte sich Wondus danach die Lippen. Er schien hoch zufrieden.

Die Speisen wurden gerade gereicht, als die Tür *zur Goldenen Eintracht* geräuschvoll aufflog. Maggie Sutton, die wonnige Bogenschützin und Stammgast, betrat die Schenke.

„Milo, grüß' dich!", rief sie dem Jungen fröhlich zu. Ebenfalls deutlich hörbar in der ganzen Gaststätte. „Welche gigantische Begleitung hast du denn da dabei?", wollte sie neugierig wißen.

Wondus erhob sich. „Gestatten, Mylady? Wondus, der Pretiose, stolzer Krieger aus Pretosia, Hauptstadt Noguriens."

Wondus' und Maggies Blicke trafen sich, oder anders ausgedrückt, zwei gleichgesinnte Raubeine fanden sich. Verstanden sich auf Anhieb, genau in diesem Moment. Und in der Folge hatten die beiden nur noch Augen für ihr Gegenüber. Milo schien von nun an Luft zu sein und löffelte etwas betreten sein Gulasch. Aus dem feinsten Hammelfleisch Arions, vielleicht sogar, wie so oft, aus Noodridge. Das vorgesetzte Fleisch aber wollte Milo nicht schmecken, jedenfalls nicht in diesem Augenblick.

Maggie hatte in der Zwischenzeit ebenfalls ein Dunkelbier bestellt und verspeiste dazu mit Wonne ebenfalls einen riesigen Topf von Red Annes berühmtem Gulasch. Ohne auch nur einen Moment ihre Augen von Wondus' Lippen abzuwenden. Gierig, süchtig und unendlich leidenschaftlich. Wondus sprach blumig zu ihr, wenn sie aß. Maggie säuselte ihn an, wenn er aß.

Als Milo seinen Teller leer gelöffelt hatte, stand er unvermittelt auf. Nicht, daß es einer der beiden Turteltauben neben ihm aufgefallen wäre. Milo winkte Red Anne zum Abschied, bevor er das Wirtshaus verließ. Die Wirtin erwiderte die Abschiedsgeste.

Der Junge trat vor die Schenke. Noch immer etwas verstimmt aufgrund der geringen Aufmerksamkeit von Wondus und Maggie. Die in der Folge auch Milo's stehen gelassenes Bier mit Hochgenuß ihre trockene Kehle hinunterspülte. Milo atmete die frische Abendluft von Sapphire's Rest ein. Wie so oft zuvor. Doch diesmal war die Luft erfüllt von einem angenehmen, süßlichen Duft.

Milo folgte seiner Nase und der Straße, vorbei an den altbekannten Faßaden des Städtchens. Kurze Zeit später stieß er auf eine unscheinbare Hütte. Dieses kleine Häuschen schien der Ursprung des honigähnlichen Geruches zu sein und war ihm noch nie aufgefallen. Milo näherte sich und sah im hinteren Bereich des Grundstücks eine kleine Wiese. Darauf stand ein riesiger Holzbottich, deßen Inhalt bedächtig und sorgsam von einem dickbäuchigen, bärtigen Mann mit einer großen Holzkelle umgerührt wurde.

„Tritt' näher, Junge, ich beiße nicht. Ich saufe höchstens." Der Spaßvogel kicherte vor sich hin und schien in heiterer Stimmung zu sein. „Darf ich mich vorstellen, Junge? Gestatten: Cylax Perfidium. Meines Zeichens bierologischer Tüftler und leidenschaftlicher Bierbrauer."

Milo kam der Name des Bierbrauers sogleich bekannt vor. Er hatte diesen doch schon irgendwo gehört. Ja, richtig. Wondus hatte ihn erwähnt nach seiner Rettung aus Oblivion Moore. Perfidium sei ein Meister seines Fachs, braue edle, hochstehende Biere.

Ein großer Schwarm Ephalagen-Mücken schwirrte direkt über dem großen Bottich, offensichtlich angezogen durch den süßlichen Duft des Bieres. Milo betrachtete Cylax' Haut. Obwohl sein durch Bier versüßtes Blut doch wie ein Magnet auf die schwärmenden, stechenden Gierschlünde wirken mußte, war seine Haut makellos. Milo erfuhr später vom Braumeister, daß dieser bereits seit längerem immun gegen die blutsaugenden Angriffe der stacheligen Biester war. Sein edles Bier hatte ihn widerstandsfähig gegen Stiche gemacht. Deshalb wies Perfidium's Haut auch weder Piekser noch Schwellungen auf. Und dies war nur bei ihm der Fall, was den leidenschaftlichen Brauer einzigartig machte.

Scheinbar mußte der Gute noch ein paar ganz besondere Trop-
fen in seinem Bierkeller haben. Vor aller Augen verborgen. Aber
dies war natürlich nur eine Vermutung seiner hiesigen Kund-
schaft. Kaum der Rede wert. Also laßen wir's hiermit bewenden.
Einverstanden?

„Warum so nachdenklich, mein junger Freund?" Cylax hatte Milo's Grübeln bemerkt.

„Euer Ruf eilt Euch voraus, Sire", entgegnete Milo erklärend.

„So?" Der Bierbrauer hob seine Augenbrauen.

„Ja", fuhr Milo fort. „Ihr wurdet lobend erwähnt, von Wondus, dem Pretiosen."

„Ah, der gute Wondus, wie geht's dem Riesen von Pretosia und Stolz Noguriens?"

„Gut, denke ich. Er vergnügt sich gerade in der *Goldenen Eintracht* und genießt Euer berühmtes Bier", bemerkte Milo etwas säuerlich*.

꧁ ꧂

* *Anmerkung des Erzählers: Schade, wurde das Sauerbier oder*
„Suirbiir", wie man es später in Arion nennen sollte, nicht schon im
16. Jahrhundert erfunden. Milo hätte es geliebt. Aber dies ist eine
andere Geschichte, nicht erzählt, da damals nicht bekannt. Doch
verzeiht mir meinen kurzen Exkurs durch die Geschichte des Bie-
res. Nun zurück zu unserer.

꧁ ꧂

„Schön, freut mich sehr für ihn und ehrt selbstverständlich auch ein bißchen mein Schaffen." Cylax blickte Milo an, nicht ohne einen gewißen Stolz. Milo wußte nicht, daß er einen berühmten Spezialisten des Bierbrauens vor sich hatte, welcher sogar in den Stadtarchiven von Thileoray Pluck löbliche Aufnahme und Erwähnung fand.

Hier ein kleiner Auszug, exklusiv für Euch, den bierologisch intereßierten Leser:

Cylax Perfidium, einer der leidenschaftlichsten und raffiniertesten Bierbrauer seiner Zeit, hatte seine Wirkungsstätte nahe der Gaststätte Zur Goldenen Eintracht. Sein Bier, in einem großen Holzzuber gebraut, mundete auch Königen, Fürsten, Grafen, Baronen und sonstigen Edelmännern. Deshalb vertraute der geneigte Bierliebhaber gerne dem bärtigen Braugenie. Es gab keinen Beßeren, wenn es um diese durch ihn mit Liebe vergorene Flüßigkeit ging. Im Volksmund galt sein Bier auch als 'Rubin des Gaumens'. Sein 'feinstes Dunkelbier', wie Cylax es selbst gerne nannte, gebraut aus den dunkelsten der Roggenähren und mit fünfundzwanzig Kräutern im Bottich versetzt, gelagert in Holzfäßern, ergaben ein unvergleichliches 'Cervisia Ferugineus Nebulosus'. Das besondere Starkbier war der Renner schlechthin und in der ganzen Provinz und auch darüber hinaus berühmt für seinen einzigartig würzigen, herben und intensiven Geschmack. Deshalb auch Maggies Liebling, ganz nebenbei erwähnt. Cylax Perfidium, der Meister der feinen Bierzutaten, schwor auf edelste Ingredienzien. So würzte er seine Biere gerne mit Gruit & Gagel. Auch Mölln, mit Bilsenkraut versetzt, war ein beliebtes Gemisch Cylax'. Derzeit tüftelte er an einem neuartigen Getreidegetränk. Mit einer bisher noch sehr unbekannten Pflanze namens 'Hopfen'. Ein einziger Bauer aus Tremillis baute dieses exotische Gewächs bisher an (wofür er in der ganzen Gegend als „Spinner" bezeichnet wurde).

Tremillis, so wußte Milo, war das Heimatdorf von Thornduld Barkin, Milo's fairem Kontrahent im finalen Bogenschießen des Turniers auf Schloß Peruvian. Barkin's feine Manieren und deßen Loyalität suchten seinesgleichen. Aber dazu später mehr.

Der Hopfen war also eine ganz neue Errungenschaft in der Braukunst. Cylax Perfidium war überzeugt, daß diese Zutat einst der unbestrittene Renner unter den Inhaltsstoffen guten Bieres werden würde. Bisher wurde er für diese Überzeugung nur belächelt. Bis es deshalb so weit war, galt für die Corona von Liebhabern des feinen Getreidesaftes beispielsweise auch Cylax' 'goldene Seele der Geselligkeit' als absoluter Geheimtipp. Eine Biersorte aus Zwerghirse, 'Gepuffter Teff' genannt. Ein Bier sowohl für Muffel als auch für Experten dieses güldenen, alkoholhaltigen Getränkes. Eigentlich für alle, die diesen feinen Geschmack zu würdigen wußten. Die hohe Kunst des Bierbrauens lernte Cylax übrigens einst von einem Mönch. Bruder Glacius von Kloster Borf in der entfernten Provinz Keg Draught. Hinter deßen heiligen Mauern das beste Bier des ganzen Landes gebraut wurde. So erzählt es jedenfalls die Legende.

So viel zu Cylax Perfidium's ehrenhafter Geschichte.

„Richte Wondus auf jeden Fall meine ergebensten Grüße aus, junger Freund. Wie heißt du eigentlich, Junge?"

„Milo – Milo Tengrain aus Noodridge."

„Ach ja, der gute Gutshof des nicht so guten Grandful Everglory."

„Stimmt." Dies bedurfte ausnahmsweise keiner weiteren Erklärung.

Cylax Perfidium hob die Hand und winkte. Milo erwiderte den Abschiedsgruß und wandte sich zum Gehen.

Der junge Meiserschütze kehrte in die Schenke *Zur Goldenen Eintracht* zurück und erblickte einen dritten Trinker an Wondus' und Maggie's Tisch. Gerade war etwas früher in dieser Episode die Rede von dieser Person:

Thornduld Barkin, drahtiger Bogenschütze, mit würdevoller Souveränität und beispielloser Eleganz von Kopf bis Fuß, hatte soeben das Bogenschießturnier von Guiviliarain gewonnen, der nordöstlichsten Provinz des Landesteils Solus. Nun feierte er diesen Triumph ausgiebig. Maggie und Wondus waren da willkommene Zechgesellschaft.

Die drei winkten Milo heran. Die Stimmung war ausgelaßen, freundschaftlich und gesellig. Alle am Tisch Sitzenden beteiligten sich nun zu gleichen Teilen an den fröhlichen Gesprächen. Milo's anfängliche Unlust zur Rückkehr an den Biertisch verflog allmählich. Red Anne brachte ihm einen Beerensaft. Nun konnte Milo anstoßen und war sogleich wieder Teil der sympathischen Runde. So endete dieser Abend doch noch versöhnlich für Milo. Bei Bier, Beerensaft, Linseneintopf und noch mehr

Gulasch, welches nun auch dem jungen Meisterschützen wieder schmecken sollte. Er fühlte sich jedenfalls pudelwohl.

Die vier sollten fortan gegenseitige Wegbegleiter und treue Gefährten werden. Sich bedingungslos zur Seite stehen. Im schicksalshaften Endkampf, welcher dem Quartett schon bald bevorstehen sollte. Der finale Kampf gegen das unterirdische Böse.

Doch dies ist eine der letzten Geschichten dieser Chronik, deren Erzählung eines ungemütlicheren Ortes und einer dunkleren Zeit bedarf. Nicht heute und nicht hier. Laßen wir deshalb das glorreiche Quartett noch etwas weiterfeiern. Unbeschwert und arglos.

Abschied der Erkenntnis

Milo wusch sich am Morgen des folgenden Tages gründlich am steinernen Brunnen, direkt vor dem Küchenfenster.

Nachdem er sich seiner Reinlichkeit ausgiebig gewidmet und seine Körperpflege somit beendet hatte, wollte Milo die Waßerstelle gerade verlaßen. Sein Ziel sollte auch heute, wie an jedem Tag, die Pferdestallungen sein. Verbunden mit einem Besuch bei seiner treuen Stute Plenum oder eben gleichzeitig bei seiner Freundin Staffalania, seine stete Vertraute und seherische Begleiterin.

Doch weit kam Milo diesmal nicht. Er blieb abrupt stehen und stand nun mit offenem Mund da.

„Oh, Milo! Was für eine Überraschung. Schön, dich wiederzusehen."

Eine elfenhafte Schönheit stand unweit von ihm. Plötzlich und unverhofft. Und dies nun bereits das zweite Mal. Eine fast identische Situation wie damals, vor der Eingangstür der Schenke *Zur Goldenen Eintracht.* Aevin Emerc, hübscher als je zuvor, winkte Milo zu und kicherte. Ebenso wie bei ihrer ersten Begegnung.

„H-hallo ...!", stotterte Milo und lächelte dümmlich zurück. Er merkte, wie er errötete. „W-wie, w-was, w-warum ...?" Milo's Stocken wurde schlimmer.

„Warum wir hier sind?", half Aevin Milo etwas nach.

Wir? War da noch jemand? Milo hatte überhaupt nicht darauf geachtet. „W-wir ...?", stammelte er nur unbeholfen.

Erst jetzt bemerkte der Junge, daß neben Aevin noch jemand stand. Eine zierliche, junge Frau. Einfach gekleidet. Eine unbeschreibliche Freundlichkeit stand ihr ins Gesicht geschrieben. Unterstützt durch ein grünes Augenpaar. Dieses strahlte sowohl

Wärme als auch Geborgenheit aus. Milo fühlte sich plötzlich leicht und glücklich zugleich. Fern von den Sorgen des Alltags.

„Ja, ich und meine Dienerin Rose. Wir besuchen meinen Oheim Grandful."

Milo's Atem stockte. Dieser Name holte ihn in die Wirklichkeit zurück. Grandful Everglory, Besitzer dieses Anwesens und Gutshofs Noodridge, Milo's Herr, war tatsächlich Aevins Onkel. Die Farbe wich aus Milo's Gesicht, sein Herzklopfen hatte sich unmittelbar gelegt. Er fand schnell seine Faßung und somit auch seine normale Stimme wieder und wollte vom aktuellen Thema der Familienbande zwischen Everglory und Aevin ablenken.

„Darf ich den Namen deiner Begleitung erfahren?"

„Den habe ich dir doch schon gesagt." Aevin's Stimme klang um einiges unfreundlicher als zuvor. Auch lag plötzlich schroffe Ungeduld in ihren Worten. „Rose, heißt meine Dienerin – Rose Mellowpurpose. Ich weiß, nicht gerade eine Wohltat für Harmonie gewohnte Ohren ..."

Milo hörte Aevin's herablaßende Erläuterungen nicht. Er hörte ihr nicht mehr zu. Vielmehr formten sich andere Worte in seinem Kopf. Jedoch von fremden Lippen stammend. *Lieblich ... schicksalshafte Begegnung ... schön wie eine Rose ... Eine liebliche Blume des Schicksals ...* Die Erinnerungsfetzen, nach und nach eingedrungen in Milo's Gehirnwindungen, waren diejenigen der Prophezeiung von Staffalania von Schmatt, vor längerer Zeit formuliert. Heute in seinen Verstand zurückgekehrt, um gerade in diesem Augenblick zuzutreffen.

„Rose Mellowpurpose, welche Freude, Euch kennenzulernen, Mylady." Milo vollführte eine tiefe, ehrfürchtige Verbeugung.

„Mylady ...?!", spottete Aevin Emerc unvermittelt. „Sie ist meine Dienerin, Milo, vergiß das nicht." Beleidigt funkelte Aevin den Stallburschen an. Sie fühlte sich von ihm verschmäht. Milo ignorierte die Blicke Aevins, die auch nicht mehr elfenhaft auf ihn wirkten. Eher glich sie nun einer Waßernymphe im getrockneten Zustand.

„Darf ich Euch den Hof zeigen, Rose?" Milo streckte seine Hand aus und ergriff selbstbewußt jene der bisher unscheinbaren Dienerin. Aevin's Zustand könnte man dabei mit dem der Luft vergleichen. Sie war da, jedoch trotzdem nicht sichtbar. Jedenfalls nicht für Milo.

Rose sprach kein Wort, sondern sah Milo nur mit ihren strahlend grünen Augen an, deren Leuchten Milo unvermittelt an das Irrlicht im damals magisch zum Dschungel gewandelten Gebiet des Black Kite Forest erinnern ließ. Jene grüne Leuchtkraft, die Milo schlußendlich zu großer Erkenntnis führte. Sowie zu Klugheit und zum Glauben an ein gutes Ende des Schicksals.

Milo sollte erkennen, daß auch die Begegnung mit Rose und ihren grünen Augen eine schicksalshafte Begegnung sein sollte. Und in diesem Augenblick flüsterte Rose Milo ihre Antwort zu: „Ja, gerne." Die beiden legten die Finger ihrer Hände übereinander und Milo zog Rose sanft mit sich. Aevin wurde stehen gelaßen. Das arrogante Mädchen protestierte lautstark und schwor, dieses ungehobelte Gebaren ihrem Onkel zu erzählen. Schließlich sei sie die zukünftige Baroneße des fernen Potzfanara, im Norden von Vezia. Milo war mit Rose zu diesem Zeitpunkt schon einige Schritte entfernt. Er hörte Aevin's Worte wieder nicht. Sei es aufgrund der Distanz, die er bereits zwischen sich und Aevin zurückgelegt hatte. Oder aber, weil Milo momentan nebst seinen Augen auch nur noch Ohren für ein einziges, bestimmtes hübsches Mädchen hatte.

Milo zeigte Rose zuerst die Scheune, in der er sein Nachtlager im Stroh hatte. Danach führte er seine Begleitung zu den Ziegenställen, wo ihnen Styna und Will eifrig vom Fenster aus zuwinkten. Sie winkten beide lächelnd zurück. Zuletzt schauten sie zusammen bei den Pferdestallungen vorbei. Als sie diese erreichten, geschah etwas Seltsames. Alle Pferde schauten aus den halb geöffneten Stalltüren. Just in dem Moment, als Rose und Milo sich näherten. Dieses Schauspiel erschien wie ein Spalier zu Ehren des jungen Paares. „Wollen wir zusammen ausreiten?", entfuhr es Milo. Er hatte die Worte plötzlich auf der Zunge. Und sein Mund sprach sie unvermittelt aus.

„Sehr gerne", hauchte Rose zurück und lächelte.

Milo öffnete das Gatter von Plenum's Stallung. Als er Rose kurz losgelaßen hatte und an Plenum herantrat, um der Stute Zaumzeug anzulegen und zu satteln, neigte die Stute ihren Kopf zu Milo hinunter. „Du hast sie gefunden, deine große Liebe, deine Seelenverwandte. Das Schicksal erfüllt sich." Die verwunschene Seherin hatte ihre Worte mit Bedacht geflüstert. Dennoch gab Milo seiner vierbeinigen Wegbegleiterin zu verstehen, vorsichtig zu sein. Rose hatte die Unterhaltung zwischen Milo und seinem Pferd offenbar nicht bemerkt. Schnell saß Milo auf, ritt ein paar Schritte an Rose heran und zog sie zu sich in den Sattel. Elegant schwang sich Rose direkt hinter Milo und umklammerte ihn sanft. Milo's Blut zirkulierte schneller. Er bedeutete seiner Stute mit einem Schnalzen, daß sie sich in Bewegung setzen konnte. Plenum galoppierte los.

Milo und Rose ritten durch die Weiten der Provinz Arion. Das Mädchen schmiegte sich bei nun noch schnellerem Galopp immer enger an Milo. Der Junge ließ Rose' Berührungen zu. Sein Herz schlug mit der Geschwindigkeit von Plenum's Galopp um die Wette. Milo zeigte der jungen Frau aus Vezia seine Heimat. Die schöne Provinz Arion. Sie paßierten zu ihrer Rechten das nahegelegene Städtchen Sapphire's Rest, ritten über die Brücke zum Wald Black Kite Forest, vorbei an der Grafschaft Everbrook, entlang der Ausläufer des Turbid Mountain-Gebirges. Am Fuße des ersten Berges, dem mächtigen Beaver Peak, kehrten sie um und ritten zurück. Dabei benutzte Milo die Abkürzung über Rentas Castle, vorbei an seinem Lieblingsbaum, der alten Linde. Milo's Ort des Rückzugs und der Besinnung.

Kurze Zeit später erreichten sie den Waßerfall vor den Quellen des Gariganoru. Die Stelle, an der Robin Hood und seine Bogenschützen, Mechthild, Staffalania und er die Horde Heuschrecken besiegt hatten. Schließlich kamen sie zu der malerischen Stelle am Fluß, an welcher sich Milo's bevorzugter Platz zum Genießen befand. Daneben der Baum, deßen Rinde noch die Spuren von Robins Pfeil aufwies, den Milo damals lange Zeit später aus der mächtigen Eiche befreien konnte und danach eine entscheidende Entdeckung machte. Und auf diese Weise einen weiteren Teil eines Insignes fand. Milo brachte seine Stute zum Stehen. Er stieg ab und half Rose aus dem Sattel.

Die beiden setzten sich ans Ufer und sahen gemeinsam auf den Fluß. Milo entdeckte am Rand der anderen Seite des Gariganoru denselben Frosch wie vor der zweiten Begegnung mit Robin Hood. An beinahe derselben Stelle. Der Frosch war gewachsen und erschien nun nicht mehr winzig, sondern um einiges größer, mindestens ein Fuß lang und einen Halben breit. Als der gelbe Frosch die beiden bemerkte, tauchte er rasch ab.

Abschied der Jugend ... Erkenntnis der Verantwortung ... Großes entsteht aus kleinen Ursprüngen ... Wieder war Staffalania's Stimme in Milo's Kopf.

Deine Seelenverwandte, Milo ... die Freundin, verbunden mit deinem Schicksal ... die Liebe deines Lebens ... Milo drehte sich mit fragendem Gesicht zu Plenum um. In Tat und Wahrheit die Seherin Staffalania von Schmatt. Ihr Nicken bestätigte Milo's Vermutung. Es war ihre Stimme in seinem Kopf. Staffa scharrte mit ihren Hufen. Milo begriff, daß er zu ihr kommen sollte.

Er berührte sanft Rose linke Schulter, erhob sich und bedeutete dem Mädchen, sitzen zu bleiben und kurz auf ihn zu warten. Rose Mellowpurpose lächelte Milo an und sah verträumt auf die Strömung des Waßers.

Milo trat an sein Pferd heran und streichelte ihren Hals. Staffalania stupste ihn etwas weiter weg. Außerhalb von Rose' Hörweite.

„Ich stehe vor einer schweren Entscheidung, Milo", begann die verwunschene Schicksalsweberin. „Ich habe die Möglichkeit, durch meine zutreffende Prophezeiung und somit durch die Erfüllung deines Schicksals, wieder ganz Mensch zu sein. Nicht mehr nur, wenn ich einen Menschen, beispielsweise dich, gut kenne. Sondern für immer. Mein Fluch wäre aufgehoben."

Milo sah Staffalania fragend an.

„Meine gesamte Familie lebt nicht mehr. Also habe ich niemanden mehr. Außer dir. Da ich den einzigen Menschen, dem ich vertraue und der mir etwas bedeutet, nicht haben kann, habe ich mich entschieden, weiterhin als *Plenum* an deiner Seite zu weilen. Als Begleiterin im Hintergrund. Im Wißen, daß es kein Zurück geben kann. Auch spüre ich, daß selbst dieser Zustand nicht mehr lange Bestand haben wird. Dies bedeutet einen Abschied." Der Blick des Pferdes erschien dem Meisterschützen traurig. Resignation lag in Plenum's und somit auch in Staffalania's Augen. „Und nun geh' zu ihr, Milo Tengrain. Lass' Rose nicht mehr allein. Nie mehr."

Staffa war seit der ersten Begegnung in Milo verliebt. Dies war stets ihr Geheimnis geblieben. Heute mußten diese Gefühle für ihren Freund zumindest einmal ausgesprochen werden. Auch wenn er es nicht begreifen sollte. Sie konnte ihm nicht böse sein. Er konnte es ja nicht wißen. Milo konnte auch nicht wißen, daß Staffalania's Schicksal vorbestimmt und ihr bekannt war. Staffa sollte Mensch und dadurch sterblich werden. Und dies aus einem ganz bestimmten Grund. Ausgelöst durch ein nicht mehr fernes Ereignis. Bestandteil einer anderen Geschichte, deshalb dazu später mehr.

Milo streichelte dem Pferd einmal noch über den Hals, bevor Plenum zurückwich und schnaubend ein paar Fuß weiter weg stehen blieb. Sich selbstlos zurücknahm. Milo verstand die letzten Worte seiner vertrauten und ihn beschützenden Seherin tatsächlich nicht. Noch nicht jedenfalls.

Rose saß noch immer am Fluß und sah den Strudel des Gariganoru zu. Milo setzte sich wieder zu ihr.

„*Sic Parvis Magna.*" Rose hatte diese Worte soeben ausgesprochen. Nicht Staffalania. Und er wußte, was dieser lateinische Satz bedeutete: *Großes entsteht aus kleinen Ursprüngen.* Die Prophezeiung. Aber wie konnte das sein ...?

„Seelenverwandt", antwortete Rose umgehend auf Milo's Frage seiner Gedanken. „Unser Schicksal erfüllt sich, Milo Tengrain, mein Milo, Liebe meines Lebens."

Nach diesen Worten schaute Milo Rose tief in ihre leuchtend grünen Augen. Ihre Schönheit war für ihn sichtbar geworden und blendete ihn mit voller Kraft. Sie rückten noch näher zueinander. Sie küßten sich. Ihre Seelen verschmolzen. Der Kuß schien nicht zu enden. Alles um sie herum schien für Stunden zu verblaßen, trat in den Hintergrund. Als sich ihre Lippen lösten, war es bereits Nacht geworden. Ein Sternenmeer lag über ihnen. Sie blickten in den Himmel, dicht aneinandergeschmiegt. Eine Sternschnuppe wanderte in diesem Moment über das Firmament der Welt. Ihr Schweif zeichnete sich deutlich ab. Einige Sternbilder waren zu sehen: der kleine Bär, Pegasus, Orion, Crux, der kleine Löwe und Perseus.

Bald würde noch ein Sternbild mehr am Himmel erstrahlen. Schon sehr bald.

Doch dies ist Gegenstand der letzten Episode dieser Chronik, deren Erzählung des einen Ortes und einer ganz bestimmten Zeit bedarf. Nicht hier, aber zeitnah.

KAPITEL VI

Entscheidung des Schicksals

Die 3 Insignien von Monum Kataris

Es regnete in Strömen. Die trübe Stimmung erinnerte stark an den siebentägigen Regen von damals. Der große Regen. Mit ihm hatten alle diese seltsamen Begebenheiten ihren Anfang genommen: Das *Pergament mit der erschütternden Nachricht*, die Milo kurz darauf folgerichtig vernichten sollte. *Das Rabennest im Black Kite Forest. Die Horde am Gariganoru* und der damit verbundene Kampf. Inzwischen war viel geschehen. Milo hatte die drei Insignien von Monum Kataris gefunden. Oder waren es die mystischen Dinge, die ihn fanden? Ihn, den vorbestimmten, neuen Hüter?

Milo's Gedanken wurden jäh unterbrochen. Die Tür zur Scheune des Gutshofs Noodridge flog so heftig auf, daß die Schweine im Nebenstall laut zu quieken begannen. Grandful Everglory, Landvogt und Besitzer dieses Anwesens und Milo's Herr, polterte in den Raum. „Was fällt dir eigentlich ein, Milo Tengrain, Stallbursche und Leibeigener von Noodridge, meinem Besitz?!" Everglory's Augen funkelten zornig. „Meine Nichte Aevin so vor den Kopf zu stoßen, zu verschmähen und somit unentschuldbar zu beleidigen!" Das Gezeter des Landvogtes wurde nur noch lauter, als er sich Milo's Schlafstelle näherte.

„Ich habe lediglich das Unscheinbare an der Seite des Offenbarten gefunden", entgegnete Milo selbstsicher. „Dadurch wurde Vordergründiges unwichtig und trat in den Hintergrund."

Verdutzt blieb Grandful Everglory stehen und schaute Milo verständnislos an. „Ähm, was ...? Was meinst du damit?"

„Ich meine damit, daß ich mein Glück und meine wahre Liebe gefunden habe und mich nun komplett meinem Schicksal stellen kann und muß."

„Die Schweineställe ausmisten?" Everglorys Stimme war schrill und hoch. „Bei diesem Wetter ..., nun gut. Wenn du dich deinen Pflichten stellen willst, lass' dich nicht aufhalten ...?"

„Ich kündige", bemerkte Milo knapp.

„W-wie bitte?" Der Landvogt schien nun vollends seine Faßung zu verlieren.

„Habt Dank, Grandful Everglory, Herr von Noodridge, für vieles. Jedoch ist meine Zeit auf diesem Hof gekommen. Ich werde diesen Ort verlaßen, für immer." Und bevor der Landvogt, der nun nur noch als ein bleicher Schatten vor Milo zu stehen schien, etwas entgegnen konnte, fügte Milo hinzu: „Und meinen letzten Lohn nehme ich mir in Form von Plenum mit, der treuen Stute, zuletzt täglich meine stete Begleiterin und beste Freundin." Mit diesen Worten ließ Milo den Gutsbesitzer endgültig stehen. Wortwörtlich im Regen, der noch immer in kleinen Rinnsalen von Everglory's Hut tropfte.

Als Milo den Vorplatz der Scheune betrat, wurde er von einigen Bediensteten von Noodridge empfangen. Sie hatten unter dem Vordach der Scheune Schutz vor dem Regen gesucht und deshalb die Unterhaltung zwischen Milo und dem Landvogt mitgehört. Milo blickte nochmals auf die Umgebung von Noodrige. Auch auf die wenigen Knechte und Mägde, die ihm nun als kleines Geleit die letzte Ehre erwiesen. Bevor der junge, ehemalige Stallbursche dieses Gutshofs das Anwesen für immer verlaßen sollte.

Nur die beiden *Federn des Friedens* steckten noch in seinen eigenen Hosentaschen. Er holte die Zwillingsfedern hervor, hielt sie hoch und wandte sich an die kleine Gruppe vor sich. „*Pacem – Restrictus*. Mit dem Segen dieser beiden gleichnamigen Federn soll euer Leben fortan sorglos verlaufen und die Knechtschaft und Herrschaft in Freundschaft und Respekt übergehen. Gemeinsam und in Frieden sollt ihr von jetzt an leben, auf dem schönen Gut Noodridge."

Milo trat vom Vordach in den Regen. Auch im strömenden Naß blieben die Federn trocken. Milo war bereit aufzubrechen und begab sich in die Pferdestallungen. Er hatte am Vorabend bereits wißentlich sein Hab' und Gut gepackt und Plenum auf beide Seiten ihrer Lenden gebunden. Die Stute wartete gesattelt im Stall auf ihren Reiter. Milo stieg auf und ritt los.

Der junge Meisterschütze von Arion hatte gestern im Traum Besuch der Schicksalsweberin Mechthild von Dontalga, dem *Orakel von Ammoniaris*, und von ihr den Ruf des Schicksals erhalten, welcher sich heute Morgen auch auf einer Pergamentrolle geschrieben in seinen Händen manifestierte. Die Anweisung, den Ort der letzten Schlacht um die *drei Insignien von Monum Kataris* aufzusuchen. Und diese schicksalshafte Botschaft hatten auch noch drei andere, tapfere Gefolgsleute des vorbestimmten Hüters erhalten:

Maggie Sutton, vortreffliche Bogenschützin aus der fernen Provinz Earth Moore – *Wondus, der Pretiose*, hünenhafter Krieger und Anhänger des Gottes Odipar, aus der noch weiter entfernten Provinz Nogurien – schließlich auch *Thornduld Barkin*, drahtiger Bogenschütze mit würdevoller Souveränität und beispielloser Eleganz von Kopf bis Fuß, aus der Nachbarprovinz Deluge. Gefolgsmann aus Überzeugung und Ehrerbietung, beeindruckt von Milo's Leistung beim Bogenschießen und seinem Heldenmut und Aura.

So fanden sich eben diese vier Gerufenen beim zweiten großen Regen innert einer Dekade vor dem Oblivion Moore – dem *Moor des Grauens* – ein, um eben diesem Ruf und deßen Bestimmung zu folgen. Ein Quartett von unerschrockenen Streitern für das Gute. Vereint aus vier Provinzen aller drei Landesteile *Zerra*, *Solus* und *Vezia*, einem ganzen Reich. Bereit, sich der Herausforderung des Schicksals zu stellen. Sich dem Bösen entgegenzusetzen. Sie trafen alle zum selben Zeitpunkt am Sumpf ein. Obwohl unterschiedlich lange unterwegs. Doch Zusammenhalt kennt nur Einigkeit und den einen Moment. Sie konnten sich somit gar nicht verfehlen. Der Augenblick der Einheit war gekommen. Das Schicksal hatte sie bis hierhin gebracht und zusammengeführt.

Die Gefährten ritten durch Oblivion Moore, angeführt durch Milo auf Plenum. Sie schwiegen den ganzen Weg durch den Sumpf hindurch. Fokußiert auf das Ungewiße, welches das Quartett schon bald erwarten würde. Die Pferde der vier Reiter fanden behutsam und geschickt den sicheren Pfad durch den Morast.

Nach endlosem Ritt erreichten sie eine abschüßige Stelle, welche zugleich den Zugang zum letzten Abschnitt des Sumpfes bildete. Der Pfad führte in die Tiefe und endete direkt unterhalb der Ausläufer vom *Moor des Grauens*. Der Weg endete hier, vor einer großen Gesteinsformation – weiter ging es nicht mehr. So schien es jedenfalls. Die vier stiegen ab und ließen ihre Pferde in sicherem Abstand zum Felsen zurück. Auch Plenum wartete mit den anderen drei Pferden, wie eine treue Vierbeinerin. Und nicht als begleitende Seherin. Trotzdem wachte sie weiterhin über ihren Reiter, wie sich später herausstellen sollte.

Milo erinnerte sich an die Federn des Friedens. Er holte sie aus seinen Taschen und wählte die Worte, die er zwei Tage zuvor schon auf Hof Noodrigde ausgesprochen hatte: *„Pacem – Restrictus."* Die Federn selbst wiederholten ihre Namen als Antwort auf die erste Erwähnung des vorbestimmten Hüters: *„Pacem – Restrictus."*

Die Gesteinswand vor ihnen gab nun wie auf Geheiß den Eingang zu den Höhlen unterhalb des *Moor des Grauens* frei. Eine weitere Reise lag vor ihnen. Die große Öffnung im Felsen lud nicht gerade in die dahinter liegende undurchdringliche Schwärze ein. Doch Milo griff sich das kleine Säckchen in seinem Rock, deßen Inhalt er stets bei sich trug, und entnahm ihm den blauen *Saphir*. Augenblicklich ermöglichte sein Leuchten dem Quartett einen ersten Einblick in das Innere des Berges.

Aufgeschreckt durch die plötzliche Helligkeit flüchtete sich eine mehr als eine Hand breite, weiße Spinne am Höhleneingang hektisch nach oben. Die vier betraten gemeinsam die Höhlen. Ein modriger Geruch schlug ihnen entgegen. Die Umgebung war feucht und kühl. Die Temperatur fiel mit jedem Schritt, den sie zurücklegten. Diesen Eindruck hatte unser heldenhaftes Quartett jedenfalls, als sie weiter in die Tiefen dieses Höhlenlabyrinthes vordrangen. Unzählige Stunden kämpften sich die vier Streiter für das Gute voran. Zahllose Schwärme von durchsichtig erscheinenden Fledermäusen säumten dabei ihren Weg. Ein transparentes Meer, erhellt von hunderten leuchtender Augenpaare.

Willkommen in meinem Reich, ihr hoffnungslosen Narren ... Die Stimme kam aus dem Nichts und schien nur in ihren Köpfen hörbar. Dennoch erreichte der düstere, mentale Gruß unsere vier im selben Augenblick. Direkt und schonungslos. *Ich habe euch schon erwartet. Ihr seid spät.* Ein heiseres Kichern begleitete die zweite Wortfolge in unheimlichem Ton und es folgte noch ein Satz, der nichts Gutes verheißen sollte: *Wer weitergeht und mich sucht, wird seinen Tod finden!*

Thornduld Barkin ergriff nun tapfer und überraschend das Wort: „Der frühe Vogel stirbt zu früh. Den späten Vogel gibt es nicht. Der weise Vogel kriegt seine Beute stets. Ihr hartnäckig folgend, um diese unaufhaltsam und unwiderruflich einzufangen. Das Ende einer Flucht. Eine Suche ist nicht notwendig."

Stille. Weder Barkin's drei Weggefährten noch die dunkle Stimme von zuvor sagten etwas. Zu hören war nur lautloses Nichts. Thornduld's tapfere, eindringliche Worte hatten offenbar gewirkt. Die Höhlen schwiegen auf dem weiteren Weg der vier Freunde.

Der Steinpfad führte sie noch immer beinahe endlos nach unten. Keiner der vier Gefährten wußte, wie lange diese Reise in die Lunge der feuchten Tunnel noch dauern würde. Immer karger wurden die Felswände, die ihre Strecke rechts und links säumten. Ihr Atem tanzte in kleinen Nebelschwaden vor ihnen her, die Kälte war deutlich spürbar. Weiter oben, als das Tageslicht noch schwachen Einfluß auf die Stimmung in den Höhlen nehmen konnte, waren die Felsen noch dicht mit Moos überwuchert. Hier unten in der dunklen Tiefe waren die Wände kahl und verbreiteten eine karge, trostlose Atmosphäre. Ohne Licht und ohne Hoffnung. Nur der blaue *Saphir* leuchtete ihnen unermüdlich und unbeirrt den Weg. Unzählige Schritte später, schienen sie zumindest ein Zwischenziel erreicht zu haben.

Barkin, der die Gruppe seit seinen gewichtigen Worten anführte, bedeutete seinen Begleitern mit einer kurzen Geste seiner

Hand, stehen zu bleiben. Im Boden vor ihnen tat sich eine vermeintliche Felsspalte auf, welche ein Weitergehen nicht zuließ. Tatsächlich entpuppte sie sich beim Näherkommen als riesige Schlucht. Die Tiefe war nicht abzuschätzen, da man keinen Boden sah. Ein Weiterkommen war so schnell nicht möglich. Deshalb reagierte nun Maggie als Nächste. Sie hob einen mittelgroßen Stein vom Boden auf und ließ diesen in die Schlucht fallen. Ein Aufprall war in den nächsten Sekunden nicht zu hören. Und auch nicht in denen danach. Milo ertastete in seiner Manteltasche einen glatten Gegenstand. Er zog ihn hervor. Etwas Rundes lag in seiner rechten Hand. Es war der *purpurne Apfel des Glücks und der Heilung*. Gedankenverloren biß Milo zu.

„Kaum der richtige Moment, um ’was zu eßen ...", raunte ihm Wondus, der Pretiose, zu. Dann kratzte er sich murmelnd am Kopf und entschied sich offensichtlich um. „Obwohl, so ein Hüngerchen tät' ich auch verspüren grade ..."

Milo schluckte den Bißen hinunter und reichte den Apfel an Wondus weiter. Der hünenhafte Krieger biß ebenfalls herzhaft zu und bot auch Maggie vom Apfel an. Diese winkte jedoch dankend ab. „Mir steht gerade nicht der Sinn nach Schnabulieren." Sie zwinkerte Wondus jedoch vielsagend zu, um ihren Korb von eben so gut es ging vor ihm abzutun. Wondus war ihr nicht böse, lächelte zurück und gab den Apfel schließlich an Thornduld Barkin ab. Dieser biß dankbar ebenfalls ein Stück der purpurnen Frucht ab, bevor er sie wieder an Milo zurückgab. Den restlichen Apfel steckte der Junge wieder ein. *Für schlechte Zeiten vielleicht*, dachte er.

Jäh wurde dieser kurze Moment des Teilens unterbrochen. Durch einen hellen, roten Blitz, welcher von der anderen Seite der Schlucht herangeschoßen kam und nur unweit von unserem Gespann in den Boden, direkt hinter Maggie Sutton, einschlug. Gefolgt von einem schaurigen Lachen, welches die gesamten Höhlen auszufüllen schien.

„Ihr habt euch also doch noch weiter gewagt, ihr Maden!" Vinegorous Rottan, der dunkle Magier, stand etwas erhöht auf der anderen Seite. Die Schlucht lag zwischen sich und seinen

Angreifern. Auf einer Ansammlung von Steinen nahe am Abgrund thronte er als ungekrönter König seines unterirdischen Reiches. Der Umhang flatterte unheimlich in einem unsichtbaren Luftzug. Obwohl in den Höhlen selbst kein Wind zu spüren war. „Seht euch in diesem Moment herausgefordert – vom Herrscher dieser Unterwelt. Seid gekommen, um zu sterben."

Der düstere Zauberer hob seine Hände und schleuderte den vier Gefährten erneut seine mächtige Magie entgegen. Diesmal in Form einer orangen Feuerwelle. Die vier Freunde hoben alle schützend ihre Mäntel vor die Gesichter. Die Welle zog heiß über ihren Köpfen hinweg. Der finale Kampf um Leben und Tod und um *die drei Insignien von Monum Kataris* hatte begonnen – endgültig.

Kaum hatten die Freunde ihre Mäntel wieder gesenkt, folgte der zweite Schwall von Flammen. Geistesgegenwärtig hob Milo nun den *Saphirstein* höher in die Luft. Seine Eingebung wurde von Erfolg belohnt. Da wo die Flammen die Strahlen des Edelsteins berührten, verloren sie unmittelbar an Stärke, schwächten sich immer mehr ab und waren die letzten Ellen wirkungslos. Wütend schleuderte Vinegorous Rottan nun in kurzer Folge mehrere Blitzsalven auf die andere Seite der unendlich tiefen Schlucht. Doch auch die vier Freunde hatten reagiert. Maggie, Thornduld und Milo zückten ihre Bogen und feuerten ihrerseits eine Pfeilserie als Antwort zurück. Begleitet durch einen großen, über den breiten Spalt der Schlucht fliegenden, Stein. Dieser stammte aus Wondus' mächtiger Steinschleuder. Jedoch zeigten die Geschoße keine Wirkung. Im Gegenteil. Pfeile und Stein verdampften kurz bevor sie den Magier erreicht hatten. Dieses deprimierende Schauspiel wiederholte sich noch mehrere Male. Weitere, vergebliche Versuche später, hatte Milo einen Geistesblitz. Vielmehr verspürte er in seinem Köcher dieselbe Vibration wie schon einmal. Wochen zuvor am Altar des Thymos-Schreins. Er griff nach dem silbernen Insigne *Lightness*, dem Pfeil aller Pfeile. Milo spannte seinen Bogen, zielte und schoß. Schwächer als zuvor. Dies hatte Milo absichtlich so geplant, um die Reaktion des Magiers abzuwarten. Milo's Idee sollte sich als richtig erweisen.

Sein erster Versuch schlug bewußt fehl. Zwar erreichte *Lightness* sein Ziel beim ersten Mal schon fast, jedoch entmaterialisierte sich der Zauberer blitzschnell: Der dunkle Magier war plötzlich unsichtbar geworden. Dadurch wurde den vier Gefährten die große Macht Rottan's bewußt.

Der Pfeil aus Argentium verschwand sogleich, um sich umgehend wieder in Milo's Hand einzufinden. Seine Finger zitterten, als er verzweifelt nochmals zum Schuß ansetzen wollte. Dabei rutschte ihm der Pfeil von der Sehne und fiel zu Boden. *Lightness* berührte den steinernen Untergrund und rollte bedrohlich schnell in Richtung Felsspalte. Gleich würde er den Rand erreichen und in die Tiefe stürzen. *Für immer verloren, durch eigene Schuld. Nicht mehr wiederkehrend.* Diese Worte meldeten sich in Milo's Schädel stechend zu Wort und lähmten seinen Geist.

Wondus hatte aufgepaßt und hechtete dem schmalen Geschoß geistesgegenwärtig hinterher. Im Fallen konnte Wondus den legendären Pfeil gerade noch mit der Hand von der Felskante wegschleudern, sicher in Milo's Richtung. Der riesenhafte Kämpfer verlor jedoch selbst den Halt und drohte nun seinerseits in die Tiefe zu stürzen. Nun reagierte Maggie Sutton blitzschnell. Sie preschte vor, stellte sich dem gewaltigen Krieger in den Weg und konnte ihn gerade noch seitlich von der Kante wegstoßen. Ihre dafür aufgewendete Kraft war unerklärlich. Eventuell hervorgerufen durch die Macht der Liebe. Sie selbst blieb nur ganz knapp vor dem Abgrund liegen.

Milo schnappte sich *Lightness* noch im Fluge mit seiner rechten Schußhand, setzte nochmals an, spannte *Zelorian*, zielte ein weiteres Mal und ließ die Sehne los. Dies alles im Bruchteil von Sekunden. Auch Barkin schoß nochmals einen Pfeil ins Ungewiße, da ihr Widersacher noch immer unsichtbar war. Deshalb entging ihnen auch folgender Augenblick:

Der wütende Zauberer bleckte seine Zähne. Er fuhr sich mit seiner Zunge kurz über seine Lippen. Wahnsinn hatte seinen Geist erreicht. Seine funkelnden Augen unterstrichen seinen haßerfüllten Blick. Auch dieser war für die Gefährten nicht sichtbar. Entfeßelt schleuderte Rottan weitere Blitze, die für seine

Gegner aus dem Nichts zu kommen schienen. Unerbittlich und immer unkontrollierter.

Wo Barkin's Pfeil im selben Moment ein weiteres Mal verdampfte, flog der magische Lightness beim zweiten Versuch Milo's mühelos durch den Zauberbann hindurch und traf den ahnungslosen Magier unvorbereitet in die linke Schulter. Unmittelbar bevor er für die Gruppe seiner Gegner dadurch wieder sichtbar wurde. Seine schwarze Aura war durchbrochen, gebrochen.

Vinegorous Rottan lachte auf.

„Du bist ein Nichts, Milo Tengrain, nicht einmal mit dem Wert des gegerbten Leders eines Grottenolmes aufzuwiegen." Das seelenlose Gelächter des verbannten Magiers ging langsam, aber sicher in ein schmerzverzerrtes Schreien über. Ein unwirklicher Schmerz, wohl ausgelöst durch sein Leiden an Gicht, traf ihn mit voller Wucht. Doch es war nicht die chronische Krankheit. Aus der getroffenen Stelle seines linken Schlüßelbeins sprudelte eine Flüßigkeit. Diese glich türkisgrünem Waßer und breitete sich schnell aus. Die Schulter löste sich allmählich in kleine Waßerkristalle auf. Dann der ganze linke Arm bis hin zur linken Hand. Danach folgte die gleiche Tortur bei Rottan's restlichem Körper, bis seine Gestalt schließlich vollends zu Waßer zerfloßen war.

Dadurch bildete sich eine türkisgrüne Waßermaße, welche sich nun in die Schlucht ergoß. Das Waßer stieg bis an den Rand der Felswände und füllte die Schlucht komplett. Ein türkisgrüner Fluß befand sich nun zwischen Milo und seinen Gefährten. Das Gewäßer strahlte eine unnatürliche Kälte aus. Genau an der gegenüberliegenden Stelle. Hier löste sich Vinegorous Rottan nur wenige schicksalshafte Augenblicke zuvor auf. Der Magier sollte nie mehr an Gicht leiden.

Als sich der Fluß allmählich in Bewegung setzte und zu fließen begann, erklang unvermittelt eine Stimme. Die eines Jungen ... Nein ..., nun war es eine Frau, die da mit schriller Stimme sprach ... Und im nächsten Augenblick dann doch ein Mädchen, das leise zu kichern begann ... Diese drei unterschiedlichen Klangfarben schienen sich unregelmäßig abzulösen.

So formulierten sie folgende dunkle Nachricht an unseren Meisterschützen: „Es ist noch lange nicht vorbei, Milo Tengrain! Du hast wohl die Schlacht gewonnen. Aber den Krieg werden andere Mächte nach dir gewinnen. Nicht heute und nicht hier." Erschüttert hörten die vier Gefährten zu.

In einer schauderhaften, unirdischen Klangmischung, vielmehr einem beunruhigenden Dreiklang von Frau, Mädchen und Jungen zugleich, ertönte ein letztes grauenhaftes Gelächter ... Aus einer Mischung von Grusel und Grausamkeit. Dann setzte Stille ein. Die vier Freunde waren kurz überfordert. Sie hatten die drei Stimmen gehört. Oder war es doch ein und dieselbe? Und was genau bedeutete die Botschaft? Das ungreifbare Ereignis mußte zuerst verarbeitet werden. Noch immer lautlose Leere. Nur noch das leise Rauschen des eisigen, türkisgrünen Flußes war zu hören. Er lag natürlich eingebettet in die Schlucht vor unseren Freunden, als wäre er schon immer da gewesen. Auch wenn sich dies bizarr anhören mag.

So standen sie denn am Ufer des *Viro Rivers*. Mit diesem Namen wird der eisige Fluß unter dem Oblivion Moore in späteren Erzählungen fortan seine Erwähnung finden. Der Schuß der Erlösung war abgegeben: Der Pfeil *Lightness* hatte in Verbindung mit dem Bogen *Arrow-Spin* oder eben auch *Lacing Stream* und somit als mächtiger, kompletter *Zelorian* die Macht, das unsterbliche Böse zu töten. Oder eben wie in diesem Fall in Waßer aufzulösen. Er hatte seine Bestimmung erfüllt.

Milo wagte erst jetzt wieder zu atmen. Erschüttert und erleichtert zugleich. Wondus und Barkin standen da und sahen sich wortlos an. Auch sie konnten nicht einordnen, was soeben geschehen war. Erst jetzt bemerkten die drei tapferen Streiter, daß Maggie Sutton, seit sie Wondus vom Fall in die Schlucht bewahrt hatte, nicht mehr aufgestanden war. Wondus kümmerte sich sofort um sie und zog sie behutsam weiter vom Abgrund weg. Besorgt blickte der hünenhafte Kämpfer auf seine Freundin. Rottan's letzter Angriff hatte die Bogenschützin schwer getroffen. Maggie verlor sichtlich mit jeder Minute an Kraft. Ihr Atem war flach, ihre Brust hob sich kaum noch. Auch hatte Maggie sichtbare Wunden an Oberkörper und Hals davongetragen. Die flache Atmung deutete zudem auf innere Verletzungen hin.

Alle drei tapferen Gefährten hatten wie Maggie Verletzungen davongetragen, die aber fast wieder verheilt waren. Grund dafür war offensichtlich der wundersame, purpurne Apfel des Glücks und der Heilung. Ein Bißen hatte Milo das Glück beschieden, durch Wondus' und Maggies Hilfe den Pfeil *Lightness* am Abgrund zur Schlucht nicht zu verlieren. Und der Apfel heilte nun auch Milo's Wunden und jene von Wondus und Thornduld, da sie vor dem Angriff alle von ihm gegeßen und deshalb unbewußt ein natürliches Heilmittel eingenommen hatten. Doch selbst wenn Milo seinen restlichen Apfel Maggie zu eßen geben würde, so hätten diese Biße keine Wirkung. Die Frucht heilt erlittene Verletzungen nur, wenn er davor gegeßen wurde. Niemals danach.

Wondus lag dicht bei Maggie und streichelte ihre Hand. Dabei kullerten ihm dicke Tränen über seine großen Wangen. Er zitterte am ganzen Körper vor Verzweiflung und Mitgefühl für seine liebe Maggie und wich ihr nicht mehr von der Seite.

Barkin hatte sich abgewendet, aus Respekt für die beiden Liebenden. Er betete leise etwas abseits. Den Kopf andächtig gesenkt, die Hände hoffnungsvoll gefaltet. Milo kauerte ebenfalls betroffen bei Maggie und spendete Wondus so stillen Trost.

„Laßt mich helfen." Die Worte überraschten die trauernden Kämpfer. Staffalania von Schmatt, Seherin und treue Freundin von Milo, trat näher heran und beugte sich rasch zu Maggie hinunter. Staffa hatte sich in einen Menschen zurückverwandelt. Dies konnte sie nur noch, weil sie sich noch immer stark mit Milo verbunden fühlte. Sonst wäre sie für immer in der Gestalt eines Pferdes an Milo's Seite geblieben. Doch besondere Umstände bedürfen bekanntlich außerordentlicher Maßnahmen.

Die Schicksalsweberin legte Maggie ihre heilenden Hände auf. An der Stelle, wo die Magie Vinegorous Rottans' die herzensgute Bogenschützin getroffen hatte. Die Wucht des letzten Blitzes des Magiers hatte Maggie fünf Rippen und einen Halswirbel gebrochen und Lungen, Nieren und Milz der Bogenschützin nahezu zerrißen. Als Staffa's sanfte Finger Maggie's Körper berührten, wandelte sich ihr Röcheln ganz allmählich in ein immer ruhiger werdendes Atmen. Ihr Brustkorb senkte sich nun wieder in gleichmäßigem Rhythmus. Auch die sichtbaren Verletzungen verschwanden. Maggie's Hals richtete sich gerade. Ihre Atmung war soeben wieder normal geworden. Maggie war geheilt und öffnete schon bald ihre Augen. „Jetzt ein Dunkelbier und eine Wildschweinkeule, am besten vom südvezischen Grauohr-Eber."

Ihre drei Gefährten lächelten erleichtert. Maggie sollte wohl schon bald wieder die Alte sein. Ihre Andeutung ihrer Lust auf ein ausgedehntes Festmahl schien dies jedenfalls bereits zu bestätigen. Wondus' erleichtertes Lachen hallte dabei besonders deutlich durch die Höhlen und übertönte das Rauschen des Viro Rivers bei weitem.

Milo's Lächeln erstarb jedoch fast unmittelbar wieder. Nun war es Staffa, die sich auf dem Boden wand. In einem Schmerz, der nicht mehr zu heilen war. Durch ihre Verwandlung in einen Menschen zur Rettung von Maggie war es ihr ein letztes Mal vergönnt, ihre Kraft einzusetzen. Und nur, weil sie dadurch selbstlos gehandelt hatte. Danach war sie sterblich und verlor mit dieser magischen Tat ihre restliche Kraft. Diese durfte sie wie erwähnt nur noch für Maggie's Heilung verwenden. Staffa's Energie war nun verbraucht. Damit endete ihr Leben. So wollte es der Fluch. Ihr Schicksal hatte sich erfüllt. Wie es ihr vorbestimmt war.

Milo ließ sich sofort zu Staffa fallen, welche bereits im Sterben lag.

„Schließe deinen Kiefer, Milo Tengrain, du bist noch immer kein Silberrohr-Schoppen." Ein kaum sichtbares Lächeln umspielte Staffa's Lippen. Ihre Stimme wurde in nur diesem einen Satz immer schwächer und leiser. Milo liefen stille Tränen über seine Wangen. Ihn überkam eine tiefe, aufrichtige Trauer, die seinen ganzen Körper erfaßte und durchschüttelte. Die Gewißheit des Abschieds. Diesmal widersprach er nicht. Wortlos griff Milo in seinen umgehängten Beutel, holte das in den

Katakomben der Klugheit und des Glaubens gefundene Eichenlaub hervor und legte es auf Staffalania's Stirn. Als Symbol und Zeichen des stillen Abschieds.

Kaum hatte das rötliche Eichenblatt Staffas Antlitz berührt, begann sich die Seherin langsam aufzulösen. Staffalania von Schmatt, samt Eichenblatt, verschwand für immer aus dem irdischen Dasein. Vor den stillen Zeugen, den Höhlen, unterhalb von Oblivion Moore. Ungerührt deßen floß der neu entstandene Fluß Viro River lautlos dahin. Stimmen waren keine mehr zu hören. Milo's Schmerz war so tief, wie die Schlucht vor ihnen zuvor gewesen war. Doch sein Schmerz sollte in Demut und Dankbarkeit münden.

Doch dazu später mehr. Das Schicksal hatte den ersten Teil der Vorsehung erfüllt. Doch der zweite sollte umgehend folgen. Bleibt und harrt deshalb noch ein wenig bei mir aus.

❧ ❧

Der Regen hatte seit dem legendären Kampf aufgehört. Seit sieben Tagen schien nun schon ununterbrochen die Sonne. Strahlend schön und mild präsentierte sich somit das Wetter an diesem besonderen Tag und verbreitete festliche, harmonische und friedliche Stimmung.

Die vulkanische Erde am Fuße des Vulkans *Dormant* an der heiligen Stätte *Monum Kataris* schien zu beben. Dieser übersinnliche und allgewaltige Ort (nahe Oblivion Moore, dem *Moor des Grauens*, deßen Schrecken seit der legendären *Schlacht der Höhlen* deutlich an Bedeutung und Intensität verloren hatte), war Schauplatz und Zeitzeuge einer atemberaubenden Zusammenführung der drei Insignien von Monum Kataris mit seinem Hüter Milo Tengrain aus Arion: Pfeil *Lightness* und Bogen *Arrow Spin,* auch bekannt als *Lacing Stream*, bilden gemeinsam das mächtige *erste Insigne Zelorian*, in der Flagge von Solus enthalten. Der *blaue Saphirstein*, erwachsen als *zweites Insigne* und Teil der Fahne von Zerra. Schliesslich die *Zwillingsfedern* des Friedens vom Tal Quor als *drittes* und letztes *Insigne*, abgebildet auf dem Banner von Vezia. Sie wurden vereint zum legendären *Mokatar-Bogen*. Legende und Wahrzeichen des Hüters dieser sagenumwobenen Waffe des Schicksals.

Viele Bewohner des ganzen Reiches wohnten diesem außergewöhnlichen, feierlichen Ritus bei.

Zu Ehren von Milo's wichtigsten Weggefährten und Begegnungen entlang seines Lebensweges bis hin zum heutigen Tage, sollen diese somit alle nochmals namentlich erwähnt und n unsere Erinnerung zurückgerufen werden:

Maggie Sutton, wieder vollständig genesen, und *Wondus, der Pretiose*, seine neue Steinkeule, gefertigt aus dem Höhlengestein unter Oblivion Moore, stolz über der Schulter tragend und die Schleuder in seiner riesigen Hosentasche verstaut. Zwei der drei treuen Begleiter Milo's in der alles entscheidenden Schlacht in den Höhlen, im tiefen Untergrund des *Moor des Grauens*. Sie standen unweit des Hüters und neckten sich. Sie waren sich innerhalb kurzer Zeit nähergekommen und standen deshalb eng umschlungen beisammen (nicht unmöglich, daß es schon bald eine Hochzeit geben dürfte). Maggie schüttelte, ungläubig vor Rührung, ihr Haupt, sodaß ihre roten Zöpfe in Gegenbewegung zu ihrem Kopf mitschwangen. Sie prustete vor Aufregung und weinte dabei mehrfach in Wondus' bereits sehr feuchtes Wams. Den hünenhaften Krieger störte dies nicht im Geringsten.

Auch *Klein-Will* mit seiner Mutter *Styna* stand in der Nähe Milo's und winkte seinem Freund und einstigen Nachbarn eifrig und begeistert zu. Seine Mutter lächelte milde und auch etwas stolz. Diesmal machte ihr Sohn alles richtig. Goldrichtig.

Thornduld Barkin, dritter Weggefährte Milo's, stand dicht bei Maggie und Wondus. In gewohnter manierlicher, würdevoller und zufriedener Eleganz.

Marilion Renthingham, königlicher Schmied auf Schloß Peruvian und seit Generationen Überlieferer sowie Bewahrer des nun endlich im Original überreichten Bogens *Arrow Spin*, welcher in der Überlieferung auch immer öfter *Lacing Stream* genannt wurde.

Sogar *Grandful Everglory* wohnte der Zeremonie bei. Einem Ereignis, bei dem *man gesehen* wurde und somit teilnehmen mußte. Auch wenn seine Nichte dereinst zutiefst von Milo Tengrain gekränkt worden war. Aber schließlich war er jetzt in Kürze der *Hüter der Insignien von Monum Kataris*, da konnte man ja auch einmal ein Auge zu drücken. Bei einer solchen Lapalie sowieso. Verzogene Göre, diese Aevin Ermerc. An seinem Rockzipfel hängend, sein unterwürfiger Aufseher *Lungolf Fenryhr*. Er war da, weil Everglory da war. Nicht mehr und nicht weniger erwähnenswert.

Everglory hatte übrigens nach Milo's Einsatz der *Federn des Friedens* seine einstigen *Mägde, Knechte, Diener und Feldarbeiter*, welche ebenfalls alle der Zeremonie beiwohnten, zu *Miteigentümern von Noodridge* gemacht. Zu gleichen Teilen und ohne Bedingungen, Forderungen und Verpflichtungen. Die Stallungen wurden ausgebaut und boten viel mehr Platz für alle Tiere, darunter auch den Schweinen, die aufgrund der größeren Behausungen regelmäßig friedlich grunzten. Ihr Geschäft beseitige seit Milo's Abschied vom Gutshof übrigens der neue Stallknecht, Lungolf Fenryhr. Er schien nicht unglücklich über diese neue Aufgabe. Nein, ich hörte, daß er bei der Ausführung seines ersten Stalldienstes tatsächlich auch das erste Mal gelächelt haben soll. Das Anwesen und deßen Ländereien wurden somit vorbildlich geführt. Das Leben auf Noodridge blühte mehr und mehr auf und der Gutshof war fortan an Ertrag und Ansehen kaum mehr zu überbieten. Fast nicht zu glauben und deshalb so großartig.

Unruhe entstand. „Ist das nicht ...? Er ist es ...! Oder doch nicht ...?" Das Getuschel erstarb. – Doch, er war es durchaus. – *Robin Hood* betrat den Schauplatz, schritt selbstbewußt an der Menge vorbei und trat kurz an Milo heran. Er gratulierte dem Hüter in spe persönlich und mit beiden Händen herzlich zur bevorstehenden Ernennung: „Gut gemacht, mein kleiner Freund. Wir sehen uns wieder. Ganz sicher."

Milo wollte sich noch verlegen bedanken, doch Robin Hood war bereits wieder in der Menge verschwunden. Und dem neuen Hüter kam diese Situation nur allzu bekannt vor. In der Folge wohnte der berühmte Bogenschütze der Zeremonie als stiller

Zuschauer bei. In einigen Fuß Entfernung. Hoch oben auf einer Eibe. Unbändig stolz auf seinen Schützling. Als Milo bei Beginn der anschließenden Feierlichkeiten nochmals zu der besagten Eibe herübersehen sollte, war Robin von Loxely verschwunden.

Der unscheinbare, aber sehr sympathische *Betrunkene* aus Episode 'Blaues Leuchten' (welcher dem Autor dieses Buches zum Verwechseln ähnlich sieht, nicht wahr ...?! Ihr wißt nicht, wie er aussieht? Ein Bild von ihm sollte doch in diesem Buche zu finden sein ...) war auch zugegen. In der Hand einen Krug von Cylax Perfidium's feinstem Dunkelbier.

Auch ich, der *Erzähler*, nahm teil. Wenn auch nur, wie ihr, als Beobachter eines Ereignißes aus einem längst vergangenen Zeitalter. Und auch wie ihr nicht persönlich am Fest vertreten.

Außerdem waren zugegen:

Mechthild von Dontalga, berühmteste Schicksalsweberin ihrer Zeit, Orakel von Ammoniaris, geboren in Kismat, Wiege aller Seherinnen seit Anbeginn der Zeit. Sie lenkte einst Milo's Schicksal mit ihren Weissagungen und Prophezeiungen in seine Bahnen.

Cylax Perfidium, der berühmt berüchtigte Bierbrauer. Später, am berauschenden Fest, sollte noch etwas ausführlicher über seine Künste berichtet werden.

Red Anne, rothaarige Schönheit und Wirtin Sapphire's Rests einziger Schenke *Zur Goldenen Eintracht*.

Einabelle Marafalda, Bogenschützin und wohl etwas unwürdige Zweitplatzierte und somit Finalistin des diesjährigen Turniers auf Schloß Peruvian in der Provinz Deluge (Ja, ihr habt richtig gehört, auch sie war da. Wenn vielleicht auch nur des Eßens und der Getränke und eventuell auch bloß der vielen attraktiven Männer wegen).

Ludvig van den Zanderen, der berühmte Dichter und Schriftsteller. Er sollte später ganze Bücher über den neuen Hüter und deßen Ära schreiben.

Ferdinand Dense, der noch berühmtere Barde (wer's glaubt ... Milo war Ludvig jedenfalls sympathischer). Auch er würde Oden über Milo singen (in einem Minnegesang, schräg, holprig und lang ...).

Aevin Emerc, noch immer gekränkt und verschmäht sowieso (für sie galt wohl daßelbe wie zuvor für Einabelle Marafalda ...).

Somsok aus Tixe, Hofnarr auf Lebenszeit am königlichen Hofe auf Burg Corbie Meadow. Heute jonglierte er ein letztes Mal mit fünf Äpfeln zugleich. Milo zuliebe.

Der *Feuerschlucker*, deßen Name mir nicht bekannt ist. Nicht ohne eine würdige Flamme in die Luft zu prusten.

Der *rotbärtige Preisrichter* des Bogenschießturniers. Er klatschte besonders heftig und auch diesmal als einer der Ersten.

Und auch *Prestar Richard „Clergyman" Clergus*, Priester von Sapphire's Rest, in der Kirche von Rentas Castle. Deßen Gottesdienst Milo bis heute nicht besuchte. Der Prestar ließ somit auch selbstlos Frater Glacius den Vortritt bei der Weihung und Ernennung des neuen Hüters.

Sowie nebst *König Cunrad von und zu Schloß Peruvian* auch zahlreiche, weitere *Könige, Grafen, Fürsten, Barone und edle Myladys und Mylords*, als ehrerbietende, adelige Gesandte aller Provinzen und Regionen des Landes.

Bruder Glacius von Kloster Borf stand bereit. Eigens aus der entfernten Provinz Keg Draught angereist, um die Weihung und Ernennung des neuen Hüters zu vollziehen. Gerufen von Cylax Perfidium, dem stolzen Bierbrauer von Sapphire's Rest. Frater Glacius und Cylax kannten sich gut, lehrte der Mönch ihn doch einst hinter den heiligen Klostermauern von Borf, wie Bier richtig gebraut wurde. Seines sollte das beste Bier in der ganzen Provinz Arion und später auch des gesamten Landesteils Zerra werden. So viel für den Augenblick dazu. Ihr werdet später noch mehr zu einem neuen, legendären Bier des Meisterbrauers Cylax Perfidium erfahren.

Nun begann die feierliche Zeremonie des verlegen strahlenden, schon bald neu ernannten Hüters Milo Tengrain. Vom Schicksal auserwählt, die Insignien von Monum Kataris zu vereinen und zu beschützen. Zweihundert Jahre nach der Geburt seines Vorgängers, *Alexander Mortimer Raxa*. Milo harrte nun der Dinge, die da auf ihn zukämen. Die Hand seiner Rose, seiner Seelenverwandten, fest umschloßen. Der ehemalige Stallbursche und die einstige Dienerin, vom Schicksal dazu bestimmt, ihr restliches Leben miteinander zu verbringen und von dem Moment ihrer ersten Begegnung einander nie mehr von der Seite zu weichen. Zeit seines und Zeit ihres Lebens. Endgültig besiegelt durch eine spätere Traumhochzeit. *Aber das wäre zu viel Romantik für diesen feierlichen und ernsten Moment. Und somit verständlicherweise eine andere Geschichte. Meine aufrichtige Ehrerbietung für euer Verständnis dafür. Verzeiht deshalb, Myladys und Mylords. Ich hoffe, ihr nehmt meine Entschuldigung an.*

Nun laßet uns fortfahren und endlich mit der eigentlichen Erzählung der Zeremonie beginnen:

Milo schritt vor und trat an Bruder Glacius heran. Hinter dem Mönch waren die Insignien auf kleinen Podesten aufgebaut, jeweils in gleichem Abstand voneinander entfernt, und auf edle Samtkißen gebettet.

Frater Glacius segnete alle Insignien andächtig, bevor er seine Stimme vor der versammelten Festgemeinde erhob:

„Liebe Anwesende des Reiches Zerra Solus Vezia und seinen Provinzen, Städten und Dörfern.

Seid willkommen zu einem Ereignis, daß sich nur alle zweihundert Jahre wiederholt: zur Ernennung eines neuen Hüters der drei Insignien von Monum Kataris, welche sich in diesem Augenblick hinter mir befinden." Der Mönch machte eine ausladende Geste in Richtung der Samtkißen.

Vater Glacius schritt an *Zelorian* heran und legte ihn vor den Steinaltar zwischen Milo und sich. Dies wiederholte er mit dem blauen *Saphir* und abermals mit den Zwillingsfedern *Pacem* und *Restrictus*.

„Die drei Insignien liegen jetzt vor mir, Milo Tengrain. Vom Schicksal bestimmt als *neuer Hüter von Monum Kataris* und des ganzen Reiches. Würdiger Nachfolger von Alexander Mortimer Raxa, der letzte Hüter seit der Zeit seiner Geburt im Jahre 1328.

Und so frage ich dich, Milo Tengrain: Willst du diese große Ehre und Verantwortung annehmen und vor unser aller versammelten Gesellschaft von Zeugen deinen Schwur leisten? So antworte mit: Ja, das will ich." Milo's Stimme brach leicht, als er die Worte des Paters wiederholte. „Nun, denn, Milo Tengrain. Ergreife die drei Insignien der Macht und vereine sie zum mächtigen Wahrzeichen von Monum Kataris und seines neuen Hüters, zum einzigartigen *Mokatar-Bogen*."

Milo tat, wie ihm geheißen. Er griff nach Pfeil und Bogen von *Zelorian* und nahm diesen in seine linke Hand. Dann hob er den *blauen Edelstein* auf. Dieser glitt schwebend von seiner Hand an den Bogen und verankerte sich umgehend fest im edlen Ebenholz des Griffes. Als Milo die Zwillingsfedern berührte, schwebten diese ebenfalls wie durch Zauberhand an das linke und rechte Ende des Bogens. *Pacem – Restrictus!* Die Zwillingsfedern des Fulvin-Milans wehten am Bogen von Milo als Zeichen der Harmonie und des Friedens. *Pacem – Restrictus*, empfing Milo ein zweites Mal die telepathische Übermittlung der Zwillingsfedern. *Pacem* und *Restrictus – die Federn des Friedens.*

Kaum waren alle drei Insignien auf dem heiligen Boden von Monum Kataris vom neuen Hüter zusammengefügt, spürte Milo eine Hitze in sich aufsteigen und er schloß, von deren Intensität dazu bewogen, seine Augen. Sein eigener Name erschien ihm nun vor seinem geistigen, dritten Auge. Als er seine zwei anderen wieder öffnete und auf den Mokatar-Bogen blickte, entdeckte er auf dem Griff des Bogens direkt unter dem *Saphir* eine Inschrift, die kurz zuvor noch nicht da geschrieben stand: *„Milo Tengrain, Hüter von Monum Kataris."*

Immer noch bewegt und noch mehr gerührt, blickte Milo zu Boden. Er war leicht errötet. Dann erreichte ihn unmittelbar ein Gedanke. Milo blickte sofort entschlossen nach oben und entdeckte einen ganz besonderen, rötlich schimmernden Stern am Firmament. Milo lächelte hinauf in den Nachthimmel, stolz, demütig und dankbar.

„Die Transformation von Bogen und deßen neuen Besitzers Milo Tengrain ist abgeschloßen", verkündete Pater Glacius feierlich zum Abschluß der Zeremonie. „Lang lebe der neue Hüter von Monum Kataris!"

Still und friedlich hatten die vielen Menschen aus dem Reiche Zerra Solus Vezia und seinen Provinzen diesem feierlichen Augenblick bis dahin beigewohnt. In unerschütterlicher Ruhe.

Jetzt brach eine, bis hierhin noch nicht erwähnte, Person das Schweigen:

„Die Zwillingsfedern haben ihrem Namen alle Ehre gemacht! Federn des Friedens! Pacem – Restrictus und vivat Milo Tengrain – Vivat Zerra Solus Vezia!", rief *Thileoray Pluck*, der selbstverständlich ebenfalls anwesend war, fröhlich und begeistert aus der Menge. Er zwinkerte Milo geheimnisvoll zu. Milo war sich nun sicher. Der Stadtarchivar kannte selbstverständlich auch die Bedeutung der Zwillingsfedern. Wie konnte es denn auch anders sein. Der neue Hüter begrüßte Pluck nickend und lächelte.

Es jubelten nun ebenfalls alle anderen Anwesenden dem neuen Hüter zu. „Vivat Milo Tengrain – Vivat Zerra Solus Vezia!", frohlockte die Menge und ehrte mit diesem feierlichen Ausruf den jungen Meisterschützen und die Namen der dreifaltigen Landesteile. Der Jubel hallte weit ins Tal von Monum Kataris. „Hoch lebe Milo Tengrain, Hüter der drei Insignien von Monum Kataris, Meisterschütze aus Arion!" Das Schicksal hatte auch den zweiten und letzten Teil der Vorsehung erfüllt.

Milo verließ nach diesem denkwürdigen Akt noch immer tief bewegt das Geschehen und nahm seine Rose wieder an die Hand, welche ihn unweit des Altars schon sehnsüchtig erwartete. Stolz und mit Tränen in ihren Augen. Vor Freude für ihren Liebsten. Rose trug nun treu ihres Namens einen prächtigen Kranz aus roten Rosen auf ihrem Haupt. Zu Ehren ihres Milo. Es waren dieselben Rosen aus dem lang unentdeckten Garten hinter den Feldern von Noodridge. Des zauberhaften Ortes, wo Milo das erste Mal von Rose Existenz erfahren sollte. Wenn er es damals auch noch nicht wußte.

Auch sämtliche Bogenschützen Robin Hood's und des Turnieres von Deluge waren da, fanden sich nun links und rechts des Paares als Spalier ein (diesmal aus weitaus glücklicherem Anlaß) und schoßen rote Rosen über die Köpfe von Rose und Milo als Glück bringendes Geleit für eine lange, gemeinsame Zukunft des Meisterschützen aus Arion und seiner seelenverwandten, zukünftigen Frau.

Drei Fulvin-Milane erhoben sich vom nahegelegenen Gebirge in die Lüfte und zeichneten zu Ehren des neuen Hüters ihre Kreise unmittelbar über ihm in die Luft. Ein Vogel für jedes Insigne.

„Zerra – Solus – Vezia!", schallte es erneut durch Monum Kataris.

Auch die Glocken sämtlicher Kirchtürme des Landes erklangen in diesem Moment. Ihr Geläut war im ganzen Reich zu hören und dauerte drei Tage. Einen Tag für jedes Insigne. Sie läuteten eine neue Ära ein. Die Ära von Milo Tengrain, strahlender, neuer Hüter der drei Insignien von Monum Kataris. Eingesetzt am Tage seines sechzehnten Geburtstages, dem 7. Oktober 1528 A.D.

Die Feier zu Ehren von Milo Tengrain sollte sich über vier Tage erstrecken. Einen Tag für jedes Insigne und einen zusätzlichen Tag zu Ehren ihres Hüters.

In der Taverne *Zur Goldenen Eintracht* spielte zur Feier des Tages und zu Ehren des neuen Hüters eine vierköpfige Gruppe von Musikern mit Schalmei, Laute, Gambe und Dudelsack. Sie verbreitete mit ihren Klängen und Gesang fröhliche Stimmung und Trinklaune unter den Gästen. Besonders Red Anne war darüber sehr erfreut. Cylax Perfidium schenkte sein bestes Bier aus: seine neueste Kreation, dreifach gehopft, namens *Custodian premium – tripple hopped*, mit dem Vermerk: *in honour of Milo Tengrain*. Das Bier wurde der Renner und war bereits wenige Stunden nach Beginn der Feier ausgetrunken. Zum Glück hatte Cylax noch einige Fäßer feinster Dunkelbiere in seinem Keller, welche nicht weniger beliebt waren und bis zum Ende der Festlichkeiten reichen sollten.

Als Festmahl wurden in der *Goldenen Eintracht* dutzende Eintöpfe aus grünen, gelben und blauen Ksedorp-Linsen (Wondus' Leibspeise) sowie zehn Grauohr-Wildschweine serviert. Letztere frisch gejagt von Thornduld Barkin. Allein Maggie Sutton verdrückte ein ganzes Schwein, begleitet von mehreren Krügen ihres Lieblingsbieres *Cervisia Ferugineus Nebulosus*, wie immer kunstvoll gebraut von Meister Cylax Perfidium. Zudem gab es Wein, Gänsebraten, Huhn in Aspik, Hasenkeulen, Rehschnitzel, zwei ganze Ochsen sowie *Red Annes Stew* (die Leibspeise unseres neuen Hüters). Verhungern und verdursten mußte dieser Tage wirklich niemand.

Neben Sapphire's Rest thronte jetzt ein prächtiger Palast. Auf dem nahen südlichen Hügel. Erbaut oder sich eher manifestiert zum Zeitpunkt der Ernennung des neuen Hüters. Wie wenn das fabelhafte Anwesen schon immer dagewesen wäre.

Weil's so schön war und ihr, wie ich, spürt, daß diese letzte Episode sich langsam, aber sicher dem Ende zuneigt, soll er ein letztes Mal für heute nochmals hochleben. Der neue Hüter der drei Insignien von Monum Kataris, *Milo Tengrain – Meisterschütze aus Arion*:

VIVAT MILO TENGRAIN ! VIVAT ZERRA SOLUS VEZIA !

Die Nacht brach an. Vom sich langsam über dem festlichen Gelände abzeichnenden Sternenzelt grüßte ebenfalls genau in diesem einzigartigen Augenblick still und erhaben Staffalania von Schmatt, die einstige Seherin und Begleiterin sowie auch Beschützerin des neuen Hüters. Sie war bei ihm. Zu jeder Zeit. Als hellster Stern am Himmel. Rötlich schimmernd, als Teil des neu erschaffenen Sternbilds des *Eichenlaubes*.

Sic Parvis Magna.

ENDE DES ERSTEN BANDES …

Epilog (Milos Wiedersehen ...?)

Milo's Schicksal ist erfüllt. Die Geschichte erzählt. Hier enden nun also offensichtlich die Abenteuer von Milo Tengrain, Meisterschütze aus Arion, dem neuen Hüter der drei Insignien von Monum Kataris. Tatsächlich? Womöglich und unter Vorzeichen von Harmonie und Ebenmäßigkeit. Ungewiß scheint eine Fortführung, jedoch nicht gänzlich unmöglich. Allenfalls unter Eintreten von außerordentlichen Umständen. Ich weiß, es kann ärgerlich sein, nicht noch mehr über Zerra Solus Vezia, Arion sowie die anderen, zahlreichen Provinzen, Städte und Dörfer zu erfahren.

Und ihr habt es sicherlich längst gemerkt, liebe aufmerksame Leserinnen und Leser, wißende Augenpaare: richtig, ich rede gerade um den heißen Brei herum, um euch noch etwas auf die Folter zu spannen und das Ende hinauszuzögern. Na gut, ich will mal nicht so sein.

Ich jedenfalls ärgere mich immer sehr, wenn eine Geschichte nicht weitergeht oder zu Ende erzählt wird. Aber laßt dem Autor doch eine Verschnaufpause, vielleicht nur bis Band II ... Damit er etwas zur Ruhe kommen und sich sammeln kann bis dahin. Nun, bis es so weit ist, dann doch vielleicht noch als kleines Zückerchen und zur Überbrückung eurer Wartezeit eine klitzekleine Andeutung meiner Wenigkeit:

Habe ich erzählt, daß Milo Tengrain eine *Schwester* hatte? *Satu Skimmer Sorrel*, geborene Tengrain? Das Licht der Welt erblickend im selben Geburtsjahr wie ihr Zwillingsbruder und Held der soeben vergehenden Schilderung? Nicht? Beheimatet in Butterland, Teil der südlichen Provinz Green Bindlet? Wirklich kein Bißchen? Nun, dies ist dann wohl eine Geschichte, deren Erzählung allenfalls eines anderen Ortes und möglicherweise einer anderen Dekade bedarf. Nicht heute offenbart und nicht hier niederzuschreiben. Seid gespannt. So wahr ich euch davon berichte. Dafür stehe ich mit meinem Namen: *Walter Tengrain IV*. Auch diese Geschichte, die meine, ist wohl eine Saga für sich und nicht zur Schilderung in diesem Augenblick bestimmt, dem Ende dieser erläuternden Chronik, welche erst viele Dekaden später zur sagenumwobenen Legende werden wird. Meine einzige Berufung des Berichtens jetzt und in naher Zukunft ist und bleibt die Überlieferung dieser und aller weiteren Erzählungen der Abenteuer der Meisterschützen der Familie Tengrain. Für Dekaden beheimatet auf dem Hofe Noodridge, nahe dem kleinen Städtchen Sapphire's Rest, in der Provinz Arion im dreiteiligen Reiche von Zerra Solus Vezia.

DANK & LETZTER GRUß
(... VON MAGGIE SUTTON)

Liebe Freunde ...
... von Milo Tengrain, Plenum oder eben Staffalania von Schmatt, Rose Mellowpurpose, Wondus, dem Pretiosen, Cylax Perfidium, Thornduld Barkin, Einabelle Marafalda, Grandful Everglory, Lungolf Fenryhr, Mechthild von Dontalga, Red Anne aus der Goldenen Eintracht, Ludvig van den Zanderen, Ferdinand Dense, Aevin Emerc, Willrim und seiner Mutter Styna, dem unscheinbaren aber sympathischen Betrunkenen am Fluß Gariganoru in Episode 'Blaues Leuchten' (das Aussehen dieses Kerls hat auffällige Ähnlichkeit mit dem Autor auf dem einzigen Foto dieses Buches, stimmt ihr mir da zu ...?!), dem Erzähler (unter uns: ich find' ihn klaße, wenn auch in meiner Dekade der Zeitrechnung aktuell noch etwas zu jung für mich ... und schließlich hätte wohl auch Wondus noch etwas dagegen ...) und allen weiteren, zahlreichen Figuren in Arion und den nahen und fernen Provinzen des erhabenen und riesigen Reiches von Zerra Solus Vezia!

Und nicht zu vergessen: vielleicht auch von mir ... eurer teuren und treuen Mitstreiterin!

Ihr wißt, ich bin keine Freundin von großen, eleganten Worten. Deshalb kurz und knapp, ein letzter Gruß. Jedoch umso herzlicher sollen diese beiden Dankeshymnen von mir daherkommen:

I Der erste, *unendlich große Dank geht an Gurda Zintres*, die Frau des Autors, dem Saphir-Poeten (in dem vielleicht auch ein wenig der sympathische Betrunkene in Episode 6, oder Ferdinand Dense, der Barde, oder aber sogar Ludvig van den Zanderen, der Schriftsteller, steckte. Am Ende sogar ein bißchen aus allen dreien, wie ich nun einfach einmal keck behaupten möchte: vereint in und auf einem Bilde am Ende dieses Buches), für den Raum und die Zeit, die Geduld sowie das Verständnis und die zahllosen wertvollen und notwendigen Ratschläge in Sinn und Leben, die sie ihm gab, und so die Grundlage dazu legte, Milo, mich und die anderen Charaktere überhaupt erst zu erschaffen, zu ersinnen, ja, zeitweise auch zu erspinnen (was wohl dann wieder auf mich zutrifft ...). Habt nochmals tiefsten Dank, holde Freundin.

II Und des Dankes zweiter und somit eben letzter Halt gilt *euch Lesern*. Den Fans von Milo und dem Mittelalter. *Herzlichen Dank an Euch alle* – für die Idee und Inspiration zu Schauplatz und der ein oder anderen Figur sowie natürlich auch fürs Lesen der vergangenen Abenteuer, Kapitel und Episoden sowie dem hoffentlich ein oder anderen Schmunzler dabei!!! (Vielleicht auch ab und zu über mich ...)

Dieser Dank sei euch stets gewiss. Dazu habe ich mich verpflichtet.

(So, das war's nun endgültig von mir ... Ich haße Abschiede.)

Gehabet euch wohl!

Eure euch stets treu ergebene
Maggie Sutton –
stolze Bogenschützin aus der
bescheidenen Provinz Earth Moore

Der Autor

Louis-Philippe Zehnder wurde
1973 in der Schweiz geboren und
lebt in Kriens/LU.
Nach seiner kaufmännischen
Fachausbildung und zusätzlichen
Weiterbildungen arbeitet er
als Purchasing Manager und
Praxisbildner. In seiner Freizeit
teilt Zehnder seine Freude gern mit anderen,
sei es durchs Singen, Kochen oder Geschichten
erzählen. Sein Antrieb ist es, Menschen mit
Geschichten zu faszinieren und zu begeistern.
Dabei will er dem Kleinen Raum geben: ein
glückliches, zufriedenes Lächeln genügt.
„Die drei Insignien von Monum Kataris"
ist Louis-Philippe Zehnders erster Roman
und zweite Veröffentlichung nach
„s'Mäppli – Lyrisches Allerlei mit Gedichten,
Kurzgeschichten, Prosa-Texten und Krimi-
Abenteuern aus dem Leben", erschienen 2021
bei Novum.

Der Verlag

*Wer aufhört
besser zu werden,
hat aufgehört
gut zu sein!*

Basierend auf diesem Motto ist es dem novum Verlag
ein Anliegen, neue Manuskripte aufzuspüren, zu ver-
öffentlichen und deren Autoren langfristig zu fördern.
Mittlerweile gilt der 1997 gegründete und mehrfach
prämierte Verlag als Spezialist für Neuautoren in
Deutschland, Österreich und der Schweiz.

**Für jedes neue Manuskript wird innerhalb we-
niger Wochen eine kostenfreie, unverbindliche
Lektorats-Prüfung erstellt.**

Weitere Informationen zum Verlag und
seinen Büchern finden Sie im Internet unter:

w w w . n o v u m v e r l a g . c o m